STS

山田社

STS

山田社

考試分數大躍進
累積實力
百萬考生見證
應考秘訣

**3**

根據日本國際交流基金考試相關概要

精修 重音版

# 絕對合格
# 日檢必背單字

## N3
## 新制對應！

山田社日檢題庫小組・
吉松由美・田中陽子・
西村惠子　◎合著

山田社

# 前言
## preface

**N3** 1579 個單字標記重音 × **N3** 所有 150 文法 × 實戰光碟

## 全新三合一學習法，霸氣登場！

單字背起來就是鑽石，與文法珍珠相串成鍊，再用聽力鑲金加倍，
史上最貪婪的學習法！讓你快速取證、搶百萬年薪！

---

《精修版 新制對應 絕對合格！日檢必背單字 N3》再進化出重音版了，精修內容有：

**1.** 所有單字標示「重音」，讓您會聽、會用，考場拿出真本事！

**2.** 例句內容包括時事、職場、生活等貼近 N3 所需程度。

**3.** 例句加入 N3 所有文法 150 項，單字 ‧文法交叉訓練，得到黃金的相乘學習效果。

**4.** 單字豆知識，補充說明等，讓單字學習更多元，加強記憶力道。例句主要單字上色，單字活用變化，一看就記住！

**5.** 搭配舊新制考古題，補充類義詞、對義詞學習，單字全面攻破，內容最紮實！

　　史上最強的新日檢 N3 單字集《精修重音版 新制對應 絕對合格！日檢必背單字 N3》，是根據日本國際交流基金（JAPAN FOUNDATION）舊制考試基準及新發表的「新日本語能力試驗相關概要」，加以編寫彙整而成的。除此之外，精心分析從 2010 年開始的最新日檢考試內容，增加了過去未收錄的 N3 程度常用單字，接近 400 字，也據此調整了單字的程度，可說是內容最紮實 N3 單字書。無論是累積應考實力，或是考前迅速總複習，都是您高分合格最佳利器。

**內容包括：**

1. **單字王**—高出題率單字全面強化記憶：根據新制規格，由日籍金牌教師群所精選高出題率單字。每個單字所包含的詞性、意義、解釋、類 · 對義詞、中譯、用法、語源、補充資料等等，讓您不只能精確瞭解單字各層面的字義，還能讓您一眼就知道單字該怎麼念，活用的領域更加廣泛，也能全面強化記憶，幫助學習。

2. **重音王**—線式重音標記法縮短合格距離：突破日檢考試第一鐵則，會聽、會用才是真本事！「きれいな はな」是「花很漂亮」還是「鼻子很漂亮」？小心別上當，搞懂重音，會聽才會用！本書每個單字都標上重音，讓您一開始就打好正確的發音基礎，大幅提升日檢聽力實力，縮短日檢合格距離！

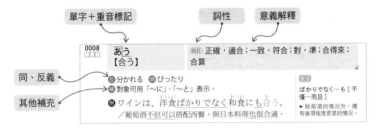

3. **文法王**—單字 · 文法交叉相乘黃金雙效學習：書中單字所帶出的例句，還搭配日籍金牌教師群精選 N3 所有文法，並補充近似文法，幫助您單字 · 文法交叉訓練，得到黃金的相乘學習效果！建議搭配《精修版 新制對應 絕對合格！日檢必背文法 N3》，以達到最完整的學習！

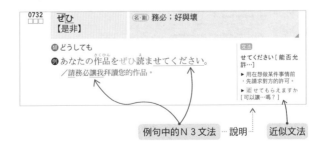

4. **得分王—貼近新制考試題型學習最完整**：新制單字考題中的「替換類義詞」題型，是測驗考生在發現自己「詞不達意」時，是否具備「換句話說」的能力，以及對字義的瞭解度。此題型除了須明白考題的字義外，更需要知道其他替換的語彙及説法。為此，書中精闢點出該單字的類義詞，對應新制內容最紮實。

5. **例句王—活用單字的勝者學習法**：活用單字才是勝者的學習法，怎麼活用呢？書中每個單字下面帶出一個例句，例句精選該單字常接續的詞彙、常使用的場合、常見的表現、配合 N3 所有文法，還有時事、職場、生活等內容貼近 N3 所需程度等等。從例句來記單字，加深了對單字的理解，對根據上下文選擇適切語彙的題型，更是大有幫助，同時也紮實了文法及聽說讀寫的超強實力。

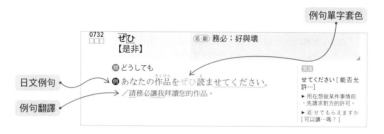

6. **測驗王—全真新制模試密集訓練**：本書最後附三回模擬考題（文字、語彙部份），將按照不同的題型，告訴您不同的解題訣竅，讓您在演練之後，不僅能立即得知學習效果，並充份掌握考試方向，以提升考試臨場反應。就像上過合格保證班一樣，成為新制日檢測驗王！如果您想挑戰綜合模擬試題，推薦完全遵照日檢規格的《合格全攻略！新日檢 6 回全真模擬試題 N3》進行練習喔！

7. **聽力王──合格最短距離**：新制日檢考試，把聽力的分數提高了，合格最短距離就是加強聽力學習。為此，書中還附贈光碟，幫助您熟悉日籍教師的標準發音及語調，**內容並分「前半慢速，後半正常速度」，讓您循序漸進累積聽力實力。**為打下堅實的基礎，建議您搭配《精修版 新制對應 絕對合格！日檢必背聽力 N3》來進一步加強練習。

軌數

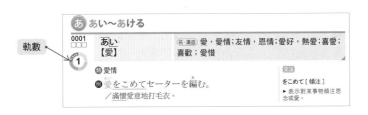

8. **計畫王──讓進度、進步完全看得到**：每個單字旁都標示有編號及小方格，可以讓您立即了解自己的學習量。每個對頁並精心設計讀書計畫小方格，您可以配合自己的學習進度填上日期，建立自己專屬讀書計畫表！

背過一次，就打一個勾吧！

讀書計劃

　　《精修重音版 新制對應 絕對合格！日檢必背單字 N3》本著利用「喝咖啡時間」，也能「倍增單字量」「通過新日檢」的意旨，搭配文法與例句快速理解、學習，附贈日語朗讀光碟，還能讓您隨時隨地聽 MP3，無時無刻增進日語單字能力，走到哪，學到哪！怎麼考，怎麼過！

# 目錄
## contents

# Contents

## 符號說明

### 1 品詞略語

| 呈現 | 詞性 | 呈現 | 詞性 |
|---|---|---|---|
| 名 | 名詞 | 副 | 副詞 |
| 形 | 形容詞 | 副助 | 副助詞 |
| 形動 | 形容動詞 | 終助 | 終助詞 |
| 連體 | 連體詞 | 接助 | 接續助詞 |
| 自 | 自動詞 | 接續 | 接續詞 |
| 他 | 他動詞 | 接頭 | 接頭詞 |
| 四 | 四段活用 | 接尾 | 接尾語 |
| 五 | 五段活用 | 造語 | 造語成分（新創詞語） |
| 上一 | 上一段活用 | 漢造 | 漢語造語成分（和製漢語） |
| 上二 | 上二段活用 | 連語 | 連語 |
| 下一 | 下一段活用 | 感 | 感動詞 |
| 下二 | 下二段活用 | 慣 | 慣用語 |
| サ・サ變 | サ行變格活用 | 寒暄 | 寒暄用語 |
| 變 | 變格活用 | | |

### 2 其他略語

| 呈現 | 詞性 | 呈現 | 詞性 |
|---|---|---|---|
| 反 | 反義詞 | 比 | 比較 |
| 類 | 類義詞 | 補 | 補充説明 |
| 近 | 文法部分的相近文法補充 | 敬 | 敬語 |

# 一、什麼是新日本語能力試驗呢

1. 新制「日語能力測驗」

2. 認證基準

3. 測驗科目

4. 測驗成績

# 二、新日本語能力試驗的考試內容

N3　題型分析

＊以上內容摘譯自「國際交流基金日本國際教育支援協會」的
　「新しい『日本語能力試験』ガイドブック」。

# 一、什麼是新日本語能力試驗呢

## 1. 新制「日語能力測驗」

從2010年起實施的新制「日語能力測驗」（以下簡稱為新制測驗）。

1-1 實施對象與目的

新制測驗與舊制測驗相同，原則上，實施對象為非以日語作為母語者。其目的在於，為廣泛階層的學習與使用日語者舉行測驗，以及認證其日語能力。

1-2 改制的重點

改制的重點有以下四項：

1 測驗解決各種問題所需的語言溝通能力

新制測驗重視的是結合日語的相關知識，以及實際活用的日語能力。因此，擬針對以下兩項舉行測驗：一是文字、語彙、文法這三項語言知識；二是活用這些語言知識解決各種溝通問題的能力。

2 由四個級數增為五個級數

新制測驗由舊制測驗的四個級數（1級、2級、3級、4級），增加為五個級數（N1、N2、N3、N4、N5）。新制測驗與舊制測驗的級數對照，如下所示。最大的不同是在舊制測驗的2級與3級之間，新增了N3級數。

| N1 | 難易度比舊制測驗的1級稍難。合格基準與舊制測驗幾乎相同。 |
| N2 | 難易度與舊制測驗的2級幾乎相同。 |
| N3 | 難易度介於舊制測驗的2級與3級之間。（新增） |
| N4 | 難易度與舊制測驗的3級幾乎相同。 |
| N5 | 難易度與舊制測驗的4級幾乎相同。 |

＊「N」代表「Nihongo（日語）」以及「New（新的）」。

3 施行「得分等化」

由於在不同時期實施的測驗，其試題均不相同，無論如何慎重出題，每次測驗的難易度總會有或多或少的差異。因此在新制測驗中，導入「等化」的計分方式後，便能將不同時期的測驗分數，於共同量尺上相互比較。因此，無論是在什麼時候接受測驗，只要是相同級數的測驗，其得分均可予以比較。目前全球幾種主要的語言測驗，均廣泛採用這種「得分等化」的計分方式。

4 提供「日本語能力試驗Can-do 自我評量表」（簡稱JPT Can-do）

為了瞭解通過各級數測驗者的實際日語能力，新制測驗經過調查後，提供「日本語能力試驗Can-do 自我評量表」。該表列載通過測驗認證者的實際日語能力範例。希望通過測驗認證者本人以及其他人，皆可藉由該表格，更加具體明瞭測驗成績代表的意義。

1-3 所謂「解決各種問題所需的語言溝通能力」

我們在生活中會面對各式各樣的「問題」。例如，「看著地圖前往目的地」或是「讀著說明書使用電器用品」等等。種種問題有時需要語言的協助，有時候不需要。

為了順利完成需要語言協助的問題，我們必須具備「語言知識」，例如文字、發音、語彙的相關知識、組合語詞成為文章段落的文法知識、判斷串連文句的順序以便清楚說明的知識等等。此外，亦必須能配合當前的問題，擁有實際運用自己所具備的語言知識的能力。

舉個例子，我們來想一想關於「聽了氣象預報以後，得知東京明天的天氣」這個課題。想要「知道東京明天的天氣」，必須具備以下的知識：「晴れ（晴天）、くもり（陰天）、雨（雨天）」等代表天氣的語彙；「東京は明日は晴れでしょう（東京明日應是晴天）」的文句結構；還有，也要知道氣象預報的播報順序等。除此以外，尚須能從播報的各地氣象中，分辨出哪一則是東京的天氣。

如上所述的「運用包含文字、語彙、文法的語言知識做語言溝通，進而具備解決各種問題所需的語言溝通能力」，在新制測驗中稱為「解決各種問題所需的語言溝通能力」。

新制測驗將「解決各種問題所需的語言溝通能力」分成以下「語言知識」、「讀解」、「聽解」等三個項目做測驗。

| 語言知識 | 各種問題所需之日語的文字、語彙、文法的相關知識。 |
|---|---|
| 讀 解 | 運用語言知識以理解文字內容，具備解決各種問題所需的能力。 |
| 聽 解 | 運用語言知識以理解口語內容，具備解決各種問題所需的能力。 |

作答方式與舊制測驗相同，將多重選項的答案劃記於答案卡上。此外，並沒有直接測驗口語或書寫能力的科目。

## 2. 認證基準

新制測驗共分為N1、N2、N3、N4、N5五個級數。最容易的級數為N5，最困難的級數為N1。

與舊制測驗最大的不同，在於由四個級數增加為五個級數。以往有許多通過3級認證者常抱怨「遲遲無法取得2級認證」。為因應這種情況，於舊制測驗的2級與3級之間，新增了N3級數。

新制測驗級數的認證基準，如表1的「讀」與「聽」的語言動作所示。該表雖未明載，但應試者也必須具備為表現各語言動作所需的語言知識。

N4與N5主要是測驗應試者在教室習得的基礎日語的理解程度；N1與N2是測驗應試者於現實生活的廣泛情境下，對日語理解程度；至於新增的N3，則是介於N1與N2，以及N4與N5之間的「過渡」級數。關於各級數的「讀」與「聽」的具體題材（內容），請參照表1。

■ 表1 新「日語能力測驗」認證基準

| | 級數 | 認證基準<br>各級數的認證基準，如以下【讀】與【聽】的語言動作所示。各級數亦必須具備為表現各語言動作所需的語言知識。 |
|---|---|---|
| 困難<br>＊ ↑ | N1 | 能理解在廣泛情境下所使用的日語<br>【讀】・可閱讀話題廣泛的報紙社論與評論等論述性較複雜及較抽象的文章，且能理解其文章結構與內容。<br>・可閱讀各種話題內容較具深度的讀物，且能理解其脈絡及詳細的表達意涵。<br>【聽】・在廣泛情境下，可聽懂常速且連貫的對話、新聞報導及講課，且能充分理解話題走向、內容、人物關係、以及說話內容的論述結構等，並確實掌握其大意。 |
| | N2 | 除日常生活所使用的日語之外，也能大致理解較廣泛情境下的日語<br>【讀】・可看懂報紙與雜誌所刊載的各類報導、解說、簡易評論等主旨明確的文章。<br>・可閱讀一般話題的讀物，並能理解其脈絡及表達意涵。<br>【聽】・除日常生活情境外，在大部分的情境下，可聽懂接近常速且連貫的對話與新聞報導，亦能理解其話題走向、內容、以及人物關係，並可掌握其大意。 |
| | N3 | 能大致理解日常生活所使用的日語<br>【讀】・可看懂與日常生活相關的具體內容的文章。<br>・可由報紙標題等，掌握概要的資訊。<br>・於日常生活情境下接觸難度稍高的文章，經換個方式敘述，即可理解其大意。<br>【聽】・在日常生活情境下，面對稍微接近常速且連貫的對話，經彙整談話的具體內容與人物關係等資訊後，即可大致理解。 |

| | | |
|---|---|---|
| <br>*<br>容<br>易<br><br>↓ | N4 | 能理解基礎日語<br>【讀】・可看懂以基本語彙及漢字描述的貼近日常生活相關話題的<br>　　　　文章。<br>【聽】・可大致聽懂速度較慢的日常會話。 |
| | N5 | 能大致理解基礎日語<br>【讀】・可看懂以平假名、片假名或一般日常生活使用的基本漢字<br>　　　　所書寫的固定詞句、短文、以及文章。<br>【聽】・在課堂上或周遭等日常生活中常接觸的情境下，如為速度<br>　　　　較慢的簡短對話，可從中聽取必要資訊。 |

＊N1最難，N5最簡單。

# 3. 測驗科目

新制測驗的測驗科目與測驗時間如表2所示。

■ 表2 測驗科目與測驗時間＊①

| 級數 | 測驗科目<br>（測驗時間） | | | |
|---|---|---|---|---|
| N1 | 語言知識（文字、語彙、文法）、讀解<br>（110分） | | 聽解<br>（60分） | → | 測驗科目為「語言知識（文字、語彙、文法）、讀解」；以及「聽解」共2科目。 |
| N2 | 語言知識（文字、語彙、文法）、讀解<br>（105分） | | 聽解<br>（50分） | → | |
| N3 | 語言知識（文字、語彙）<br>（30分） | 語言知識（文法）、讀解<br>（70分） | 聽解<br>（40分） | → | 測驗科目為「語言知識（文字、語彙）」；「語言知識（文法）、讀解」；以及「聽解」共3科目。 |
| N4 | 語言知識（文字、語彙）<br>（30分） | 語言知識（文法）、讀解<br>（60分） | 聽解<br>（35分） | → | |
| N5 | 語言知識（文字、語彙）<br>（25分） | 語言知識（文法）、讀解<br>（50分） | 聽解<br>（30分） | → | |

　　N1與N2的測驗科目為「語言知識（文字、語彙、文法）、讀解」以及「聽解」共2科目；N3、N4、N5的測驗科目為「語言知識（文字、語彙）」、「語言知識（文法）、讀解」、「聽解」共3科目。

　　由於N3、N4、N5的試題中，包含較少的漢字、語彙、以及文法項目，因此當與N1、N2測驗相同的「語言知識（文字、語彙、文法）、讀解」科目時，有時會使某幾道試題成為其他題目的提示。為避免這個情況，因此將「語言知識（文字、語彙、文法）、讀解」，分成「語言知識（文字、語彙）」和「語言知識（文法）、讀解」施測。

＊①：聽解因測驗試題的錄音長度不同，致使測驗時間會有些許差異。

# 4. 測驗成績

## 4－1　量尺得分

舊制測驗的得分，答對的題數以「原始得分」呈現；相對的，新制測驗的得分以「量尺得分」呈現。

「量尺得分」是經過「等化」轉換後所得的分數。以下，本手冊將新制測驗的「量尺得分」，簡稱為「得分」。

## 4－2　測驗成績的呈現

新制測驗的測驗成績，如表3的計分科目所示。N1、N2、N3的計分科目分為「語言知識（文字、語彙、文法）」、「讀解」、以及「聽解」3項；N4、N5的計分科目分為「語言知識（文字、語彙、文法）、讀解」以及「聽解」2項。

會將N4、N5的「語言知識（文字、語彙、文法）」和「讀解」合併成一項，是因為在學習日語的基礎階段，「語言知識」與「讀解」方面的重疊性高，所以將「語言知識」與「讀解」合併計分，比較符合學習者於該階段的日語能力特徵。

### ■ 表3　各級數的計分科目及得分範圍

| 級數 | 計分科目 | 得分範圍 |
|---|---|---|
| N1 | 語言知識（文字、語彙、文法） | 0～60 |
| | 讀解 | 0～60 |
| | 聽解 | 0～60 |
| | 總分 | 0～180 |
| N2 | 語言知識（文字、語彙、文法） | 0～60 |
| | 讀解 | 0～60 |
| | 聽解 | 0～60 |
| | 總分 | 0～180 |
| N3 | 語言知識（文字、語彙、文法） | 0～60 |
| | 讀解 | 0～60 |
| | 聽解 | 0～60 |
| | 總分 | 0～180 |

| | | |
|---|---|---|
| N4 | 語言知識（文字、語彙、文法）、讀解 | 0〜120 |
| | 聽解 | 0〜60 |
| | 總分 | 0〜180 |
| N5 | 語言知識（文字、語彙、文法）、讀解 | 0〜120 |
| | 聽解 | 0〜60 |
| | 總分 | 0〜180 |

　　各級數的得分範圍，如表3所示。N1、N2、N3的「語言知識（文字、語彙、文法）」、「讀解」、「聽解」的得分範圍各為0〜60分，三項合計的總分範圍是0〜180分。「語言知識（文字、語彙、文法）」、「讀解」、「聽解」各占總分的比例是1：1：1。

　　N4、N5的「語言知識（文字、語彙、文法）、讀解」的得分範圍為0〜120分，「聽解」的得分範圍為0〜60分，二項合計的總分範圍是0〜180分。「語言知識（文字、語彙、文法）、讀解」與「聽解」各占總分的比例是2：1。還有，「語言知識（文字、語彙、文法）、讀解」的得分，不能拆解成「語言知識（文字、語彙、文法）」與「讀解」二項。

　　除此之外，在所有的級數中，「聽解」均占總分的三分之一，較舊制測驗的四分之一為高。

## 4-3　合格基準

　　舊制測驗是以總分作為合格基準；相對的，新制測驗是以總分與分項成績的門檻二者作為合格基準。所謂的門檻，是指各分項成績至少必須高於該分數。假如有一科分項成績未達門檻，無論總分有多高，都不合格。

新制測驗設定各分項成績門檻的目的，在於綜合評定學習者的日語能力，須符合以下二項條件才能判定為合格：①總分達合格分數（=通過標準）以上；②各分項成績達各分項合格分數（＝通過門檻）以上。如有一科分項成績未達門檻，無論總分多高，也會判定為不合格。

　N1~N3及N4、N5之分項成績有所不同，各級總分通過標準及各分項成績通過門檻如下所示：

| 級數 | 總分 | | 分項成績 | | | | | |
|---|---|---|---|---|---|---|---|---|
| | | | 言語知識（文字・語彙・文法） | | 讀解 | | 聽解 | |
| | 得分範圍 | 通過標準 | 得分範圍 | 通過門檻 | 得分範圍 | 通過門檻 | 得分範圍 | 通過門檻 |
| N1 | 0～180分 | 100分 | 0～60分 | 19分 | 0～60分 | 19分 | 0～60分 | 19分 |
| N2 | 0～180分 | 90分 | 0～60分 | 19分 | 0～60分 | 19分 | 0～60分 | 19分 |
| N3 | 0～180分 | 95分 | 0～60分 | 19分 | 0～60分 | 19分 | 0～60分 | 19分 |

| 級數 | 總分 | | 分項成績 | | | | | |
|---|---|---|---|---|---|---|---|---|
| | | | 言語知識（文字・語彙・文法） | | 讀解 | | 聽解 | |
| | 得分範圍 | 通過標準 | 得分範圍 | 通過門檻 | 得分範圍 | 通過門檻 | 得分範圍 | 通過門檻 |
| N4 | 0～180分 | 90分 | 0～120分 | 38分 | 0～60分 | 19分 | 0～60分 | 19分 |
| N5 | 0～180分 | 80分 | 0～120分 | 38分 | 0～60分 | 19分 | 0～60分 | 19分 |

※上列通過標準自2010年第1回(7月)【N4、N5為2010年第2回(12月)】起適用。

　缺考其中任一測驗科目者，即判定為不合格。寄發「合否結果通知書」時，含已應考之測驗科目在內，成績均不計分亦不告知。

## 4－4 測驗結果通知

依級數判定是否合格後,寄發「合否結果通知書」予應試者;合格者同時寄發「日本語能力認定書」。

■ N1, N2, N3

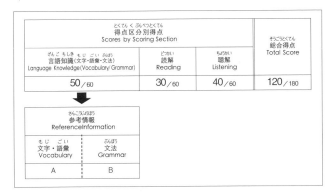

■ N4, N5

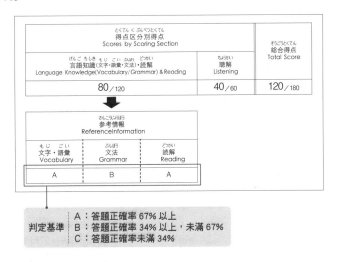

※ 各節測驗如有一節缺考就不予計分,即判定為不合格。雖會寄發「合否結果通知書」但所有分項成績,含已出席科目在內,均不予計分。各欄成績以「*」表示,如「**/60」。
※ 所有科目皆缺席者,不寄發「合否結果通知書」。

# 二、新日本語能力試驗的考試內容

## N3 題型分析

| 測驗科目<br>(測驗時間) | | 試題內容 | | | |
|---|---|---|---|---|---|
| | | 題型 | | 小題<br>題數<br>* | 分析 |
| 語言知識<br>(30分) | 文字、語彙 | 1 | 漢字讀音 | ◇ | 8 | 測驗漢字語彙的讀音。 |
| | | 2 | 假名漢字寫法 | ◇ | 6 | 測驗平假名語彙的漢字寫法 |
| | | 3 | 選擇文脈語彙 | ○ | 11 | 測驗根據文脈選擇適切語彙 |
| | | 4 | 替換類義詞 | ○ | 5 | 測驗根據試題的語彙或說法，選擇類義詞或類義說法。 |
| | | 5 | 語彙用法 | ○ | 5 | 測驗試題的語彙在文句裡的用法。 |
| 語言知識、讀解<br>(70分) | 文法 | 1 | 文句的文法1<br>（文法形式判斷） | ○ | 13 | 測驗辨別哪種文法形式符合文句內容。 |
| | | 2 | 文句的文法2<br>（文句組構） | ◆ | 5 | 測驗是否能夠組織文法正確且文義通順的句子。 |
| | | 3 | 文章段落的文法 | ◆ | 5 | 測驗辨別該文句有無符合文脈。 |
| | 讀解<br>* | 4 | 理解內容<br>（短文） | ○ | 4 | 於讀完包含生活與工作等各種題材的撰寫說明文或指示文等，約150～200字左右的文章段落之後，測驗是否能夠理解其內容。 |
| | | 5 | 理解內容<br>（中文） | ○ | 6 | 於讀完包含撰寫的解說與散文等，約350字左右的文章段落之後，測驗是否能夠理解其關鍵詞或因果關係等等。 |
| | | 6 | 理解內容<br>（長文） | ○ | 4 | 於讀完解說、散文、信函等，約550字左右的文章段落之後，測驗是否能夠理解其概要或論述等等。 |

| | | | | | |
|---|---|---|---|---|---|
| 讀解* | 7 | 釐整資訊 | ◆ | 2 | 測驗是否能夠從廣告、傳單、提供各類訊息的雜誌、商業文書等資訊題材（600字左右）中，找出所需的訊息。 |
| 聽解<br>(40分) | 1 | 理解問題 | ◇ | 6 | 於聽取完整的會話段落之後，測驗是否能夠理解其內容（於聽完解決問題所需的具體訊息之後，測驗是否能夠理解應當採取的下一個適切步驟）。 |
| | 2 | 理解重點 | ◇ | 6 | 於聽取完整的會話段落之後，測驗是否能夠理解其內容（依據剛才已聽過的提示，測驗是否能夠抓住應當聽取的重點）。 |
| | 3 | 理解概要 | ◇ | 3 | 於聽取完整的會話段落之後，測驗是否能夠理解其內容（測驗是否能夠從整段會話中理解說話者的用意與想法）。 |
| | 4 | 適切話語 | ◆ | 4 | 於一面看圖示，一面聽取情境說明時，測驗是否能夠選擇適切的話語。 |
| | 5 | 即時應答 | ◆ | 9 | 於聽完簡短的詢問之後，測驗是否能夠選擇適切的應答。 |

＊「小題題數」為每次測驗的約略題數，與實際測驗時的題數可能未盡相同。此外，亦有可能會變更小題題數。
＊有時在「讀解」科目中，同一段文章可能會有數道小題。

資料來源：《日本語能力試驗JLPT官方網站：分項成績・合格判定・合否結果通知》。2016年1月11日，取自：http://www.jlpt.jp/tw/guideline/results.html

# MEMO

# N3
vocabulary

# JLPT

**0001**
☐☐☐

① **あい**
【愛】

名·漢造 愛，愛情；友情，恩情；愛好，熱愛；喜愛；喜歡；愛惜

類 愛情

例 愛をこめてセーターを編む。
／滿懷愛意地打毛衣。

文法
をこめて [ 傾注 ]
▶ 表示對某事物傾注思念或愛。

---

**0002**
☐☐☐

**あいかわらず**
【相変わらず】

副 照舊，仍舊，和往常一樣

類 変わりもなく

例 相変わらず、ゴルフばかりしているね。
／你還是老樣子，常打高爾夫球！

---

**0003**
☐☐☐

**あいず**
【合図】

名·自サ 信號，暗號

類 知らせ

例 あの煙は、仲間からの合図に違いない。
／那道煙霧，一定是同伴給我們的暗號。

文法
に違いない [ 一定是 ]
▶ 說話者根據經驗或直覺，做出非常肯定的判斷。

---

**0004**
☐☐☐

**アイスクリーム**
【ice cream】

名 冰淇淋

例 アイスクリームを食べ過ぎたせいで、おなかを壊した。
／由於吃了太多冰淇淋，鬧肚子了。

文法
せいで [ 由於 ]
▶ 發生壞事或會導致某種不利情況或責任的原因。

---

**0005**
☐☐☐

**あいて**
【相手】

名 夥伴，共事者；對方，敵手；對象

反 自分
類 相棒（あいぼう）

例 結婚したいが、相手がいない。
／雖然想結婚，可是找不到對象。

文法
たい [ 想 ]
▶ 說話者的內心願望，想要的事物用「が」表示。

---

**0006**
☐☐☐

**アイディア**
【idea】

名 主意，想法，構想；(哲) 觀念

類 思い付き

例 そう簡単にいいアイディアを思いつくわけがない。
／哪有可能那麼容易就想出好主意。

文法
わけがない [ 不可能… ]
▶ 表示從道理上而言，強烈地主張不可能或沒有理由成立。

## 0007 □□□
**アイロン**
【iron】

（名）熨斗、烙鐵

例 妻がズボンにアイロンをかけてくれます。
／妻子為我熨燙長褲。

## 0008 □□□
**あう**
【合う】

（自五）正確，適合；一致，符合；對，準；合得來；合算

（反）分かれる　（類）ぴったり
（補）對象可用「〜に」、「〜と」表示。

例 ワインは、洋食ばかりでなく和食にも合う。
／葡萄酒不但可以搭配西餐，與日本料理也很合適。

文法
ばかりでなく…も［不僅…而且］
▶ 除前項的情況外，還有後項程度更甚的情況。

## 0009 □□□
**あきる**
【飽きる】

（自上一）夠，滿足；厭煩，煩膩

（類）満足；いやになる
（補）に飽きる

例 ごちそうを飽きるほど食べた。
／已經吃過太多美食，都吃膩了。

例 付き合ってまだ3か月だけど、もう彼氏に飽きちゃった。
／雖然和男朋友才交往三個月而已，但是已經膩了。

文法
ほど［得］
▶ 比喻或舉出具體的例子，來表示動作或狀態處於某程度。

だけ［只；僅僅］
▶ 表示只限於某範圍。

## 0010 □□□
**あくしゅ**
【握手】

（名・自サ）握手；和解，言和；合作，妥協；會師，會合

例 CDを買うと、握手会に参加できる。
／只要買CD就能參加握手會。

## 0011 □□□
**アクション**
【action】

（名）行動，動作；（劇）格鬥等演技

（類）身振り

例 いまアクションドラマが人気を集めている。／現在動作連續劇人氣很高。

## 0012 □□□
**あける**
【空ける】

（他下一）倒出，空出；騰出（時間）

（類）空かす（すかす）

例 10時までに会議室を空けてください。／請十點以後把會議室空出來。

---

**0013** □□□

**あ|ける**
【明ける】

（自下一）（天）明，亮；過年；（期間）結束，期滿

例 あけましておめでとうございます。
／元旦開春，恭賀新禧。

---

**0014** □□□

**あ|げる**
【揚げる】

（他下一）炸，油炸；舉，抬；提高；進步

反 降ろす　類 引き揚げる
例 これが天ぷらを上手に揚げるコツです。
／這是炸天婦羅的技巧。

---

**0015** □□□

**あ|ご**
【顎】

（名）（上、下）顎；下巴

例 太りすぎて、二重あごになってしまった。
／太胖了，結果長出雙下巴。

---

**0016** □□□

**あ|さ**
【麻】

（名）（植物）麻，大麻；麻紗，麻布，麻纖維

例 このワンピースは麻でできている。
／這件洋裝是麻紗材質。

---

**0017** □□□

**あ|さい**
【浅い】

（形）（水等）淺的；（顏色）淡的；（程度）膚淺的，少的，輕的；（時間）短的

反 深い
例 子ども用のプールは浅いです。／孩童用的游泳池很淺。

---

**0018** □□□

**あ|しくび**
【足首】

（名）腳踝

例 不注意で足首をひねった。
／因為不小心而扭傷了腳踝。

---

**0019** □□□

**あ|ずかる**
【預かる】

（他五）收存，（代人）保管；擔任，管理，負責處理；保留，暫不公開

類 引き受ける
例 人から預かった金を、使ってしまった。
／把別人託我保管的錢用掉了。

**0020**
☐☐☐

**あずける**
【預ける】

(他下一) 寄放，存放；委託，託付

(類) 託する

(例) あんな銀行に、お金を預けるものか。
／我絕不把錢存到那種銀行！

文法
ものか [ 絕不…]
▶ 説話者絕不做某事的決心。

**0021**
☐☐☐

**あたえる**
【与える】

(他下一) 給與，供給；授與；使蒙受；分配

(反) 奪う（うばう）
(類) 授ける（さずける）

(例) 手塚治虫は、後の漫画家に大きな影響を与えた。
／手塚治虫帶給了漫畫家後進極大的影響。

**0022**
☐☐☐

**あたたまる**
【暖まる】

(自五) 暖，暖和；感到溫暖；手頭寬裕

(類) 暖かくなる

(例) これだけ寒いと、部屋が暖まるのにも時間がかかる。
／像現在這麼冷，必須等上一段時間才能讓房間變暖和。

**0023**
☐☐☐

**あたたまる**
【温まる】

(自五) 暖，暖和；感到心情溫暖

(類) 温かくなる

(例) 外は寒かったでしょう。早くお風呂に入って温まりなさい。
／想必外頭很冷吧。請快點洗個熱水澡暖暖身子。

**0024**
☐☐☐

**あたためる**
【暖める】

(他下一) 使溫暖；重溫，恢復

(類) 暖かくする

(例) ストーブと扇風機を一緒に使うと、部屋が早く暖められる。
／只要同時開啟暖爐和電風扇，房間就會比較快變暖和。

文法
られる [ 能；會]
▶ 表示根據某狀況，是有某種可能性的。

**0025**
☐☐☐

Track
**2**

**あたためる**
【温める】

(他下一) 溫，熱；擱置不發表

(類) 熱する

(例) 冷めた料理を温めて食べました。／我把已經變涼了的菜餚加熱後吃了。

**0026** □□□

**あたり**
**【辺り】**

（名・造語）附近，一帶；之類，左右

類 近く；辺（へん）

例 この辺りからあの辺にかけて、畑が多いです。
　　／從這邊到那邊，有許多田地。

文法

から…にかけて［從…到…］
▶ 表示兩地點、時間之間一直連續發生某事或某狀態。

**0027** □□□

**あたりまえ**
**【当たり前】**

（名）當然，應然；平常，普通

類 もっとも

例 学生なら、勉強するのは当たり前です。
　　／既然身為學生，讀書就是應盡的本分。

**0028** □□□

**あたる**
**【当たる】**

（自五・他五）碰撞；擊中；合適；太陽照射；取暖，吹（風）；接觸；（大致）位於；當…時候；（粗暴）對待

類 ぶつかる

例 この花は、よく日の当たるところに置いてください。
　　／請把這盆花放在容易曬到太陽的地方。

**0029** □□□

**あっというま（に）**
**【あっという間（に）】**

（感）一眨眼的功夫

例 あっという間の7週間、本当にありがとうございました。
　　／七個星期一眨眼就結束了，真的萬分感激。

**0030** □□□

**アップ**
**【up】**

（名・他サ）增高，提高；上傳（檔案至網路）

例 姉はいつも収入アップのことを考えていた。
　　／姊姊老想著提高年收。

**0031** □□□

**あつまり**
**【集まり】**

（名）集會，會合；收集（的情況）

類 集い（つどい）

例 親戚の集まりは、美人の妹と比べられるから嫌だ。
　　／我討厭在親戚聚會時被拿來和漂亮的妹妹做比較。

文法

られる［被…］
▶ 表示某事物或人承受到別人的動作。

讀書計劃：□□／□□／□□

**0032** □□□
**あてな**
【宛名】
（名）收信（件）人的姓名住址

（類）宛所
（例）宛名を書きかけて、間違いに気がついた。
／正在寫收件人姓名的時候，發現自己寫錯了。

**0033** □□□
**あてる**
【当てる】
（他下一）碰撞，接觸；命中；猜，預測；貼上，放上；測量；對著，朝向

（例）布団を日に当てると、ふかふかになる。
／把棉被拿去曬太陽，就會變得很膨鬆。

**0034** □□□
**アドバイス**
【advice】
（名・他サ）勸告，提意見；建議

（類）諫める（いさめる）；注意
（例）彼はいつも的確なアドバイスをくれます。
／他總是給予切實的建議。

**0035** □□□
**あな**
【穴】
（名）孔，洞，窟窿；坑；穴，窩；礦井；藏匿處；缺點；虧空

（類）洞窟（どうくつ）
（例）うちの犬は、地面に穴を掘るのが好きだ。
／我家的狗喜歡在地上挖洞。

**0036** □□□
**アナウンサー**
【announcer】
（名）廣播員，播報員

（類）アナ
（例）彼は、アナウンサーにしては声が悪い。
／就一個播音員來說，他的聲音並不好。

文法
にしては［作為…，相對來說］
▶ 表示現實情況跟前項前提的標準相差大。

**0037** □□□
**アナウンス**
【announce】
（名・他サ）廣播；報告；通知

（例）機長が、到着予定時刻をアナウンスした。
／機長廣播了預定抵達時刻。

**0038** □□□
アニメ
【animation】
(名) 卡通，動畫片

(類) 動画；アニメーション
(例) 私の国でも日本のアニメがよく放送されています。
／在我的國家也經常播映日本的卡通。

**0039** □□□
あぶら
【油】
(名) 脂肪，油脂

(比) 常溫液體的可燃性物質，由植物製成。
(例) えびを油でからりと揚げる。
／用油把蝦子炸得酥脆。

**0040** □□□
あぶら
【脂】
(名) 脂肪，油脂；(喻) 活動力，幹勁

(類) 脂肪 (しぼう)
(比) 常溫固體的可燃性物質，肉類所分泌油脂。
(例) 肉は脂があるからおいしいんだ。 ／肉就是富含油脂所以才好吃呀。

**0041** □□□
アマチュア
【amateur】
(名) 業餘愛好者；外行

(反) プロフェッショナル (類) 素人 (しろうと)
(例) 最近は、アマチュア選手もレベルが高い。
／最近非職業選手的水準也很高。

**0042** □□□
あら
【粗】
(名) 缺點，毛病

(例) 人の粗を探すより、よいところを見るようにしよう。
／與其挑別人的毛病，不如請多看對方的優點吧。

| 文法 |
| --- |
| ように [ 請…] |
| ▶ 表示希望、勸告或輕微的命令。 |

**0043** □□□
あらそう
【争う】
(他五) 爭奪；爭辯；奮鬥，對抗，競爭

(類) 競う (きそう)
(例) 各地区の代表、計6チームが優勝を争う。
／將由各地區代表總共六隊來爭奪冠軍。

**0044** □□□
## あらわす
【表す】
(他五) 表現出，表達；象徵，代表

(類) 示す
(比) 將思想、情感等抽象的事物表現出來。
(例) 計画を図で表して説明した。
／透過圖表說明了計畫。

**0045** □□□
## あらわす
【現す】
(他五) 現，顯現，顯露

(類) 示す (比) 將情況、狀態、真相或事件等具體呈現。
(例) 彼は、8時ぎりぎりに、ようやく姿を現した。
／快到八點時，他才終於出現了。

**0046** □□□
## あらわれる
【表れる】
(自下一) 出現，出來；表現，顯出

(類) 明らかになる
(例) 彼は何も言わなかったが、不満が顔に表れていた。
／他雖然什麼都沒說，但臉上卻露出了不服氣的神情。

**0047** □□□
## あらわれる
【現れる】
(自下一) 出現，呈現，顯露

(類) 出現
(例) 意外な人が突然現れた。
／突然出現了一位意想不到的人。

**0048** □□□
## アルバム
【album】
(名) 相簿，記念冊

(例) 娘の七五三の記念アルバムを作ることにしました。
／為了記念女兒七五三節，決定做本記念冊。

**0049** □□□
## あれっ・あれ
(感) 哎呀

(例)「あれ。」「どうしたの」「財布忘れてきたみたい」
／「咦？」「怎麼了？」「我好像忘記帶錢包了。」

文法
みたい[好像]
▶ 表示不是很確定的推測或判斷。

**0050**
□□□
**あわせる**
**【合わせる】**
(他下一) 合併；核對，對照；加在一起，混合；配合，調合

(類) 一致させる（いっちさせる）

(例) みんなで力を合わせたとしても、彼に勝つことはできない。
／就算大家聯手，也是沒辦法贏過他。

(文法) としても［就算…，也…］
▶ 假設前項是事實或成立，後項也不會起有效的作用。

**0051**
□□□
**あわてる**
**【慌てる】**
(自下一) 驚慌，急急忙忙，匆忙，不穩定
(反) 落ち着く

(類) まごつく

(例) 突然質問されて、少し慌ててしまった。
／突然被問了問題，顯得有點慌張。

**0052**
□□□
**あんがい**
**【案外】**
(副・形動) 意想不到，出乎意外

(類) 意外

(例) 難しいかと思ったら、案外易しかった。
／原以為很難，結果卻簡單得叫人意外。

**0053**
□□□
**アンケート**
**【(法)enquête】**
(名)（以同樣內容對多數人的）問卷調查，民意測驗

(例) 皆様にご協力いただいたアンケートの結果をご報告します。
／現在容我報告承蒙各位協助所完成的問卷調查結果。

(い)

**0054**
□□□
(Track 3)
**い**
**【位】**
(接尾) 位；身分，地位

(例) 今度のテストでは、学年で一位になりたい。
／這次考試希望能拿到全學年的第一名。

(文法) たい［想要…］
▶ 表示說話者的內心想做、想要的。

**0055**
□□□
**いえ**
(感) 不，不是

(例) いえ、違います。
／不，不是那樣。

**0056** □□□
## いがい
## 【意外】
（名・形動）意外，想不到，出乎意料

類 案外

例 雨による被害は、意外に大きかった。
／大雨意外地造成嚴重的災情。

**0057** □□□
## いかり
## 【怒り】
（名）憤怒，生氣

類 いきどおり

例 子どもの怒りの表現は親の怒りの表現のコピーです。
／小孩子生氣的模樣正是父母生氣時的翻版。

**0058** □□□
## いき・ゆき
## 【行き】
（名）去，往

例 まもなく、東京行きの列車が発車します。
／前往東京的列車即將發車。

**0059** □□□
## いご
## 【以後】
（名）今後，以後，將來；（接尾語用法）（在某時期）以後

反 以前　類 以来

例 夜 11 時以後は電話代が安くなります。
／夜間十一點以後的電話費率比較便宜。

**0060** □□□
## イコール
## 【equal】
（名）相等；（數學）等號

類 等しい（ひとしい）

例 失敗イコール負けというわけではない。
／失敗並不等於輸了。

**0061** □□□
## いし
## 【医師】
（名）醫師，大夫

類 医者

例 医師に言われた通りに薬を飲む。
／按照醫師開立的藥囑吃藥。

## 0062 いじょうきしょう【異常気象】
<small>□□□</small> 名 氣候異常

例 異常気象が続いている。
／氣候異常正持續著。

文法
▶ 近 つづける [ 繼續… ]
▶ 近 っ放して [ …著（表持續）]

## 0063 いじわる【意地悪】
<small>□□□</small> 名・形動 使壞，刁難，作弄

類 虐待（ぎゃくたい）

例 意地悪な人といえば、高校の数学の先生を思い出す。
／說到壞心眼的人，就讓我想到高中的數學老師。

## 0064 いぜん【以前】
<small>□□□</small> 名 以前；更低階段（程度）的；（某時期）以前

反 以降　類 以往

例 以前、東京でお会いした際に、名刺をお渡ししたと思います。
／我記得之前在東京跟您會面時，有遞過名片給您。

文法
際に [ 在…時 ]
▶ 表示動作、行為進行的時候。

## 0065 いそぎ【急ぎ】
<small>□□□</small> 名・副 急忙，匆忙，緊急

類 至急

例 部長は大変お急ぎのご様子でした。
／經理似乎非常急的模樣。

## 0066 いたずら【悪戯】
<small>□□□</small> 名・形動 淘氣，惡作劇；玩笑，消遣

類 戯れ（たわむれ）；ふざける

例 彼女は、いたずらっぽい目で笑った。
／她眼神淘氣地笑了。

文法
っぽい [ 感覺像… ]
▶ 表示有這種感覺或傾向。

## 0067 いためる【傷める・痛める】
<small>□□□</small> 他下一 使（身體）疼痛，損傷；使（心裡）痛苦

例 桃をうっかり落として傷めてしまった。
／不小心把桃子掉到地上摔傷了。

**0068**
□□□ いちどに
【一度に】
(副) 同時地，一塊地，一下子

(類) 同時に

(例) そんなに一度に食べられません。
／我沒辦法一次吃那麼多。

**0069**
□□□ いちれつ
【一列】
(名) 一列，一排

(例) 一列に並んで、順番を待つ。
／排成一列依序等候。

**0070**
□□□ いっさくじつ
【一昨日】
(名) 前一天，前天

(類) 一昨日（おととい）

(例) 一昨日アメリカから帰ってきました。
／前天從美國回來了。

**0071**
□□□ いっさくねん
【一昨年】
(造語) 前年

(類) 一昨年（おととし）

(例) 一昨年、北海道に引っ越しました。
／前年，搬去了北海道。

**0072**
□□□ いっしょう
【一生】
(名) 一生，終生，一輩子

(類) 生涯（しょうがい）

(例) あいつとは、一生口をきくものか。
／我這輩子，決不跟他講話。

文法
ものか[決不…]
▶ 絕不做某事的決心、強烈否定對方的意見。

**0073**
□□□ いったい
【一体】
(名・副) 一體，同心合力；一種體裁；根本，本來；大致上；到底，究竟

(類) そもそも

(例) 一体何が起こったのですか。
／到底發生了什麼事？

**0074** □□□
**Track 4**

**いってきます**
【行ってきます】

（寒暄）我出門了

例 8時だ。行ってきます。
／八點了！我出門囉。

---

**0075** □□□

**いつのまにか**
【何時の間にか】

（副）不知不覺地，不知什麼時候

例 いつの間にか、お茶の葉を使い切りました。
／茶葉不知道什麼時候就用光了。

---

**0076** □□□

**いとこ**
【従兄弟・従姉妹】

（名）堂表兄弟姊妹

例 日本では、いとこ同士でも結婚できる。
／在日本，就算是堂兄妹／堂姊弟、表兄妹／表姊弟也可以結婚。

---

**0077** □□□

**いのち**
【命】

（名）生命，命；壽命

（類）生命

例 命が危ないところを、助けていただきました。
／在我性命危急時，他救了我。

**文法**
ところを [ 正當…時 ]
▶ 表示正當 A 的時候，發生了 B 的狀況。

---

**0078** □□□

**いま**
【居間】

（名）起居室

（類）茶の間

例 居間はもとより、トイレも台所も全部掃除しました。
／別說是客廳，就連廁所和廚房也都清掃過了。

**文法**
はもとより [ 不僅…而且…]
▶ 表示一般程度的前項自然不用說，就連程度較高的後項也不例外。

---

**0079** □□□

**イメージ**
【image】

（名）影像，形象，印象

例 企業イメージの低下に伴って、売り上げも落ちている。
／隨著企業形象的滑落，銷售額也跟著減少。

**文法**
に伴って [ 隨著…]
▶ 表示隨著前項事物的變化而進展。

---

**0080**
□□□
## いもうとさん
【妹さん】
（名）妹妹，令妹（「妹」的鄭重説法）

例 予想に反して、遠藤さんの妹さんは美人でした。
/與預料相反，遠藤先生的妹妹居然是美女。

文法
に反して[與…相反…]
▶接「期待」、「予想」等詞後面，表後項結果與前項所預料相反。

**0081**
□□□
## いや
（感）不；沒什麼

例 いや、それは違う。
/不，不是那樣的。

**0082**
□□□
## いらいら
【苛々】
（名・副・他サ）情緒急躁、不安；焦急，急躁

類 苛立つ（いらだつ）
例 何だか最近いらいらしてしょうがない。
/不知道是怎麼搞的，最近老是焦躁不安的。

**0083**
□□□
## いりょうひ
【衣料費】
（名）服裝費

類 洋服代
例 子どもの衣料費に一人月どれくらいかけていますか。
/小孩的治裝費一個月要花多少錢？

**0084**
□□□
## いりょうひ
【医療費】
（名）治療費，醫療費

類 治療費
例 今年は入院したので医療費が多くかかった。
/今年由於住了院，以致於醫療費用增加了。

**0085**
□□□
## いわう
【祝う】
（他五）祝賀，慶祝；祝福；送賀禮；致賀詞

類 祝する（しゅくする）
例 みんなで彼の合格を祝おう。
/大家一起來慶祝他上榜吧！

**0086** □□□
## インキ
### 【ink】
（名）墨水

（類）インク

（例）万年筆（まんねんひつ）のインキがなくなったので、サインのしようがない。
／因為鋼筆的墨水用完了，所以沒辦法簽名。

**文法**

ようがない［沒辦法］
▶ 表示不管用什麼方法都不可能，已經沒有其他方法了。

---

**0087** □□□
## インク
### 【ink】
（名）墨水，油墨（也寫作「インキ」）

（類）インキ

（例）この絵（え）は、ペンとインクで書（か）きました。
／這幅畫是以鋼筆和墨水繪製而成的。

---

**0088** □□□
## いんしょう
### 【印象】
（名）印象

（類）イメージ

（例）台湾（たいわん）では、故宮（こきゅう）の白菜（はくさい）の彫刻（ちょうこく）が一番印象（いちばんいんしょう）に残（の）った。
／這趟台灣之行，印象最深刻的是故宮的翠玉白菜。

---

**0089** □□□
## インスタント
### 【instant】
（名・形動）即席，稍加工即可的，速成（或唸：インスタント）

（例）昼（ひる）ご飯（はん）はインスタントラーメンですませた。
／吃速食麵打發了午餐。

---

**0090** □□□
## インターネット
### 【internet】
（名）網路

（例）説明書（せつめいしょ）に従（したが）って、インターネットに接続（せつぞく）しました。
／照著說明書，連接網路。

---

**0091** □□□
## インタビュー
### 【interview】
（名・自サ）會面，接見；訪問，採訪

（類）面会

（例）インタビューを始（はじ）めたとたん、首相（しゅしょう）は怒（いか）り始（はじ）めた。
／採訪剛開始，首相就生氣了。

**文法**

とたん［剛…就…］
▶ 表示前項動作和變化完成的一瞬間，發生了後項的動作和變化。

讀書計劃：□□／□□

**0092**
□□□

### いんりょく
【引力】

（名）物體互相吸引的力量

例 万有引力の法則は、ニュートンが発見した。
／萬有引力定律是由牛頓發現的。

う

**0093**
□□□

⑤

### ウイルス
【virus】

（名）病毒，濾過性病毒

類 菌

例 メールでウイルスに感染しました。
／因為收郵件導致電腦中毒了。

**0094**
□□□

### ウール
【wool】

（名）羊毛，毛線，毛織品

例 そろそろ、ウールのセーターを出さなくちゃ。
／看這天氣，再不把毛衣拿出來就不行了。

**文法**

なくちゃ [ 不…不行 ]
▶ 表示受限於某個條件而必須要做，如果不做，會有不好的結果發生。

**0095**
□□□

### ウェーター・ウェイター
【waiter】

（名）（餐廳等的）侍者，男服務員

例 ウェーターが注文を取りに来た。
／服務生過來點菜了。

**0096**
□□□

### ウェートレス・ウェイトレス
【waitress】

（名）（餐廳等的）女侍者，女服務生

類 メード

例 あの店のウエートレスは態度が悪くて、腹が立つほどだ。
／那家店的女服務生態度之差，可說是令人火冒三丈。

**文法**

ほど [ 得令人 ]
▶ 比喻或舉出具體的例子，來表示動作或狀態處於某種程度。

**0097**
□□□

### うごかす
【動かす】

（他五）移動，挪動，活動；搖動，搖撼；給予影響，使其變化，感動

反 止める

例 たまには体を動かした方がいい。／偶爾活動一下筋骨比較好。

## 0098 うし【牛】
□□□

（名）牛

例 いつか北海道に自分の牧場を持って、牛を飼いたい。
／我希望有一天能在北海道擁有自己的牧場養牛。

文法
たい[想要…]
▶ 表示說話者的內心想做、想要的。

## 0099 うっかり
□□□

（副・自サ）不注意，不留神；發呆，茫然

類 うかうか

例 うっかりしたものだから、約束を忘れてしまった。
／因為一時不留意，而忘了約會。

文法
ものだから[就是因為…，所以…]
▶ 常用在因為事態的程度很厲害，因此做了某事。

## 0100 うつす【写す】
□□□

（他五）抄襲，抄寫；照相；摹寫

例 友達に宿題を写させてもらったら、間違いだらけだった。
／我抄了朋友的作業，結果他的作業卻是錯誤連篇。

文法
だらけ[全是…]
▶ 表示數量過多。

## 0101 うつす【移す】
□□□

（他五）移，搬；使傳染；度過時間

類 引っ越す

例 鼻水が止まらない。弟に風邪を移されたに違いない。
／鼻水流個不停。一定是被弟弟傳染了感冒，錯不了。

文法
に違いない[一定是]
▶ 說話者根據經驗或直覺，做出非常肯定的判斷。

## 0102 うつる【写る】
□□□

（自五）照相，映顯；顯像；（穿透某物）看到

類 転写する（てんしゃする）

例 私の隣に写っているのは姉です。
／照片中，在我旁邊的是姊姊。

## 0103 うつる【映る】
□□□

（自五）映，照；顯得，映入；相配，相稱；照相，映現

類 映ずる（えいずる）

例 山が湖の水に映っています。／山影倒映在湖面上。

**0104** □□□

## うつる
【移る】

(自五) 移動；推移；沾到

(類) 移動する（いどうする）

(例) 都会は家賃が高いので、引退してから郊外に移った。

／由於大都市的房租很貴，退下第一線以後就搬到郊區了。

**0105** □□□

## うどん
【饂飩】

(名) 烏龍麵條，烏龍麵

(例) 安かったわりには、おいしいうどんだった。

／這碗烏龍麵雖然便宜，但出乎意料地好吃。

文法
わりには [（比較起來）
雖然…但是…]
▶ 表示結果跟前項條件
不相稱，結果劣於或優
於應有程度。

**0106** □□□

## うま
【馬】

(名) 馬

(例) 生まれて初めて馬に乗った。

／我這輩子第一次騎了馬。

**0107** □□□

## うまい

(形) 味道好，好吃；想法或做法巧妙，擅於；非常適宜，順利

(反) まずい　(類) おいしい

(例) 山は空気がうまいなあ。／山上的空氣真新鮮呀。

**0108** □□□

## うまる
【埋まる】

(自五) 被埋上；填滿，堵住；彌補，補齊

(例) 小屋は雪に埋まっていた。／小屋被雪覆蓋住。

**0109** □□□

## うむ
【生む】

(他五) 產生，產出

(例) その発言は誤解を生む可能性がありますよ。

／你那發言可能會產生誤解喔！

**0110** □□□

## うむ
【産む】

(他五) 生，產

(例) 彼女は女の子を産んだ。／她生了女娃兒。

## 0111 うめる【埋める】
□□□

（他下一）埋，掩埋；填補，彌補；佔滿

（類）埋める（うずめる）

（例）犯人は、木の下にお金を埋めたと言っている。

／犯人自白說他將錢埋在樹下。

## 0112 うらやましい【羨ましい】
□□□

（形）羨慕，令人嫉妒，眼紅

（類）羨む（うらやむ）

（例）お金のある人が羨ましい。

／好羨慕有錢人。

## 0113 うる【得る】
□□□

（他下二）得到；領悟

（例）この本はなかなか得るところが多かった。

／從這本書學到了相當多東西。

## 0114 うわさ【噂】
□□□

（名・自サ）議論，閒談；傳說，風聲

（類）流言（りゅうげん）

（例）本人に聞かないと、うわさが本当かどうかわからない。

／傳聞是真是假，不問當事人是不知道的。

（文法）
ないと［不…不行］
▶ 表示受限於某個條件、規定，必須要做某件事情。

## 0115 うんちん【運賃】
□□□

（名）票價；運費

（類）切符代

（例）運賃は当方で負担いたします。

／運費由我方負責。

## 0116 うんてんし【運転士】
□□□

（名）司機；駕駛員，船員

（例）私は JR で運転士をしています。

／我在 JR 當司機。

## 0117 □□□
**うんてんしゅ**
【運転手】

（名）司機

類 運転士

例 タクシーの運転手に、チップをあげた。
／給了計程車司機小費。

## 0118 □□□
**エアコン**
【air conditioning】

（名）空調；溫度調節器

類 冷房（れいぼう）

例 家具とエアコンつきの部屋を探しています。
／我在找附有家具跟冷氣的房子。

## 0119 □□□
**えいきょう**
【影響】

（名・自サ）影響

類 反響（はんきょう）

例 鈴木先生には、大変影響を受けました。
／鈴木老師給了我很大的影響。

## 0120 □□□
**えいよう**
【栄養】

（名）營養

類 養分（ようぶん）

例 子供の栄養には気をつけています。
／我很注重孩子的營養。

## 0121 □□□
**えがく**
【描く】

（他五）畫，描繪；以…為形式，描寫；想像

類 写す（うつす）

例 この絵は、心に浮かんだものを描いたにすぎません。
／這幅畫只是將內心所想像的東西，畫出來的而已。

## 0122 □□□
**えきいん**
【駅員】

（名）車站工作人員，站務員

例 駅のホームに立って、列車を見送る駅員さんが好きだ。
／我喜歡站在車站目送列車的站員。

---

**0123** □□□

エ|ス|エ|フ （SF）
【science fiction】　　　名 科學幻想

例 以前に比べて、少女漫画のＳＦ作品は随分
増えた。
／相較於從前，少女漫畫的科幻作品增加了相當多。

文法
に比べて [ 與…相比 ]
▶ 表示比較、對照。

---

**0124** □□□

エ|ッ|セ|ー・エ|ッ|セ|イ　　名 小品文，隨筆；（隨筆式的）短論文
【essay】

類 随筆（ずいひつ）

例 彼女は CD を発売するとともに、エッセー
も出版した。
／她發行 CD 的同時，也出版了小品文。

文法
とともに [ 與…同時 ]
▶ 表示後項的動作或變化，
跟著前項同時進行或發生。
▶ 近 にしたがって [伴隨…]

---

**0125** □□□

エ|ネ|ル|ギ|ー　　　　名 能量，能源，精力，氣力
【( 德 )energie】

類 活力（かつりょく）

例 国内全体にわたって、エネルギーが不足し
ています。
／就全國整體來看，能源是不足的。

文法
にわたって [ 在…範圍
內 ]
▶ 表示動作、行為所涉
及到的時間範圍，或空
間範圍非常之大。

---

**0126** □□□

え|り　　　　名 （衣服的）領子；脖頸，後頸；（西裝的）硬領
【襟】

例 コートの襟を立てている人は、山田さんです。
／那位豎起外套領子的人就是山田小姐。

---

**0127** □□□

え|る　　　他下一 得，得到；領悟，理解；能夠
【得る】

類 手に入れる

例 そんな簡単に大金が得られるわけがない。
／怎麼可能那麼容易就得到一大筆錢。

文法
わけがない[ 不可能…]
▶ 表示從道理上而言，
強烈地主張不可能或沒
有理由成立。

---

**0128** □□□

え|ん　　　　接尾 園
【園】

例 弟は幼稚園に通っている。／弟弟上幼稚園。

**0129**
□□□

### えんか
### 【演歌】

(名) 演歌（現多指日本民間特有曲調哀愁的民謠）

例 演歌がうまく歌えたらいいのになあ。

／要是能把日本歌謠唱得動聽，<u>不知該有多好呀</u>。

**0130**
□□□

### えんげき
### 【演劇】

(名) 演劇，戲劇

類 芝居（しばい）

例 演劇の練習をしている最中に、大きな地震が来た。

／<u>正在</u>排演戲劇的時候，突然來了一場大地震。

**0131**
□□□

### エンジニア
### 【engineer】

(名) 工程師，技師

類 技師（ぎし）

例 あの子はエンジニアを目指している。

／那個孩子立志成為工程師。

**0132**
□□□

### えんそう
### 【演奏】

(名・他サ) 演奏

類 奏楽（そうがく）

例 彼の演奏はまだまだだ。

／他的演奏還有待加強。

お

**0133**
□□□

### おい

(感)（主要是男性對同輩或晚輩使用）打招呼的喂，唉；（表示輕微的驚訝）呀！啊！

例 （道に倒れている人に向かって）おい、大丈夫か。

／（朝倒在路上的人說）喂，沒事吧？

**0134** □□□
## おい
【老い】
名 老；老人

例 こんな階段でくたびれるなんて、老いを感じるなあ。
／區區爬這幾階樓梯居然累得要命，果然年紀到了啊。

文法
なんて [ 真是太…]
▶ 表示前面的事是出乎意料的，後面多接驚訝或是輕視的評價。

**0135** □□□
## おいこす
【追い越す】
他五 超過，趕過去

類 抜く（ぬく）

例 トラックなんか、追い越しちゃえ。
／我們快追過那卡車吧！

文法
なんか [ 之類的 ]
▶ 用輕視的語氣，談論主題。口語用法。
▶ 近 など [ 才不（輕視的語氣）]

**0136** □□□
## おうえん
【応援】
名・他サ 援助，支援；聲援，助威

類 声援

例 今年は、私が応援している野球チームが優勝した。
／我支持的棒球隊今年獲勝了。

**0137** □□□
## おおく
【多く】
名・副 多數，許多；多半，大多

類 沢山

例 日本は、食品の多くを輸入に頼っている。
／日本的食品多數仰賴進口。

**0138** □□□
## オーバー・オーバーコート
【overcoat】
名 大衣，外套，外衣

例 まだオーバーを着るほど寒くない。
／還沒有冷到需要穿大衣。

文法
ほど…ない [ 沒那麼…]
▶ 表示程度並沒有那麼高。

**0139** □□□
**オープン**
【open】
(名・自他サ・形動) 開放，公開；無蓋，敞篷；露天，野外

例 このレストランは３月にオープンする。
／這家餐廳將於三月開幕。

**0140** □□□
**おかえり**
【お帰り】
(寒暄) (你) 回來了

例「ただいま」「お帰り」
／「我回來了。」「回來啦！」

**0141** □□□
**おかえりなさい**
【お帰りなさい】
(寒暄) 回來了

例 お帰りなさい。お茶でも飲みますか。
／你回來啦。要不要喝杯茶？

**0142** □□□
**おかけください**
(敬) 請坐

例 どうぞ、おかけください。
／請坐下。

**0143** □□□
**おかしい**
【可笑しい】
(形) 奇怪，可笑；不正常

(類) 滑稽 (こっけい)

例 いくらおかしくても、そんなに笑うことないでしょう。
／就算好笑，也不必笑成那個樣子吧。

**文法**
ことはない [ 用不著… ]
► 表示鼓勵或勸告別人，沒有做某一行為的必要。

**0144** □□□
**おかまいなく**
【お構いなく】
(敬) 不管，不在乎，不介意

例 どうぞ、お構いなく。／請不必客氣。

**0145** □□□
**おきる**
【起きる】
(自上一) (倒著的東西) 起來，立起來；起床；不睡；發生

(類) 立ち上がる (たちあがる)
例 昨夜はずっと起きていた。
／昨天晚上一直都醒著。

**0146** □□□
# おく
【奥】

（名）裡頭，深處；裡院；盡頭

例 のどの奥に魚の骨が引っかかった。
／喉嚨深處哽到魚刺了。

**0147** □□□
# おくれ
【遅れ】

（名）落後，晚；畏縮，怯懦

例 台風のため、郵便の配達に二日の遅れが出ている。
／由於颱風，郵件延遲兩天送達。

**0148** □□□
# おげんきですか
【お元気ですか】

（寒暄）你好嗎？

例 ご両親はお元気ですか。
／請問令尊與令堂安好嗎？

**0149** □□□
# おこす
【起こす】

（他五）扶起；叫醒；引起

類 目を覚まさせる（めをさまさせる）

例 父は、「明日の朝、6時に起こしてくれ」と言った。
／父親說：「明天早上六點叫我起床」。

文法

**てくれと[給我…]**
▶ 表示引用某人下的強烈命令的內容。

**と[（表示命令內容）]**
▶ 前面接動詞命令形，表示引用命令的內容。

**0150** □□□
# おこる
【起こる】

（自五）發生，鬧；興起，興盛；（火）著旺

反 終わる
類 始まる

例 この交差点は事故が起こりやすい。
／這個十字路口經常發生交通事故。
例 世界の地震の約1割が日本で起こっている。
／全世界的地震大約有一成發生在日本。

**0151** □□□
# おごる
【奢る】

（自五・他五）奢侈，過於講究；請客，作東

例 ここは私がおごります。／這回就讓我作東了。

讀書計劃：□□／□□／□□

**0152**
☐☐☐ **おさえる**
【押さえる】

(他下一) 按，壓；扣住，勒住；控制，阻止；捉住；
扣留；超群出眾

(類) 押す

(例) この釘を押さえていてください。
　　／請按住這個釘子。

**0153**
☐☐☐ **おさきに**
【お先に】

(敬) 先離開了，先告辭了

(例) お先に、失礼します。
　　／我先告辭了。

**0154**
☐☐☐ **おさめる**
【納める】

(他下一) 交，繳納

(例) 税金を納めるのは国民の義務です。
　　／繳納税金是國民的義務。

**0155**
☐☐☐ **おしえ**
【教え】

(名) 教導，指教，教誨；教義

(例) 神の教えを守って生活する。
　　／遵照神的教誨過生活。

**0156**
☐☐☐ **おじぎ**
【お辞儀】

(名・自サ) 行禮，鞠躬，敬禮；客氣

(類) 挨拶

(例) 目上の人にお辞儀をしなかったので、母にしかられた。
　　／因為我沒跟長輩行禮，被媽媽罵了一頓。

**0157**
☐☐☐ **おしゃべり**
【お喋り】

(名・自サ・形動) 閒談，聊天；愛說話的人，健談的人

(反) 無口　(類) 無駄口 (むだぐち)

(例) 友だちとおしゃべりをしているところへ、
　　先生が来た。
　　／當我正在和朋友閒談時，老師走了過來。

| 文法 |
| --- |
| ところへ [正當…的時候] |
| ▶ 表示正在做某事時，偶發了另一件事，並產生某種影響。 |

---

**0158** □□□

**お<u>じゃまします</u>**
【お邪魔します】

敬 打擾了

例「どうぞお上りください」「お邪魔します」
／「請進請進」「打擾了」

---

**0159** □□□

**お<u>しゃ</u>れ**
【お洒落】

名・形動 打扮漂亮，愛漂亮的人

例おしゃれしちゃって、これからデート。
／瞧你打扮得那麼漂亮／帥氣，等一下要約會？

---

**0160** □□□

**お<u>せわ</u>になりました**
【お世話になりました】

敬 受您照顧了

例いろいろと、お世話になりました。
／感謝您多方的關照。

---

**0161** □□□

**お<u>そわる</u>**
【教わる】

他五 受教，跟…學習

例パソコンの使い方を<u>教わったとたんに</u>、もう
忘れてしまった。
／<u>才剛</u>請別人教我電腦的操作方式，現在<u>就</u>已經忘
了。

文法

とたんに [ 剛…就… ]
▶ 表示前項動作和變化完
成的一瞬間，發生了後項
的動作和變化。

---

**0162** □□□

⑧

**お<u>たがい</u>**
【お互い】

名 彼此，互相

例二人はお互いに愛し合っている。
／兩人彼此相愛。

---

**0163** □□□

**お<u>たまじゃくし</u>**
【お玉杓子】

名 圓杓，湯杓；蝌蚪

例お玉じゃくしでスープをすくう。
／用湯杓舀湯。

---

**0164** □□□

**お<u>でこ</u>**

名 凸額，額頭突出（的人）；額頭，額骨

類 額（ひたい）
例息子が転んで机の角におでこをぶつけた。
／兒子跌倒時額頭撞到了桌角。

**0165** ☐☐☐ | **おとなしい**【大人しい】 | 〔形〕老實，溫順；（顏色等）樸素，雅致

類 穏やか（おだやか）

例 彼女（かのじょ）はおとなしいですが、とてもしっかりしています。
　/她雖然文靜，但非常能幹。

**0166** ☐☐☐ | **オフィス**【office】 | 〔名〕辦公室，辦事處；公司；政府機關

類 事務所（じむしょ）

例 彼のオフィスは、3階（かい）だと思（おも）ったら4階（かい）でした。
　/原以為他的辦公室是在三樓，誰知原來是在四樓。

**0167** ☐☐☐ | **オペラ**【opera】 | 〔名〕歌劇

類 芝居

例 オペラを観（み）て、主人公（しゅじんこう）の悲（かな）しい運命（うんめい）に涙（なみだ）が出（で）ました。
　/觀看歌劇中主角的悲慘命運，而熱淚盈眶。

**0168** ☐☐☐ | **おまごさん**【お孫さん】 | 〔名〕孫子，孫女，令孫（「孫」的鄭重說法）

例 そちら、お孫（まご）さん。何歳（なんさい）ですか。
　/那一位是令孫？今年幾歲？

**0169** ☐☐☐ | **おまちください**【お待ちください】 | 〔敬〕請等一下

例 少々（しょうしょう）、お待（ま）ちください。
　/請等一下。

**0170** ☐☐☐ | **おまちどおさま**【お待ちどおさま】 | 〔敬〕久等了

例 お待（ま）ちどおさま、こちらへどうぞ。
　/久等了，這邊請。

**0171** ☐☐☐ | **おめでとう** | 〔寒暄〕恭喜

例 大学合格（だいがくごうかく）、おめでとう。/恭喜你考上大學。

**0172**
□□□

## おめにかかる
【お目に掛かる】

慣（謙讓語）見面，拜會

例 社長にお目に掛かりたいのですが。

／想拜會社長。

文法
たい［想要…］
▶ 表示說話者的內心想做、想要的。

**0173**
□□□

## おもい
【思い】

名（文）思想，思考；感覺，情感；想念，思念；願望，心願

類 考え

例 彼女には、申し訳ないという思いでいっぱいだ。

／我對她滿懷歉意。

**0174**
□□□

## おもいえがく
【思い描く】

他五 在心裡描繪，想像

例 将来の生活を思い描く。

／在心裡描繪未來的生活。

**0175**
□□□

## おもいきり
【思い切り】

名・副 斷念，死心；果斷，下決心；狠狠地，盡情地，徹底的

例 試験が終わったら、思い切り遊びたい。

／等考試結束後，打算玩個夠。（副詞用法）

文法
たい［想要…］
▶ 表示說話者的內心想做、想要的。

例 別れた彼女が忘れられない。俺は思い切りが悪いのか。

／我忘不了已經分手的女友，難道是我太優柔寡斷了？（名詞用法）

**0176**
□□□

## おもいつく
【思い付く】

自他五（忽然）想起，想起來

類 考え付く（かんがえつく）

例 いいアイディアを思い付くたびに、会社に提案しています。

／每當我想到好點子，就提案給公司。

文法
たびに［每當…就…］
▶ 表示前項的動作、行為都伴隨後項。

**0177**
□□□

## おもいで
【思い出】

名 回憶，追憶，追懷；紀念

例 旅の思い出に写真を撮る。 ／旅行拍照留念。

**0178** □□□
おもいやる
【思いやる】
他五 體諒，表同情；想像，推測

例 夫婦は、お互いに思いやることが大切です。
／夫妻間相互體貼很重要。

**0179** □□□
おもわず
【思わず】
副 禁不住，不由得，意想不到地，下意識地

類 うっかり
例 頭にきて、思わず殴ってしまった。
／怒氣一上來，就不自覺地揍了下去。

**0180** □□□
おやすみ
【お休み】
寒暄 休息；晚安

例 お休みのところをすみません。
／抱歉，在您休息的時間來打擾。

文法
ところを［正當…時］
▶ 表示正當 A 的時候，發生了 B 的狀況。

**0181** □□□
おやすみなさい
【お休みなさい】
寒暄 晚安

例 さて、そろそろ寝ようかな。お休みなさい。
／好啦！該睡了。晚安！

**0182** □□□
おやゆび
【親指】
名 （手腳的）拇指

例 親指に怪我をしてしまった。
／大拇指不小心受傷了。

**0183** □□□
オリンピック
【Olympics】
名 奧林匹克

例 オリンピックに出るからには、金メダルを目指す。
／既然參加奧運，目標就是得金牌。

文法
からには［既然…，就…］
▶ 表示既然到了這種情況，後面就要「貫徹到底」的說法。

あ
行單字

**0184** ☐☐☐
**オ|レ|ンジ**
【orange】

㈎ 柳橙，柳丁；橙色

㊋オレンジはもう全部食べたんだっけ。
／柳橙好像全都吃光了吧？

文法

っけ [ 是不是…呢 ]
▶ 用在想確認自己記不清，或已經忘掉的事物時。

---

**0185** ☐☐☐
**お|ろ|す**
【下ろす・降ろす】

㈬五（從高處）取下，拿下，降下，弄下；開始使用（新東西）；砍下

㋐上げる　㊣下げる

㊋車から荷物を降ろすとき、腰を痛めた。
／從車上搬行李下來的時候弄痛了腰。

---

**0186** ☐☐☐
**お|ん**
【御】

㈸ 表示敬意

㊋御礼申し上げます。
／致以深深的謝意。

---

**0187** ☐☐☐
**お|ん|がくか**
【音楽家】

㈎ 音樂家

㊣ ミュージシャン

㊋プロの音楽家になりたい。
／我想成為專業的音樂家。

文法

たい [ 想要…]
▶ 表示說話者的內心想做、想要的。

---

**0188** ☐☐☐
**お|ん|ど**
【温度】

㈎（空氣等）溫度，熱度

㊋冬の朝は、天気がいいと温度が下がります。
／如果冬天早晨的天氣晴朗，氣溫就會下降。

**0189**
□□□
**9**

か
【課】

名・漢造 （教材的）課；課業；（公司等）課，科

例 会計課で学費を納める。／在會計處繳交學費。

**0190**
□□□

か
【日】

漢造 表示日期或天數

例 私の誕生日は四月二十日です。／我的生日是四月二十日。

**0191**
□□□

か
【下】

漢造 下面；屬下；低下；下，降

例 この辺りでは、冬には気温が零下になることもある。
／這一帶的冬天有時氣溫會到零度以下。

**0192**
□□□

か
【化】

漢造 化學的簡稱；變化

例 この作家の小説は、たびたび映画化されている。
／這位作家的小說經常被改拍成電影。

**0193**
□□□

か
【科】

名・漢造 （大專院校）科系；（區分種類）科

例 英文科だから、英語を勉強しないわけにはいかない。
／因為是英文系，總不能不讀英語。

文法
ないわけにはいかない
[不能不…]
▶ 表示根據情理、一般常識或的經驗，有做某事的義務。

**0194**
□□□

か
【家】

漢造 家庭；家族；專家

例 芸術家になって食べていくのは、容易なことではない。
／想當藝術家餬口過日，並不是容易的事。

**0195**
□□□

か
【歌】

漢造 唱歌；歌詞

例 年のせいか、流行歌より演歌が好きだ。
／大概是因為上了年紀，比起流行歌曲更喜歡傳統歌謠。

文法
せいか[可能是（因為）…]
▶ 表示發生壞事或不利的原因，但這一原因也不很明確。

**0196** □□□
## カード
【card】
⊛ 卡片；撲克牌

例 単語を覚えるには、カードを使うといいよ。
／想要背詞彙，利用卡片的效果很好喔。

**0197** □□□
## カーペット
【carpet】
⊛ 地毯

例 カーペットにコーヒーをこぼしてしまった。
／把咖啡灑到地毯上了。

**0198** □□□
## かい
【会】
⊛ 會，會議，集會

類 集まり

例 毎週金曜日の夜に、『源氏物語』を読む会をやっています。
／每週五晚上舉行都《源氏物語》讀書會。

**0199** □□□
## かい
【会】
接尾 …會

例 展覧会は、終わってしまいました。／展覽會結束了。

**0200** □□□
## かいけつ
【解決】
名・自他サ 解決，處理

反 決裂（けつれつ）
類 決着（けっちゃく）
例 問題が小さいうちに、解決しましょう。
／趁問題還不大的時候解決掉吧！

文法
うちに［趁…之內］
▶ 表示在前面的環境、狀態持續的期間，做後面的動作。

**0201** □□□
## かいごし
【介護士】
⊛ 專門照顧身心障礙者日常生活的專門技術人員

例 介護士の仕事内容は、患者の身の回りの世話などです。
／看護士的工作內容是照顧病人周邊的事等等。

**0202** □□□
## かいさつぐち
【改札口】
⊛ （火車站等）剪票口

類 改札
例 JRの改札口で待っています。／在JR的剪票口等你。

讀書計劃：□□/□□/□□

## 0203 □□□
### かいしゃいん
### 【会社員】
名 公司職員

例 会社員なんかじゃなく、公務員になればよかった。

／要是能當上公務員，而不是什麼公司職員，該有多好。

## 0204 □□□
### かいしゃく
### 【解釈】
名・他サ 解釋，理解，說明

類 釈義（しゃくぎ）

例 この法律は、解釈上、二つの問題がある。

／這條法律，在解釋上有兩個問題點。

## 0205 □□□
### かいすうけん
### 【回数券】
名 ( 車票等的 ) 回數票

例 回数券をこんなにもらっても、使いきれません。

／就算拿了這麼多的回數票，我也用不完。

## 0206 □□□
### かいそく
### 【快速】
名・形動 快速，高速度

類 速い

例 快速電車に乗りました。

／我搭乗快速電車。

## 0207 □□□
### かいちゅうでんとう
### 【懐中電灯】
名 手電筒

Track 10

例 この懐中電灯は電池がいらない。振ればつく。

／這種手電筒不需要裝電池，只要甩動就會亮。

## 0208 □□□
### かう
### 【飼う】
他五 飼養 ( 動物等 )

例 うちではダックスフントを飼っています。

／我家裡有養臘腸犬。

**0209**
□□□

**か**える
【代える・換える・替える】

（他下一）代替，代理：改變，變更，變換

（類）改変（かいへん）

（例）この子は私の命に代えても守る。／我不惜犧牲性命也要保護這個孩子。

（例）窓を開けて空気を換える。／打開窗戶透氣。

（例）台湾元を日本円に替える。／把台幣換成日圓。

---

**0210**
□□□

**か**える
【返る】

（自五）復原；返回；回應

（類）戻る

（例）友達に貸したお金が、なかなか返ってこない。

／借給朋友的錢，遲遲沒能拿回來。

---

**0211**
□□□

**が**か
【画家】

（名）畫家

（例）彼は小説家であるばかりでなく、画家でもある。

／他不單是小說家，同時也是個畫家。

文法

**ばかりでなく [ 不僅…]**

▶ 表示除前項的情況之外，還有後項程度更甚的情況。

---

**0212**
□□□

**か**がく
【化学】

（名）化學

（例）君、専攻は化学だったのか。道理で薬品に詳しいわけだ。

／原來你以前主修化學喔。難怪對藥品知之甚詳。

文法

**わけだ [ 怪不得…]**

▶ 表示按事物的發展，事實、狀況合乎邏輯地必然導致這樣的結果。

---

**0213**
□□□

**か**がくはんのう
【化学反応】

（名）化學反應

（例）卵をゆでると固まるのは、熱による化学反応である。

／雞蛋經過烹煮之所以會凝固，是由於熱能所產生的化學反應。

---

**0214**
□□□

**か**かと
【踵】

（名）腳後跟

（例）かかとがガサガサになって、靴下が引っかかる。

／腳踝變得很粗糙，會勾到襪子。

**0215** □□□

**かかる**

自五 生病；遭受災難

例 小さい子供は病気にかかりやすい。

／年紀小的孩子容易生病。

**0216** □□□

**かきとめ**
【書留】

名 掛號郵件

例 大事な書類ですから書留で郵送してください。

／這是很重要的文件，請用掛號信郵寄。

**0217** □□□

**かきとり**
【書き取り】

名・自サ 抄寫，記錄；聽寫，默寫

例 明日は書き取りのテストがある。

／明天有聽寫考試。

**0218** □□□

**かく**
【各】

接頭 各，每人，每個，各個

例 各クラスから代表を一人出してください。

／請每個班級選出一名代表。

**0219** □□□

**かく**
【掻く】

他五 （用手或爪）搔，撥；拔，推；攪拌，攪和

類 擦る（する）

例 失敗して恥ずかしくて、頭を掻いていた。

／因失敗感到不好意思，而搔起頭來。

**0220** □□□

**かぐ**
【嗅ぐ】

他五 （用鼻子）聞，嗅

例 この花の香りをかいでごらんなさい。

／請聞一下這花的香味。

**0221** □□□

**かぐ**
【家具】

名 家具

類 ファーニチャー

例 家具といえば、やはり丈夫なものが便利だと思います。

／說到家具，我認為還是耐用的東西比較方便。

### 0222 かくえきていしゃ 【各駅停車】

（名）指電車各站都停車，普通車

反 急行（きゅうこう）
類 鈍行（どんこう）

例 あの駅は各駅停車の電車しか止まりません。
／那個車站只有每站停靠的電車才會停。

### 0223 かくす 【隠す】

（他五）藏起來，隱瞞，掩蓋

類 隠れる

例 事件のあと、彼は姿を隠してしまった。
／案件發生後，他就躲了起來。

### 0224 かくにん 【確認】

（名・他サ）證實，確認，判明

類 確かめる（たしかめる）

例 まだ事実を確認しきれていません。
／事實還沒有被證實。

### 0225 がくひ 【学費】

（名）學費

類 費用

例 子どもたちの学費を考えると不安でしょうがない。
／只要一想到孩子們的學費，我就忐忑不安。

### 0226 がくれき 【学歴】

（名）學歷

例 結婚相手は、学歴・収入・身長が高い人がいいです。
／結婚對象最好是學歷、收入和身高三項都高的人。

### 0227 かくれる 【隠れる】

（自下一）躲藏，隱藏；隱遁；不為人知，潛在的

11

類 隠す（かくす）

例 息子が親に隠れてたばこを吸っていた。
／兒子以前瞞著父母偷偷抽菸。

---

**0228**
□□□

**かげき**
【歌劇】

名 歌劇

類 芝居

例 宝塚歌劇に夢中なの。だって男役がすてきなんだもん。／我非常迷寶塚歌劇呢。因為那些女扮男裝的演員實在太帥了呀。

文法
んだもん [ 因為…嘛 ]
▶ 用來解釋理由，語氣偏任性、撒嬌，在說明時帶有一種辯解的意味。

---

**0229**
□□□

**かけざん**
【掛け算】

名 乘法

反 割り算（わりざん）
類 乗法（じょうほう）

例 まだ5歳だが、足し算・引き算はもちろん、掛け算もできる。
／雖然才五歲，但不單是加法和減法，連乘法也會。

文法
はもちろん [ 不僅…]
▶ 表示一般程度的前項自然不用說，就連程度較高的後項也不例外。

---

**0230**
□□□

**かける**
【掛ける】

他下一・接尾 坐；懸掛；蓋上，放上；放在…之上；提交；澆；開動；花費；寄託；鎖上；（數學）乘

類 ぶら下げる

例 椅子に掛けて話をしよう。／讓我們坐下來講吧！

---

**0231**
□□□

**かこむ**
【囲む】

他五 圍上，包圍；圍攻

類 取り巻く（とりまく）

例 やっぱり、庭があって自然に囲まれた家がいいわ。
／我還是比較想住在那種有庭院，能沐浴在大自然之中的屋子耶。

---

**0232**
□□□

**かさねる**
【重ねる】

他下一 重疊堆放；再加上，蓋上；反覆，重複，屢次

例 本がたくさん重ねてある。
／書堆了一大疊。

---

**0233**
□□□

**かざり**
【飾り】

名 裝飾（品）

例 道にそって、クリスマスの飾りが続いている。
／沿街滿是聖誕節的裝飾。

0234 □□□
## かし
【貸し】

(名) 借出，貸款；貸方；給別人的恩惠

(反) 借り

例 山田君をはじめ、たくさんの同僚に貸しがある。

／山田以及其他同事都對我有恩。

0235 □□□
## かしちん
【貸し賃】

(名) 租金，賃費

例 この料金には、車の貸し賃のほかに保険も含まれています。

／這筆費用，除了車子的租賃費，連保險費也包含在內。

0236 □□□
## かしゅ
【歌手】

(名) 歌手，歌唱家

例 きっと歌手になってみせる。

／我一定會成為歌手給大家看。

0237 □□□
## かしょ
【箇所】

(名・接尾) (特定的) 地方；(助數詞) 處

例 残念だが、一箇所間違えてしまった。／很可惜，錯了一個地方。

0238 □□□
## かず
【数】

(名) 數，數目；多數，種種

例 羊の数を 1,000 匹まで数えたのにまだ眠れない。

／數羊都數到了一千隻，還是睡不著。

0239 □□□
## ガスりょうきん
【ガス料金】

(名) 瓦斯費

例 一月のガス料金はおいくらですか。／一個月的瓦斯費要花多少錢？

0240 □□□
## カセット
【cassette】

(名) 小暗盒：(盒式) 錄音磁帶，錄音帶

例 授業をカセットに入れて、家で復習する。

／上課時錄音，帶回家裡複習。

**0241** □□□
かぞえる
【数える】
(他下一) 數，計算；列舉，枚舉

(類) 勘定する（かんじょうする）
(例) 10 から 1 まで逆に数える。／從 10 倒數到 1。

**0242** □□□
かた
【肩】
(名) 肩，肩膀；（衣服的）肩

(例) このごろ運動不足のせいか、どうも肩が凝っている。
／大概是因為最近運動量不足，肩膀非常僵硬。

**文法**
せいか [ 可能是（因為）…]
▶ 表示發生壞事或不利的原因，但這一原因也不很明確。

**0243** □□□
かた
【型】
(名) 模子，形，模式；樣式

(類) かっこう
(例) 車の型としては、ちょっと古いと思います。
／就車型來看，我認為有些老舊。

**0244** □□□
かたい
【固い・硬い・堅い】
(形) 硬的，堅固的；堅決的；生硬的；嚴謹的，頑固的；一定，包准；可靠的

(反) 柔らかい (類) 強固（きょうこ）
(例) 父は、真面目というより頭が固いんです。
／父親與其說是認真，還不如說是死腦筋。

**文法**
というより [ 與其說…，還不如說…]
▶ 表示在相比較的情況下，後項的說法比前項更恰當。

**0245** □□□
かだい
【課題】
(名) 提出的題目；課題，任務

(例) 明日までに課題を仕上げて提出しないと落第してしまう。
／如果明天之前沒有完成並提交作業，這個科目就會被當掉。

**0246** □□□ (12)
かたづく
【片付く】
(自五) 收拾，整理好；得到解決，處裡好；出嫁

(例) 母親によると、彼女の部屋はいつも片付いているらしい。
／就她母親所言，她的房間好像都有整理。

**文法**
によると [ 據…說 ]
▶ 表示消息、信息的來源，或推測的依據。

**0247**
□□□
## かたづけ
【片付け】
(名) 整理，整頓，收拾

例 ずいぶん暖かくなったので、冬服の片付けをしましょう。
／天氣已相當緩和了，把冬天的衣服收起來吧！

**0248**
□□□
## かたづける
【片付ける】
(他下一) 收拾，打掃；解決

例 教室を片付けようとしていたら、先生が来た。
／正打算整理教室的時候，老師來了。

**0249**
□□□
## かたみち
【片道】
(名) 單程，單方面

例 小笠原諸島には、船で片道 25 時間半もかかる。
／要去小笠原群島，單趟航程就要花上二十五小時又三十分鐘。

**0250**
□□□
## かち
【勝ち】
(名) 勝利

(反) 負け（まけ）
(類) 勝利
例 ３対１で、白組の勝ち。 ／以三比一的結果由白隊獲勝。

**0251**
□□□
## かっこういい
【格好いい】
(連語・形)（俗）真棒，真帥，酷（口語用「かっこいい」）

(類) ハンサム
例 今、一番かっこいいと思う俳優は。／現在最帥氣的男星是誰？

**0252**
□□□
## カップル
【couple】
(名) 一對，一對男女，一對情人，一對夫婦

例 お似合いのカップルですね。お幸せに。
／新郎新娘好登對喔！祝幸福快樂！

**0253**
□□□
## かつやく
【活躍】
(名・自サ) 活躍

例 彼は、前回の試合において大いに活躍した。
／他在上次的比賽中大為活躍。

文法
において [在…]
▶ 表示動作或作用的時間、地點、範圍、狀況等。是書面語。

## 0254 □□□
### か ていか
### 【家庭科】
(名)（學校學科之一）家事，家政

例 家庭科は小学校5年生から始まる。

／家政課是從小學五年級開始上。

## 0255 □□□
### か でんせいひん
### 【家電製品】
(名) 家用電器

例 今の家庭には家電製品があふれている。

／現在的家庭中，充滿過多的家電用品。

## 0256 □□□
### か なしみ
### 【悲しみ】
(名) 悲哀，悲傷，憂愁，悲痛

反 喜び

類 悲しさ

例 彼の死に悲しみを感じない者はいない。

／人們都對他的死感到悲痛。

## 0257 □□□
### か なづち
### 【金槌】
(名) 釘錘，榔頭；旱鴨子

例 金づちで釘を打とうとして、指をたたいてしまった。

／拿鐵鎚釘釘子時敲到了手指。

## 0258 □□□
### か なり
(副・形動・名) 相當，頗

類 相当

例 先生は、かなり疲れていらっしゃいますね。

／老師您看來相當地疲憊呢！

## 0259 □□□
### か ね
### 【金】
(名) 金屬；錢，金錢

類 金銭（きんせん）

例 事業を始めるとしたら、まず金が問題になる。

／如果要創業的話，首先金錢就是個問題。

**文法**

としたら [ 如果…的話 ]

▶ 在認清現況或得來的信息的前提條件下，據此條件進行判斷。

**0260** □□□
かのう
【可能】　(名・形動) 可能

例 可能な範囲でご協力いただけると助かります。
／若在不為難的情況下能得到您的鼎力相助，那就太好了。

**0261** □□□
かび　(名) 霉

例 かびが生えないうちに食べてください。
／請趁發霉前把它吃完。

文法
うちに [ 趁…之內 ]
▶ 表示在前面的環境、狀態持續的期間，做後面的動作。

**0262** □□□
かまう
【構う】　(自他五) 介意，顧忌，理睬；照顧，招待；調戲，逗弄；放逐

類 気にする
例 あの人は、あまり服装に構わない人です。
／那個人不大在意自己的穿著。

**0263** □□□
がまん
【我慢】　(名・他サ) 忍耐，克制，將就，原諒；（佛）饒恕

類 辛抱（しんぼう）
例 買いたいけれども、給料日まで我慢します。
／雖然想買，但在發薪日之前先忍一忍。

文法
たい [ 想要… ]
▶ 表示說話者的內心想做、想要的。

**0264** □□□
がまんづよい
【我慢強い】　(形) 忍耐性強，有忍耐力

例 入院生活、よくがんばったね。本当に我慢強い子だ。
／住院的這段日子實在辛苦了。真是個勇敢的孩子呀！

**0265** □□□
かみのけ
【髪の毛】　(名) 頭髮

例 高校生のくせに髪の毛を染めるなんて、何考えてるんだ！
／區區一個高中生居然染頭髮，你在想什麼啊！

文法
くせに [ 明明…，卻… ]
▶ 根據前項的條件，出現後項讓人覺得可笑的、不相稱的情況。

**0266**
□□□
ガム
【(英)gum】

track **13**

⑧ 口香糖；樹膠

例 運転中、眠くなってきたので、ガムをかんだ。
/由於開車時愈來愈睏，因此嚼了口香糖。

**0267**
□□□
カメラマン
【cameraman】

⑧ 攝影師；(報社、雜誌等)攝影記者

例 日本にはとてもたくさんのカメラマンがいる。
/日本有很多攝影師。

**0268**
□□□
がめん
【画面】

⑧ (繪畫的)畫面；照片，相片；(電影等)畫面，鏡頭

類 映像（えいぞう）

例 コンピューターの画面を見すぎて目が疲れた。
/盯著電腦螢幕看太久了，眼睛好疲憊。

**0269**
□□□
かもしれない

連語 也許，也未可知

例 あなたの言う通りかもしれない。
/或許如你說的。

**0270**
□□□
かゆ
【粥】

⑧ 粥，稀飯

例 おなかを壊したから、おかゆしか食べられない。
/因為鬧肚子了，所以只能吃稀飯。

**0271**
□□□
かゆい
【痒い】

形 癢的

類 むずむず

例 なんだか体中かゆいです。
/不知道為什麼，全身發癢。

**0272**
□□□
カラー
【color】

⑧ 色，彩色；(繪畫用)顏料；特色

例 今ではテレビはカラーが当たり前になった。
/如今，電視機上出現彩色畫面已經成為理所當然的現象了。

**0273** □□□
## かり
【借り】
名 借，借入；借的東西；欠人情；怨恨，仇恨

例 伊藤さんには、借りがある。
／我欠伊藤小姐一份情。

**0274** □□□
## かるた
【carta・歌留多】
名 紙牌；寫有日本和歌的紙牌

補 撲克牌（トランプ）

例 お正月には、よくかるたで遊んだものだ。
／過年時經常玩紙牌遊戲呢。

**0275** □□□
## かわ
【皮】
名 皮，表皮；皮革

類 表皮（ひょうひ）

例 包丁でりんごの皮をむく。
／拿菜刀削蘋果皮。

**0276** □□□
## かわかす
【乾かす】
他五 曬乾；晾乾；烤乾

類 乾く（かわく）

例 雨でぬれたコートを吊るして乾かす。
／把淋到雨的濕外套掛起來風乾。

**0277** □□□
## かわく
【乾く】
自五 乾，乾燥

類 乾燥（かんそう）

例 雨が少ないので、土が乾いている。
／因雨下得少，所以地面很乾。

**0278** □□□
## かわく
【渇く】
自五 渴，乾渴；渴望，內心的要求

補 「のどが渇いた」（○）
「私が渇いた」 （×）

例 のどが渇いた。何か飲み物ない。
／我好渴，有什麼什麼可以喝的？

| 0279 ☐☐☐ | か わ る<br>【代わる】 | 〔自五〕代替，代理，代理 |
|---|---|---|

類 代理（だいり）

例 「途中、どっかで運転代わるよ」「別にいいよ」
／「半路上找個地方和你換手開車吧？」「沒關係啦！」

| 0280 ☐☐☐ | か わ る<br>【替わる】 | 〔自五〕更換，交替 |
|---|---|---|

類 交替

例 石油に替わる新しいエネルギーはなんですか。
／請問可用來替代石油的新能源是什麼呢？

| 0281 ☐☐☐ | か わ る<br>【換わる】 | 〔自五〕更換，更替 |
|---|---|---|

類 交換（こうかん）

例 すみませんが、席を換わってもらえませんか。
／不好意思，請問可以和您換個位子嗎？

| 0282 ☐☐☐ | か わ る<br>【変わる】 | 〔自五〕變化；與眾不同；改變時間地點，遷居，調任 |
|---|---|---|

類 変化する

例 人の考え方は、変わるものだ。
／人的想法，是會變的。

| 0283 ☐☐☐ | か ん<br>【缶】 | 〔名〕罐子 |
|---|---|---|

例 缶はまとめてリサイクルに出した。
／我將罐子集中，拿去回收了。

| 0284 ☐☐☐ | か ん<br>【刊】 | 〔漢造〕刊，出版 |
|---|---|---|

例 うちは朝刊だけで、夕刊は取っていません。
／我家只有早報，沒訂晚報。

文法
だけ [只；僅僅]
▶ 表示只限於某範圍，
除此以外沒有別的了。

## 0285 □□□
**かん**
【間】
(名・接尾) 間，機會，間隙

Track 14

例 五日間の九州旅行も終わって、明日からはまた仕事だ。
／五天的九州之旅已經結束，從明天起又要上班了。

## 0286 □□□
**かん**
【館】
(漢造) 旅館；大建築物或商店

例 大英博物館は、無料で見学できる。
／大英博物館可以免費參觀。

## 0287 □□□
**かん**
【感】
(名・漢造) 感覺，感動；感

例 給料も大切だけれど、満足感が得られる仕事がしたい。
／薪資雖然重要，但我想從事能夠得到成就感的工作。

**文法**
たい [ 想要…]
▶ 表示說話者的內心想做、想要的。

## 0288 □□□
**かん**
【観】
(名・漢造) 觀感，印象，樣子；觀看；觀點

例 アフリカを旅して、人生観が変わりました。
／到非洲旅行之後，徹底改變了人生觀。

## 0289 □□□
**かん**
【巻】
(名・漢造) 卷，書冊；(書畫的) 手卷；卷曲

例 (本屋で) 全3巻なのに、上・下だけあって中がない。
／ (在書店) 明明全套共三集，但只有上下兩集，找不到中集。

**文法**
だけ [ 只有 ]
▶ 表示除此之外，別無其他。

## 0290 □□□
**かんがえ**
【考え】
(名) 思想，想法，意見；念頭，觀念，信念；考慮，思考；期待，願望；決心

例 その件について自分の考えを説明した。
／我來說明自己對那件事的看法。

## 0291 □□□

**かんきょう**
【環境】

（名）環境

例 環境のせいか、彼の子どもたちはみなスポーツが好きだ。
／可能是因為環境的關係，他的小孩都很喜歡運動。

文法
せいか[可能是（因為）…]
▶ 表示積極的原因。另也可表示發生壞事的原因，但這一原因也不很明確。

## 0292 □□□

**かんこう**
【観光】

（名・他サ）觀光，遊覽，旅遊

類 旅行

例 まだ天気がいいうちに、観光に出かけました。
／趁天氣還晴朗時，出外觀光去了。

文法
うちに[趁…之內]
▶ 表示在前面的環境、狀態持續的期間，做後面的動作。

## 0293 □□□

**かんごし**
【看護師】

（名）護士，看護

例 男性の看護師は、女性の看護師ほど多くない。
／男性護理師沒有女性護理師那麼多。

文法
ほど…ない[沒那麼…]
▶表示程度並沒有那麼高。

## 0294 □□□

**かんしゃ**
【感謝】

（名・自他サ）感謝

類 お礼

例 本当は感謝しているくせに、ありがとうも言わない。
／明明就很感謝，卻連句道謝的話也沒有。

文法
くせに[明明…，卻…]
▶ 根據前項的條件，出現後項讓人覺得可笑的、不相稱的情況。

## 0295 □□□

**かんじる・かんずる**
【感じる・感ずる】

（自他上一）感覺，感到；感動，感觸，有所感

（サ）感ずる

例 子供が生まれてうれしい反面、責任も感じる。
／孩子出生後很高興，但相對地也感受到責任。

文法
反面[另一方面；相反]
▶ 表示同一種事物，同時兼具兩種不同性格的兩個方面。

---

**0296**
□□□
### かんしん
【感心】

(名・形動・自サ) 欽佩；贊成；(貶) 令人吃驚

(類) 驚く（おどろく）

(例) 彼はよく働くので、感心させられる。

／他很努力工作，真是令人欽佩。

文法

させられる [ 令人…]
▶ 受到某事物的觸動，而不自覺地產生某心理狀態，或感情色彩。

---

**0297**
□□□
### かんせい
【完成】

(名・自他サ) 完成

(類) 出来上がる（できあがる）

(例) ビルが完成したら、お祝いのパーティーを開こう。

／等大樓竣工以後，來開個慶祝酒會吧。

---

**0298**
□□□
### かんぜん
【完全】

(名・形動) 完全，完整；完美，圓滿

(反) 不完全 (類) 完璧

(例) もう病気は完全に治りました。

／病症已經完全治癒了。

---

**0299**
□□□
### かんそう
【感想】

(名) 感想

(類) 所感（しょかん）

(例) 全員、明日までに研修の感想を書いてきてください。

／你們全部，在明天以前要寫出研究的感想。

---

**0300**
□□□
### かんづめ
【缶詰】

(名) 罐頭；關起來，隔離起來；擁擠的狀態

(補) に缶詰（かんづめ）：在（某場所）閉關

(例) この缶詰は、缶切りがなくても開けられます。

／這個罐頭不需要用開罐器也能打開。

---

**0301**
□□□
### かんどう
【感動】

(名・自サ) 感動，感激

(類) 感銘（かんめい）

(例) 予想に反して、とても感動した。

／出乎預料之外，受到了極大的感動。

文法

に反して [ 與…相反…]
▶ 表示後項的結果，跟前項所預料的相反，形成對比的關係。

---

**0302**
□□□

**15**

**き**
【期】

㊅ 漢造 時期；時機；季節；（預定的）時日

例 うちの子、反抗期で、なんでも「やだ」って言うのよ。
／我家小孩正值反抗期，問他什麼都回答「不要」。

---

**0303**
□□□

**き**
【機】

㊅ 名・接尾・漢造 機器；時機；飛機；（助數詞用法）架

例 20年使った洗濯機が、とうとう壊れた。／用了二十年的洗衣機終於壞了。

---

**0304**
□□□

**キーボード**
【keyboard】

㊅ 名 （鋼琴、打字機等）鍵盤

例 コンピューターのキーボードをポンポンと叩いた。
／「砰砰」地敲打電腦鍵盤。

---

**0305**
□□□

**きがえ**
【着替え】

㊅ 名・自サ 換衣服；換洗衣物

例 着替えを忘れたものだから、また同じのを
着るしかない。
／由於忘了帶換洗衣物，只好繼續穿同一套衣服。

> **文法**
> しかない [ 只好… ]
> ▶ 表示只有這唯一可行的，沒有別的選擇。

---

**0306**
□□□

**きがえる・きかえる**
【着替える】

㊅ 他下一 換衣服

例 着物を着替える。／換衣服。

---

**0307**
□□□

**きかん**
【期間】

㊅ 名 期間，期限內

㊅ 間

例 夏休みの期間、塾の講師として働きます。
／暑假期間，我以補習班老師的身份在工作。

---

**0308**
□□□

**きく**
【効く】

㊅ 自五 有效，奏效；好用，能幹；可以，能夠；起作用；
（交通工具等）通，有

例 この薬は、高かったわりに効かない。
／這服藥雖然昂貴，卻沒什麼效用。

> **文法**
> わりに [ 雖然…但是 ]
> ▶ 表示結果跟前項條件不成比例、有出入，或不相稱。

---

---

**0309** □□□
## きげん
【期限】
(名) 期限

類 締め切り（しめきり）

例 支払いの期限を忘れるなんて、非常識というものだ。
／竟然忘記繳款的期限，真是離譜。

---

**0310** □□□
## きこく
【帰国】
(名・自サ) 回國，歸國；回到家鄉

類 帰京（ききょう）

例 夏に帰国して、日本の暑さと湿気の多さにびっくりした。
／夏天回國，對日本暑熱跟多濕，感到驚訝！

---

**0311** □□□
## きじ
【記事】
(名) 報導，記事

例 新聞記事によると、2020年のオリンピックは東京でやるそうだ。
／據報上說，二〇二〇年的奧運將在東京舉行。

文法
によると [ 據…說 ]
▶ 表示消息、信息的來源，或推測的依據。

---

**0312** □□□
## きしゃ
【記者】
(名) 執筆者，筆者；（新聞）記者，編輯

類 レポーター

例 首相は記者の質問に答えなかった。
／首相答不出記者的提問。

---

**0313** □□□
## きすう
【奇数】
(名)（數）奇數

反 偶数（ぐうすう）

例 奇数の月に、この書類を提出してください。
／請在每個奇數月交出這份文件。

---

**0314** □□□
## きせい
【帰省】
(名・自サ) 歸省，回家（省親），探親

類 里帰り（さとがえり）

例 お正月に帰省しますか。
／請問您元月新年會不會回家探親呢？

**0315** □□□
**き|た|く**
【帰宅】
⊕（名・自サ）回家

⊗ 出かける ⊕ 帰る
⊕ あちこちの店でお酒を飲んで、夜中の 1 時にやっと帰宅した。
／到了許多店去喝酒，深夜一點才終於回到家。

**0316** □□□
**き|ち|ん|と**
⊕（副）整齊，乾乾淨淨；恰好，洽當；如期，準時；好好地，牢牢地

⊕ ちゃんと
⊕ きちんと勉強していたわりには、点が悪かった。
／雖然努力用功了，但分數卻不理想。

文法
わりには［雖然…但是］
▶ 表示結果跟前項條件不成比例、有出入，或不相稱。

**0317** □□□
**キ|ッ|チ|ン**
【kitchen】
⊕（名）廚房

⊕ 台所
⊕ キッチンは流し台がすぐに汚れてしまいます。
／廚房的流理台一下子就會變髒了。

**0318** □□□
**き|っ|と**
⊕（副）一定，必定；（神色等）嚴厲地，嚴肅地

⊕ 必ず
⊕ あしたはきっと晴れるでしょう。／明天一定會放晴。

**0319** □□□
**き|ぼ|う**
【希望】
⊕（名・他サ）希望，期望，願望

⊕ 望み
⊕ あなたのおかげで、希望を持つことができました。
／多虧你的加油打氣，我才能懷抱希望。

文法
おかげで［多虧…］
▶ 由於受到某種恩惠，導致後面好的結果。常帶有感謝的語氣。

**0320** □□□
**き|ほ|ん**
【基本】
⊕（名）基本，基礎，根本

⊕ 基礎
⊕ 平仮名は日本語の基本ですから、しっかり覚えてください。
／平假名是日文的基礎，請務必背誦起來。

**0321** □□□
**き**ほんてき（な）
【基本的（な）】
形動 基本的

例 中国語は、基本的な挨拶ができるだけです。
／中文只會最簡單的打招呼而已。

文法
だけ [ 只；僅僅 ]
▶ 表示只限於某範圍，除此以外沒有別的了。

**0322** □□□
**き**まり
【決まり】
名 規定，規則；習慣，常規，慣例；終結；收拾整頓

類 規則（きそく）
例 グループに加わるからには、決まりはちゃんと守ります。
／既然加入這團體，就會好好遵守規則。

文法
からには [ 既然…，就…]
▶ 表示既然到了這種情況，後面就要「貫徹到底」的説法

**0323** □□□
**きゃ**くしつじょうむいん
【客室乗務員】
名（車、飛機、輪船上）服務員

類 キャビンアテンダント
例 どうしても客室乗務員になりたい、でも身長が足りない。
／我很想當空姐，但是個子不夠高。

文法
たい [ 想要…]
▶ 表示説話者的內心想做、想要的。

**0324** □□□
**きゅ**うけい
【休憩】
名・自サ 休息

類 休息（きゅうそく）
例 休憩どころか、食事する暇もない。
／別說是吃飯，就連休息的時間也沒有。

**0325** □□□
**きゅ**うこう
【急行】
名・自サ 急忙前往，急趕；急行列車

反 普通
類 急行列車（きゅうこうれっしゃ）
例 たとえ急行に乗ったとしても、間に合わない。
／就算搭上了快車也來不及。

文法
たとえ…ても [ 即使…也…]
▶ 表示讓步關係，即使是在前項極端的條件下，後項結果仍然成立。

としても [ 即使…，也…]
▶ 表示假設前項是事實或成立，後項也不會起有效的作用。

**0326**
□□□

**16**

**きゅうじつ**
【休日】

⊛ 名 假日，休息日

類 休み

例 せっかくの休日に、何もしないでだらだら過ごすのは嫌です。
／我討厭在難得的假日，什麼也不做地閒晃一整天。

**0327**
□□□

**きゅうりょう**
【丘陵】

名 丘陵

例 多摩丘陵は、東京都から神奈川県にかけて
広がっている。
／多摩丘陵的分布範圍從東京都遍及神奈川縣。

文法
から…にかけて [ 從…
到…]
▶ 表示兩地點、時間之
間一直連續發生某事或
某狀態。

**0328**
□□□

**きゅうりょう**
【給料】

名 工資，薪水

例 来年こそは給料が上がるといいなあ。
／真希望明年一定要加薪啊。

文法
こそ [ 無論如何 ]
▶ 特別強調某事物。

といいなあ [ 就好了 ]
▶ 前項是難以實現或是
與事實相反的情況，表
現說話者遺憾、不滿、
感嘆的心情。

**0329**
□□□

**きょう**
【教】

漢造 教，教導；宗教

例 信仰している宗教はありますか。
／請問您有宗教信仰嗎？

**0330**
□□□

**ぎょう**
【行】

名・漢造 （字的）行；（佛）修行；行書

例 段落を分けるには、行を改めて頭を一字分空けます。
／分段時請換行，並於起頭處空一格。

**0331**
□□□

**ぎょう**
【業】

名・漢造 業，職業；事業；學業

例 父は金融業で働いています。／家父在金融業工作。

**0332** □□□
きょういん
【教員】
（名）教師，教員

（類）教師
（例）小学校の教員になりました。
　　／我當上小學的教職員了。

**0333** □□□
きょうかしょ
【教科書】
（名）教科書，教材

（例）今日は教科書の 21 ページからですね。
　　／今天是從課本的第二十一頁開始上吧？

**0334** □□□
きょうし
【教師】
（名）教師，老師

（類）先生
（例）両親とも、高校の教師です。
　　／我父母都是高中老師。

**0335** □□□
きょうちょう
【強調】
（名・他サ）強調；權力主張；（行情）看漲

（類）力説（りきせつ）
（例）先生は、この点について特に強調していた。
　　／老師曾特別強調這個部分。

**0336** □□□
きょうつう
【共通】
（名・形動・自サ）共同，通用

（類）通用（つうよう）
（例）成功者に共通している 10 の法則はこれだ。
　　／成功者的十項共同法則就是這些！

**0337** □□□
きょうりょく
【協力】
（名・自サ）協力，合作，共同努力，配合

（類）協同（きょうどう）
（例）友達が協力してくれたおかげで、彼女とデートができた。
　　／多虧朋友們從中幫忙撮合，所以才有辦法約她出來。

**文法**
おかげで［多虧…］
▶ 由於受到某種恩惠，導致後面好的結果。常帶有感謝的語氣。

## 0338 □□□
### きょく
### 【曲】
(名・漢造) 曲調；歌曲；彎曲

例 妹が書いた歌詞に私が曲をつけて、ネットで発表しました。

／我把妹妹寫的詞譜成歌曲後，放到網路上發表了。

## 0339 □□□
### きょり
### 【距離】
(名) 距離，間隔，差距

(類) 隔たり（へだたり）

例 距離は遠いといっても、車で行けばすぐです。

／雖說距離遠，但開車馬上就到了。

| 文法 |
| --- |
| といっても [ 雖說…，但…] |
| ▶ 表示承認前項的說法，但同時在後項做部分的修正。 |

## 0340 □□□
### きらす
### 【切らす】
(他五) 用盡，用光

(類) 絶やす（たやす）

例 恐れ入ります。今、名刺を切らしておりまして……。

／不好意思，現在手邊的名片正好用完……。

## 0341 □□□
### ぎりぎり
(名・副・他サ)（容量等）最大限度，極限；（摩擦的）嘎吱聲

(類) 少なくとも

例 期限ぎりぎりまで待ちましょう。

／我們就等到最後的期限吧！

## 0342 □□□
### きれる
### 【切れる】
(自下一) 斷；用盡

例 たこの糸が切れてしまった。

／風箏線斷掉了。

## 0343 □□□
### きろく
### 【記録】
(名・他サ) 記錄，記載，（體育比賽的）紀錄

(類) 記述（きじゅつ）

例 記録からして、大した選手じゃないのはわかっていた。

／就紀錄來看，可知道他並不是很厲害的選手。

---

**0344** ☐☐☐

**き**ん
【金】　　(名・漢造) 黃金，金子；金錢

例 彼なら、金メダルが取れるんじゃないかと
思う。

／如果是他，我想應該可以奪下金牌。

文法
んじゃないかと思う [ 應
該可以 ]
▶ 表示意見跟主張。

---

**0345** ☐☐☐

**き**んえん
【禁煙】　　(名・自サ) 禁止吸菸；禁菸，戒菸

例 校舎内は禁煙です。外の喫煙所をご利用ください。

／校園內禁煙，請到外面的吸菸區。

---

**0346** ☐☐☐

**ぎ**んこういん
【銀行員】　　(名) 銀行行員

例 佐藤さんの子どもは二人とも銀行員です。

／佐藤太太的兩個小孩都在銀行工作。

---

**0347** ☐☐☐

**き**んし
【禁止】　　(名・他サ) 禁止

(反) 許可（きょか）
(類) 差し止める（さしとめる）
例 病室では、喫煙だけでなく、携帯電話の使用も禁止されている。

／病房內不止抽煙，就連使用手機也是被禁止的。

---

**0348** ☐☐☐

**き**んじょ
【近所】　　(名) 附近，左近，近郊

(類) 辺り（あたり）
例 近所の子どもたちに昔の歌を教えています。

／我教附近的孩子們唱老歌。

---

**0349** ☐☐☐

**き**んちょう
【緊張】　　(名・自サ) 緊張

(反) 和らげる
(類) 緊迫（きんぱく）
例 彼が緊張しているところに声をかけると、
もっと緊張するよ。

／在他緊張的時候跟他說話，他會更緊張的啦！

文法
ところに [ …的時候 ]
▶ 表示行為主體正在做
某事的時候，發生了其
他的事情。

| 0350 □□□ 17 | く【句】 | 名 字，字句；俳句 |
|---|---|---|

例「古池や蛙飛びこむ水の音」。この句の季語は何ですか。
／「蛙入古池水有聲」這首俳句的季語是什麼呢？

| 0351 □□□ | クイズ【quiz】 | 名 回答比賽，猜謎；考試 |
|---|---|---|

例 テレビのクイズ番組に参加してみたい。
／我想去參加電視台的益智節目。

文法
たい [ 想要…]
▶ 表示説話者的內心想做、想要的。

| 0352 □□□ | くう【空】 | 名・形動・漢造 空中，空間；空虛 |
|---|---|---|

例 空に消える。
／消失在空中。

| 0353 □□□ | クーラー【cooler】 | 名 冷氣設備 |
|---|---|---|

例 暑いといっても、クーラーをつけるほどではない。
／雖説熱，但還不到需要開冷氣的程度。

文法
ほど…ない [ 沒那麼…]
▶ 表示程度並沒有那麼高。

| 0354 □□□ | くさい【臭い】 | 形 臭 |
|---|---|---|

例 この臭いにおいは、いったい何だろう。
／這種臭味的來源到底是什麼呢？

| 0355 □□□ | くさる【腐る】 | 自五 腐臭，腐爛；金屬鏽，爛；墮落，腐敗；消沉，氣餒 |
|---|---|---|

類 腐敗する（ふはいする）

例 それ、腐りかけてるみたいだね。捨てた方がいいんじゃない。
／那東西好像開始腐敗了，還是丟了比較好吧。

文法
みたいだ [ 好像…]
▶ 表示不是很確定的推測或判斷。

あ
か
さ
た
な
は
ま
や
ら
わ
練習

**0356** □□□
### くし
【櫛】
名 梳子

例 くしで髪をとかすとき、髪がいっぱい抜けるので心配です。
／用梳子梳開頭髮的時候會扯下很多髮絲，讓我憂心。

**0357** □□□
### くじ
【籤】
名 籤；抽籤

例 発表の順番はくじで決めましょう。
／上台發表的順序就用抽籤來決定吧。

**0358** □□□
### くすりだい
【薬代】
名 藥費

例 日本では薬代はとても高いです。／日本的藥價非常昂貴。

**0359** □□□
### くすりゆび
【薬指】
名 無名指

例 薬指に、結婚指輪をはめている。
／她的無名指上，戴著結婚戒指。

**0360** □□□
### くせ
【癖】
名 癖好，脾氣，習慣；（衣服的）摺線；頭髮亂翹

類 習慣

例 まず、朝寝坊の癖を直すことですね。
／首先，你要做的是把你的早上賴床的習慣改掉。

**0361** □□□
### くだり
【下り】
名 下降的；東京往各地的列車

反 上り（のぼり）

例 まもなく、下りの列車が参ります。
／下行列車即將進站。

**0362** □□□
### くだる
【下る】
自五 下降，下去；下野，脫離公職；由中央到地方；下達；往河的下游去

反 上る

例 この坂を下っていくと、1時間ぐらいで麓の町に着きます。
／只要下了這條坡道，大約一個小時就可以到達山腳下的城鎮了。

**0363** □□□

く｜ちびる
【唇】

名 嘴唇

例 冬になると、唇が乾燥する。／一到冬天嘴唇就會乾燥。

**0364** □□□

ぐ｜っすり

副 熟睡，酣睡

類 熟睡（じゅくすい）

例 みんな、ゆうべはぐっすり寝たとか。
／聽說大家昨晚都一夜好眠。

文法
とか [ 聽說…]
▶ 表示不確定的傳聞。

**0365** □□□

く｜び
【首】

名 頸部

例 どうしてか、首がちょっと痛いです。／不知道為什麼，脖子有點痛

**0366** □□□

く｜ふう
【工夫】

名・自サ 設法

例 工夫しないことには、問題を解決できない。
／如不下點功夫，就沒辦法解決問題。

**0367** □□□

く｜やくしょ
【区役所】

名（東京都特別區與政令指定都市所屬的）區公所

例 父は区役所で働いています。／家父在區公所工作。

**0368** □□□

く｜やしい
【悔しい】

形 令人懊悔的

類 残念（ざんねん）

例 試合に負けたので、悔しくてたまらない。
／由於比賽輸了，所以懊悔得不得了。

文法
てたまらない [ 非常…]
▶ 前接表示感覺、感情的詞，表示強烈的感情、感覺、慾望等。
▶ 近 てならない[得受不了]

**0369** □□□

ク｜ラシック
【classic】

名 經典作品，古典作品，古典音樂；古典的

類 古典

例 クラシックを勉強するからには、ウィーンに行かなければ。
／既然要學古典音樂，就得去一趟維也納。

文法
からには[既然…，就…]
▶ 表示既然到了這種情況，後面就要「貫徹到底」的說法

JLPT

83

**0370** □□□
くらす
【暮らす】
〔自他五〕生活，度日

類 生活する

例 親子３人で楽しく暮らしています。
／親子三人過著快樂的生活。

**0371** □□□
クラスメート
【classmate】
名 同班同學

類 同級生

例 クラスメートはみな仲が良いです。
／我們班同學相處得十分和睦。

**0372** □□□
くりかえす
【繰り返す】
〔他五〕反覆，重覆

類 反復する（はんぷくする）

例 同じ失敗を繰り返すなんて、私はばかだ。
／竟然犯了相同的錯誤，我真是個笨蛋。

**0373** □□□
クリスマス
【christmas】
名 聖誕節

例 メリークリスマスアンドハッピーニューイヤー。
／祝你聖誕和新年快樂。（Merry Christmas and Happy New Year）

**0374** □□□
グループ
【group】
名（共同行動的）集團，夥伴；組，幫，群

類 集団（しゅうだん）

例 あいつのグループになんか、入るものか。
／我才不加入那傢伙的團隊！

> **文法**
> なんか [ 之類的 ]
> ▶ 用輕視的語氣，談論主題。口語用法。

**0375** □□□
くるしい
【苦しい】
形 艱苦；困難；難過；勉強

例 「食べ過ぎた。苦しい〜」「それ見たことか」
／「吃太飽了，好難受……」「誰要你不聽勸告！」

| 0376 ☐☐☐ | く｜れ<br>【暮れ】 | 名 日暮，傍晚；季末，年末 |

反 明け<br>類 夕暮れ（ゆうぐれ）；年末<br>例 去年の暮れに比べて、景気がよくなりました。<br>／和去年年底比起來，景氣已回升許多。

文法<br>に比べて [ 與…相比 ]<br>▶ 表示比較、對照。

| 0377 ☐☐☐ | く｜ろ<br>【黒】 | 名 黑，黑色；犯罪，罪犯 |

例 黒のワンピースに黒の靴なんて、お葬式みたいだよ。<br>／怎麼會穿黑色的洋裝還搭上黑色的鞋子，簡直像去參加葬禮似的。

文法<br>なんて [ 怎麼會 ]<br>▶ 表示用輕視的語氣，談論主題。<br>▶ 近 なんて言う [ 那種；之類的（輕視語氣）]

| 0378 ☐☐☐ | く｜わし｜い<br>【詳しい】 | 形 詳細；精通，熟悉 |

類 詳細（しょうさい）<br>例 あの人なら、きっと事情を詳しく知っている。<br>／若是那個人，一定對整件事的來龍去脈一清二楚。

 け

| 0379 ☐☐☐<br>18 | け<br>【家】 | 接尾 家，家族 |

例 このドラマは将軍家の一族の話です。<br>／那齣連續劇是描述將軍家族的故事。

| 0380 ☐☐☐ | け｜い<br>【計】 | 名 總計，合計；計畫，計 |

例 計 3,500 円をカードで払った。<br>／以信用卡付了總額三千五百圓。

| 0381 ☐☐☐ | け｜いい<br>【敬意】 | 名 尊敬對方的心情，敬意 |

例 お年寄りに敬意をもって接する。<br>／心懷尊敬對待老年人。

**0382** □□□
けいえい
【経営】
(名・他サ) 經營，管理

(類) 営む（いとなむ）

(例) 経営はうまくいっているが、人間関係がよくない。
／經營上雖不錯，但人際關係卻不好。

**0383** □□□
けいご
【敬語】
(名) 敬語

(例) 外国人ばかりでなく、日本人にとっても敬語は難しい。
／不單是外國人，對日本人而言，敬語的使用同樣非常困難。

| 文法 |
| --- |
| ばかりでなく [ 不僅…] |
| ▶表示除前項的情況之外，還有後項程度更甚的情況。 |

**0384** □□□
けいこうとう
【蛍光灯】
(名) 螢光燈，日光燈

(例) 蛍光灯の調子が悪くて、ちかちかする。
／日光燈的狀態不太好，一直閃個不停。

**0385** □□□
けいさつかん
【警察官】
(名) 警察官，警官

(類) 警官

(例) どんな女性が警察官の妻に向いていますか。
／什麼樣的女性適合當警官的妻子呢？

**0386** □□□
けいさつしょ
【警察署】
(名) 警察署

(例) 容疑者が警察署に連れて行かれた。
／嫌犯被帶去了警局。

**0387** □□□
けいさん
【計算】
(名・他サ) 計算，演算；估計，算計，考慮

(類) 打算

(例) 商売をしているだけあって、計算が速い。
／不愧是做買賣的，計算得真快。

## 0388 □□□
**げいじゅつ**
**【芸術】**
(名) 藝術

(類) アート
(例) 芸術のことなどわからない<u>くせに</u>、偉そうなことを言うな。／<u>明明</u>就不懂藝術，就別再自吹自擂說大話了。

文法
くせに [ 明明…，卻…]
▶ 根據前項的條件，出現後項讓人覺得可笑的、不相稱的情況。

## 0389 □□□
**けいたい**
**【携帯】**
(名・他サ) 攜帶；手機（「携帯電話（けいたいでんわ）」的簡稱）

(例) 携帯電話<u>だけ</u>で、家の電話はありません。
／<u>只有</u>行動電話，沒有家用電話。

文法
だけ [ 只有…]
▶ 表示除此之外，別無其它。
▶ <u>近</u>だけ（で）[光…就…]

## 0390 □□□
**けいやく**
**【契約】**
(名・自他サ) 契約，合同

(例) 契約を結ぶ<u>際</u>は、はんこが必要です。
／<u>在</u>簽訂契約<u>的時候</u>，必須用到印章。

文法
際は [ 在…時 ]
▶ 表示動作、行為進行的時候。

## 0391 □□□
**けいゆ**
**【経由】**
(名・自サ) 經過，經由

(類) 経る
(例) 新宿を経由して、東京駅まで行きます。／我經新宿，前往東京車站。

## 0392 □□□
**ゲーム**
**【game】**
(名) 遊戲，娛樂；比賽

(例) ゲームばかりしている<u>わりには</u>、成績は悪くない。
／<u>儘管</u>他老是打電玩，<u>但是</u>成績還不壞。

文法
わりには[雖然…但是…]
▶ 表示結果跟前項條件不成比例、有出入，或不相稱。

## 0393 □□□
**げきじょう**
**【劇場】**
(名) 劇院，劇場，電影院

(類) シアター
(例) 駅の裏に新しい劇場を建てる<u>ということだ</u>。
／<u>聽說</u>車站後面將會建蓋一座新劇場。

文法
ということだ [ 據說…]
▶ 從某特定的人或外界獲取的傳聞、資訊。

**0394**
□□□

## げじゅん
【下旬】

名 下旬

反 上旬（じょうじゅん）
類 月末（げつまつ）

例 もう３月も下旬だけれど、春というよりまだ冬だ。／都已經是三月下旬了，但與其說是春天，根本還在冬天。

---

**0395**
□□□

## けしょう
【化粧】

名・自サ 化妝，打扮；修飾，裝飾，裝潢

類 メークアップ

例 彼女はトイレで化粧しているところだ。
／她正在洗手間化妝。

---

**0396**
□□□

## けた
【桁】

名 （房屋、橋樑的）横樑，桁架；算盤的主柱；數字的位數

例 桁が一つ違うから、高くて買えないよ。
／因為價格上多了一個零，太貴買不下手啦！

---

**0397**
□□□

## けち

名・形動 吝嗇，小氣（的人）；卑賤，簡陋，心胸狹窄，不值錢

類 吝嗇（りんしょく）

例 彼は、経済観念があるというより、けちなんだと思います。
／與其說他有理財觀念，倒不如說是小氣。

---

**0398**
□□□

## ケチャップ
【ketchup】

名 蕃茄醬

例 ハンバーグにはケチャップをつけます。
／把蕃茄醬澆淋在漢堡肉上。

---

**0399**
□□□

## けつえき
【血液】

名 血，血液

類 血

例 検査では、まず血液を取らなければなりません。
／在檢查項目中，首先就得先抽血才行。

| 0400 □□□ | け｜っか<br>【結果】 | 名・自他サ 結果，結局 |

反 原因
類 結末（けつまつ）
例 コーチのおかげでよい結果が出せた。
/多虧教練的指導，比賽結果相當好。

文法
おかげで[多虧…]
▶ 由於受到某種恩惠，導致後面好的結果。常帶有感謝的語氣。

| 0401 □□□ | け｜っせき<br>【欠席】 | 名・自サ 缺席 |

反 出席
例 病気のため学校を欠席する。
/因生病而沒去學校。

| 0402 □□□ | げ｜つまつ<br>【月末】 | 名 月末、月底 |

反 月初（つきはじめ）
例 給料は、月末に支払われる。
/薪資在月底支付。

| 0403 □□□ | け｜むり<br>【煙】 | 名 煙 |

類 スモーク
例 喫茶店は、たばこの煙でいっぱいだった。
/咖啡廳裡，瀰漫著香煙的煙。

| 0404 □□□ | け｜る<br>【蹴る】 | 他五 踢；沖破（浪等）；拒絕，駁回 |

類 蹴飛ばす（けとばす）
例 ボールを蹴ったら、隣のうちに入ってしまった。
/球一踢就飛到隔壁的屋裡去了。

| 0405 □□□ | け｜ん・げ｜ん<br>【軒】 | 漢造 軒昂，高昂；屋簷；表房屋數量，書齋，商店等雅號 |

例 小さい村なのに、薬屋が 3 軒もある。
/雖然只是一個小村莊，藥房卻多達三家。

---

**0406** □□□
**けんこう**
【健康】

形動 健康的，健全的

類 元気

例 若いときからたばこを吸っていたわりに、健康です。
／儘管從年輕時開始抽菸了，但身體依然健康。

文法
わりに［雖然…但是…］
▶ 表示結果跟前項條件不成比例、有出入，或不相稱。

---

**0407** □□□
**けんさ**
【検査】

名・他サ 檢查，檢驗

類 調べる（しらべる）

例 病気かどうかは、検査をしてみないと分からない。
／生病與否必須做檢查，否則無法判定。

---

**0408** □□□
**げんだい**
【現代】

名 現代，當代；（歷史）現代（日本史上指二次世界大戰後）

反 古代　類 当世

例 この方法は、現代ではあまり使われません。
／那個方法現代已經不常使用了。

---

**0409** □□□
**けんちくか**
【建築家】

名 建築師

例 このビルは有名な建築家が設計したそうです。
／聽說這棟建築物是由一位著名的建築師設計的。

---

**0410** □□□
**けんちょう**
【県庁】

名 縣政府

例 県庁のとなりにきれいな公園があります。
／在縣政府的旁邊有座美麗的公園。

---

**0411** □□□
**（じどう）けんばいき**
【（自動）券売機】

名（門票、車票等）自動售票機

例 新幹線の切符も自動券売機で買うことができます。
／新幹線的車票也可以在自動販賣機買得到。

---

あ

か

さ

た

な

は

ま

や

ら

わ

練習

---

**0412** □□□
🔊 **19**

こ
【小】

接頭 小，少；稍微

例 うちから駅までは、小一時間かかる。

/從我家到車站必須花上接近一個小時。

---

**0413** □□□

こ
【湖】

接尾 湖

例 琵琶湖観光のついでに、ふなずしを食べて
きた。

/遊覽琵琶湖時順道享用了鯽魚壽司。

文法
ついでに [ 順便…]
▶ 表示做某一主要的事情的同時，再追加順便做其他件事情。

---

**0414** □□□

こい
【濃い】

形 色或味濃深；濃稠，密

反 薄い
類 濃厚（のうこう）
例 あの人は夜の商売をしているのか。道理で
化粧が濃いわけだ。

/原來那個人是做晚上陪酒生意的，難怪化著一臉的
濃妝。

文法
わけだ [ 怪不得…]
▶ 表示按事物的發展，事實、狀況合乎邏輯地必然導致這樣的結果。

---

**0415** □□□

こいびと
【恋人】

名 情人，意中人

例 月下老人のおかげで、恋人ができました。

/多虧月下老人牽起姻緣，我已經交到女友／男友
了。

文法
おかげで [ 多虧…]
▶ 由於受到某種恩惠，導致後面好的結果。常帶有感謝的語氣。

---

**0416** □□□

こう
【高】

名・漢造 高；高處，高度；（地位等）高

例 高カロリーでも、気にしないで食べる。

/就算是高熱量的食物也蠻不在乎地享用。

---

**0417** □□□

こう
【校】

漢造 學校；校對；（軍銜）校；學校

例 野球の有名校に入学する。

/進入擁有知名棒球隊的學校就讀。

---

**0418** □□□
こう
【港】

漢造 港口

例 福岡観光なら、門司港に行かなくちゃ。
／如果到福岡觀光，就非得去參觀門司港不可。

文法
なくちゃ [ 不…不行 ]
▶ 表示受限於某個條件、規定·必須要做某件事情。

**0419** □□□
ごう
【号】

名·漢造（雜誌刊物等）期號；（學者等）別名

例 雑誌の1月号を買ったら、カレンダーが付いていました。
／買下雜誌的一月號刊後，發現裡面附了月曆。

**0420** □□□
こういん
【行員】

名 銀行職員

例 当行の行員が暗証番号をお尋ねすることは絶対にありません。
／本行行員絕對不會詢問客戶密碼。

**0421** □□□
こうか
【効果】

名 效果，成效，成績；（劇）效果

類 効き目（ききめ）
例 このドラマは音楽が効果的に使われている。
／這部影集的配樂相當出色。

**0422** □□□
こうかい
【後悔】

名·他サ 後悔，懊悔

類 悔しい（くやしい）
例 もう少し早く気づくべきだったと後悔している。
／很後悔應該早點察覺出來才對。

文法
べき [ 應當… ]
▶ 表示那樣做是應該的、正確的。常用在勸告、禁止及命令的場合。

**0423** □□□
ごうかく
【合格】

名·自サ 及格；合格

例 第一志望の大学の入学試験に合格する。
／我要考上第一志願的大學。

**0424**
□□□

こうかん
【交換】

名・他サ 交換；交易

補「～と～を交換する」和～交換～
「～を～に交換する」用～交換～

例 古新聞をトイレットペーパーに交換してもらう。

／用舊報紙換到了廁用衛生紙。

**0425**
□□□

こうくうびん
【航空便】

名 航空郵件；空運

反 船便（ふなびん）

例 注文した品物は至急必要なので、航空便で送ってください。

／我訂購的商品是急件，請用空運送過來。

**0426**
□□□

こうこく
【広告】

名・他サ 廣告；作廣告，廣告宣傳

類 コマーシャル

例 広告を出すとすれば、たくさんお金が必要
になります。

／如果要拍廣告，就需要龐大的資金。

文法
とすれば［如果…的話］
▶ 在認清現況或得來的
信息的前提條件下，據
此條件進行判斷。

**0427**
□□□

こうさいひ
【交際費】

名 應酬費用

類 社交費（しゃこうひ）

例 友達と飲んだコーヒーって、交際費。

／跟朋友去喝咖啡，這算是交際費呢？

**0428**
□□□

こうじ
【工事】

名・自サ 工程，工事

例 来週から再来週にかけて、近所で工事が行
われる。

／從下週到下下週，這附近將會施工。

文法
から…にかけて［從…
到…］
▶ 表示兩地點、時間之間
一直連續發生某事或某
狀態。

---

**0429** □□□

## こうつうひ
【交通費】

名 交通費，車馬費

類 足代（あしだい）

例 会場までの交通費は自分で払います。／前往會場的交通費必須自付。

---

**0430** □□□

## こうねつひ
【光熱費】

名 電費和瓦斯費等

類 燃料費（ねんりょうひ）

例 生活が苦しくて、学費はもちろん光熱費も払えない。

／生活過得很苦，別說是學費，就連水電費都付不出來。

文法

はもちろん[不僅…而且…]
▶ 表示一般程度的前項自然不用說，就連程度較高的後項也不例外。

---

**0431** □□□

## こうはい
【後輩】

名 後來的同事，（同一學校）後班生；晚輩，後生

反 先輩　類 後進（こうしん）

例 明日は、後輩もいっしょに来ることになっている。

／預定明天學弟也會一起前來。

文法

ことになっている[預定…]
▶ 表示安排、約定或約束人們生活行為的各種規定、法律以及一些慣例。

---

**0432** □□□

## こうはん
【後半】

名 後半，後一半

反 前半

例 私は三十代後半の主婦です。／我是個三十歲過半的家庭主婦。

---

**0433** □□□

## こうふく
【幸福】

名・形動 沒有憂慮，非常滿足的狀態

例 貧しくても、あなたと二人なら私は幸福です。

／就算貧窮，只要和你在一起，我就感覺很幸福。

---

**0434** □□□

## こうふん
【興奮】

名・自サ 興奮，激昂；情緒不穩定

反 落ちつく　類 激情（げきじょう）

例 興奮したものだから、つい声が大きくなってしまった。

／由於情緒過於激動，忍不住提高了嗓門。

文法

ものだから[就是因為…，所以…]
▶ 常用在因為事態的程度很厲害，因此做了某事。
▶ 近もので[由於…]

讀書計劃：□□／□□

**0435**
□□□

こうみん
【公民】

⑧ 公民

例 公民は中学3年生のときに習いました。

／中學三年級時已經上過了公民課程。

---

**0436**
□□□

こうみんかん
【公民館】

⑧ (市町村等的) 文化館，活動中心

例 公民館には茶道や華道の教室があります。

／公民活動中心裡設有茶道與花道的課程。

---

**0437**
□□□

こうれい
【高齢】

⑧ 高齢

例 会長はご高齢ですが、まだまだお元気です。

／會長雖然年事已高，但是依然精力充沛。

---

**0438**
□□□

こうれいしゃ
【高齢者】

⑧ 高齢者，年高者

例 近年、高齢者の人口が増えています。

／近年來，高齢人口的數目不斷增加。

---

**0439**
□□□

こえる
【越える・超える】

⑪下一 越過；度過；超出，超過

例 国境を越えたとしても、見つかったら殺される恐れがある。

／就算成功越過了國界，要是被發現了，可能還是會遭到殺害。

---

**0440**
□□□

ごえんりょなく
【ご遠慮なく】

⑬ 請不用客氣

例「こちら、いただいてもいいですか」「どうぞ、ご遠慮なく」

／「請問這邊的可以享用／收下嗎？」「請用請用／請請請，別客氣！」

---

**0441**
□□□

**20**

コース
【course】

⑧ 路線，(前進的) 路徑；跑道；課程，學程；程序；套餐

例 初級から上級まで、いろいろなコースが揃っている。

／這裡有從初級到高級等各種完備的課程。

---

**0442**
□□□
**こおり**
【氷】
名 冰

例 春になって、湖に張っていた氷も溶けた。
／到了春天，原本在湖面上凍結的冰層也融解了。

---

**0443**
□□□
**ごかい**
【誤解】
名・他サ 誤解，誤會

類 勘違い（かんちがい）
例 説明のしかたが悪くて、誤解を招いたようです。
／似乎由於說明的方式不佳而導致了誤解。

---

**0444**
□□□
**ごがく**
【語学】
名 外語的學習，外語，外語課

例 10ヶ国語もできるなんて、語学が得意なんだね。
／居然通曉十國語言，這麼說，在語言方面頗具長才喔。

---

**0445**
□□□
**こきょう**
【故郷】
名 故鄉，家鄉，出生地

類 郷里（きょうり）
例 誰だって、故郷が懐かしいに決まっている。
／不論是誰，都會覺得故鄉很令人懷念。

**文法**
に決まっている[肯定是…]
▶ 説話者根據事物的規律，覺得一定是這樣，充滿自信的推測。

---

**0446**
□□□
**こく**
【国】
漢造 國；政府；國際，國有

例 日本は民主主義国です。
／日本是施行民主主義的國家。

---

**0447**
□□□
**こくご**
【国語】
名 一國的語言；本國語言；（學校的）國語（課），語文（課）

類 共通語（きょうつうご）
例 国語のテスト、間違いだらけだった。
／國語考卷上錯誤連連。

**文法**
だらけ[到處是…]
▶ 表示數量過多。

---

---

**0448**
□□□

**こくさいてき**
【国際的】

形動 國際的

類 世界的

例 国際的な会議に参加したことがありますか。
／請問您有沒有參加過國際會議呢？

---

**0449**
□□□

**こくせき**
【国籍】

名 國籍

例 日本では、二重国籍は認められていない。
／日本不承認雙重國籍。

---

**0450**
□□□

**こくばん**
【黒板】

名 黑板

例 黒板、消しといてくれる。／可以幫忙擦黑板嗎？

---

**0451**
□□□

**こし**
【腰】

名・接尾 腰；（衣服、裙子等的）腰身

例 引っ越しで腰が痛くなった。／搬個家，弄得腰都痛了。

---

**0452**
□□□

**こしょう**
【胡椒】

名 胡椒

類 ペッパー

例 胡椒を振ったら、くしゃみが出た。／灑了胡椒後，打了個噴嚏。

---

**0453**
□□□

**こじん**
【個人】

名 個人

補 的（てき）接在名詞後面會構成形容動詞的詞幹，或連體
修飾表示。可接な形容詞。

例 個人的な問題で、人に迷惑をかける<u>わけに</u>
<u>はいかない</u>。
／這是私人的問題，<u>不能</u>因此而造成別人的困擾。

文法
わけにはいかない［不
能…]
▶ 表示由於一般常識、
社會道德或經驗等，那
樣做是不可能的、不能
做的。

---

**0454**
□□□

**こぜに**
【小銭】

名 零錢；零用錢；少量資金

例 すみませんが、1,000 円札を小銭に替えてください。
／不好意思，請將千元鈔兌換成硬幣。

JLPT
97

---

**0455**
□□□
### こづつみ
【小包】
(名) 小包裏；包裹

例 海外に小包を送るには、どの送り方が一番安いですか。

／請問要寄小包到國外，哪一種寄送方式最便宜呢？

---

**0456**
□□□
### コットン
【cotton】
(名) 棉，棉花；木棉，棉織品

例 肌が弱いので、下着はコットンだけしか着られません。

／由於皮膚很敏感，內衣只能穿純棉製品。

**文法**

だけしか [只；而已；僅僅]

▶ 下面接否定表現，表示除此之外就沒別的了。

---

**0457**
□□□
### ごと
【毎】
(接尾) 每

例 月ごとに家賃を支払う。／每個月付房租。

---

**0458**
□□□
### ごと
(接尾)（表示包含在內）一共，連同

例 リンゴを皮ごと食べる。／蘋果帶皮一起吃。

---

**0459**
□□□
### ことわる
【断る】
(他五) 謝絕；預先通知，事前請示

例 借金は断ることにしている。

／拒絕借錢給別人是我的原則。

**文法**

ことにしている [向來…]

▶ 表示個人根據某種決心，而形成的某種習慣、方針或規矩。

---

**0460**
□□□
### コピー
【copy】
(名) 抄本，謄本，副本；（廣告等的）文稿

例 コピーを取るときに原稿を忘れてきてしまった。

／影印時忘記把原稿一起拿回來了。

---

**0461**
□□□
### こぼす
【溢す】
(他五) 灑，漏，溢（液體），落（粉末）；發牢騷，抱怨

類 漏らす（もらす）

例 あっ、またこぼして。ちゃんとお茶碗を持って食べなさい。

／啊，又打翻了！吃飯時把碗端好！

---

## 0462 □□□
### こぼれる
### 【零れる】
（自下一）灑落，流出；溢出，漾出；（花）掉落

（類）溢れる

（例）悲しくて、涙がこぼれてしまった。／難過得眼淚掉了出來。

## 0463 □□□
### コミュニケーション
### 【communication】
（名）（語言、思想、精神上的）交流，溝通；通訊，報導，信息

（例）職場では、コミュニケーションを大切にしよう。

／在職場上，要多注重溝通技巧

## 0464 □□□
### こむ
### 【込む・混む】
（自五・接尾）擁擠，混雜；費事，精緻，複雜；表進入的意思；表深入或持續到極限

（例）2時ごろは、電車はそれほど混まない。

／在兩點左右的時段搭電車，比較沒有那麼擁擠。

**文法**

ほど…ない［沒那麼…］

▶ 表示程度沒有那麼高。

## 0465 □□□
### ゴム
### 【(荷)gom】
（名）樹膠，橡皮，橡膠

（例）輪ゴムでビニール袋の口をしっかりしばった。

／用橡皮筋把袋口牢牢綁緊了。

## 0466 □□□
### コメディー
### 【comedy】
（名）喜劇

（反）悲劇（ひげき）　（類）喜劇（きげき）

（例）姉はコメディー映画が好きです。

／姊姊喜歡看喜劇電影。

## 0467 □□□
### ごめんください
（名・形動・副）（道歉、叩門時）對不起，有人在嗎？

（例）ごめんください。どなたかいらっしゃいますか。

／有人嗎？有人在家嗎？

## 0468 □□□
### こゆび
### 【小指】
（名）小指頭

（例）小指に怪我をしました。／我小指頭受了傷。

## 0469

□□□

**こ**ろす
【殺す】

他五 殺死，致死；抑制，忍住，消除；埋沒；浪費，犧牲，典當；殺，（棒球）使出局

反 生かす（いかす）　類 殺害（さつがい）

例 別れるくらいなら、殺してください。
／如果真要和我分手，不如殺了我吧！

文法
くらいなら［與其…不如…］
▶ 表示與其選前者，不如選後者，是一種對前者表示否定的說法。

## 0470

□□□

**こ**んご
【今後】

名 今後，以後，將來

類 以後

例 今後のことを考えると、不安になる一方だ。
／想到未來，心裡越來越不安。

文法
一方だ［不斷地…；越來越…］
▶ 某狀況一直朝一個方向不斷發展。多用於消極的、不利的傾向。

## 0471

□□□

**こ**んざつ
【混雑】

名・自サ 混亂，混雜，混染

類 混乱（こんらん）

例 町の人口が増えるに従って、道路が混雑するようになった。
／隨著城鎮人口的增加，交通愈來愈壅塞了。

## 0472

□□□

**コ**ンビニ（エンスストア）
【convenience store】

名 便利商店

類 雑貨店（ざっかてん）

例 そのチケットって、コンビニで買えますか。
／請問可以在便利商店買到那張入場券嗎？

文法
って［是…；這個…］
▶ 前項為後項的名稱，或是接下來話題的主題內容，後面常接疑問、評價、解釋等。

## 0473
□□□
**さい**
【最】

(Track 21)

漢造・接頭 最

例 学年で最優秀の成績を取った。

/得到了全學年第一名的成績。

## 0474
□□□
**さい**
【祭】

漢造 祭祀，祭禮；節日，節日的狂歡

例 市の文化祭に出て歌を歌う。

/參加本市舉辦的藝術節表演唱歌。

## 0475
□□□
**ざいがく**
【在学】

名・自サ 在校學習，上學

例 大学の前を通るたびに、在学中のことが懐かしく思い出される。

/每次經過大學門口時，就會想起就讀時的美好回憶。

**文法**
**たびに [ 每當…就… ]**
▶ 表示前項的動作、行為都伴隨後項。

## 0476
□□□
**さいこう**
【最高】

名・形動 （高度、位置、程度）最高，至高無上；頂，極，最

反 最低 類 ベスト

例 最高におもしろい映画だった。

/這電影有趣極了！

## 0477
□□□
**さいてい**
【最低】

名・形動 最低，最差，最壞
反 最高

類 最悪（さいあく）

例 あんな最低の男とは、さっさと別れるべきだった。

/那種差勁的男人，應該早早和他分手才對！

**文法**
**べきだ [ 應當… ]**
▶ 表示那樣做是應該的、正確的。常用在勸告、禁止及命令的場合。

## 0478
□□□
**さいほう**
【裁縫】

名・自サ 裁縫，縫紉

例 ボタン付けくらいできれば、お裁縫なんてできなくてもいい。

/只要會縫釦子就好，根本不必會什麼縫紉。

あ
か
**さ**
た
な
は
ま
や
ら
わ
練習

---

**0479** □□□

## さか
【坂】

㊇ 斜面，坡道；（比喻人生或工作的關鍵時刻）大關，陡坡

㊣ 坂道（さかみち）

㊐ 坂を上ったところに、教会があります。
／上坡之後的地方有座教堂。

---

**0480** □□□

## さがる
【下がる】

㊈五 後退；下降

㊁ 上がる ㊣ 落ちる

㊐ 危ないですから、後ろに下がっていただけますか。
／很危險，可以請您往後退嗎？

---

**0481** □□□

## さく
【昨】

㊄ 昨天；前一年，前一季；以前，過去

㊐ 昨年の正月は雪が多かったが、今年は暖かい日が続いた。
／去年一月下了很多雪，但今年一連好幾天都很暖和。

---

**0482** □□□

## さくじつ
【昨日】

㊇（「きのう」的鄭重說法）昨日，昨天

㊁ 明日
㊣ 前の日

㊐ 昨日から横浜で日本語教育についての国際会議が始まりました。
／從昨天開始，於橫濱展開了一場有關日語教育的國際會議。

---

**0483** □□□

## さくじょ
【削除】

㊇·他サ 刪掉，刪除，勾消，抹掉

㊣ 削り取る（けずりとる）

㊐ 子どもに悪い影響を与える言葉は、削除することになっている。
／按規定要刪除對孩子有不好影響的詞彙。

> **文法**
> ことになっている [ 按規定…]
> ▶ 表示約定或約束人們生活行為的各種規定、法律以及一些慣例。

---

**0484** □□□

## さくねん
【昨年】

㊇·副 去年

㊁ 来年 ㊣ 去年

㊐ 昨年はいろいろお世話になりました。
／去年承蒙您多方照顧。

**0485**
□□□

**さくひん**
**【作品】**

名 製成品；（藝術）作品，（特指文藝方面）創作

類 作物（さくぶつ）

例 これは私にとって思い出の作品です。
／這對我而言，是件值得回憶的作品。

文法
にとって［對於…來說］
▶ 表示站在前面接的那
個詞的立場，來進行後
面的判斷或評價。

**0486**
□□□

**さくら**
**【桜】**

名 （植）櫻花，櫻花樹；淡紅色

例 今年は桜が咲くのが遅い。
／今年櫻花開得很遲。

**0487**
□□□

**さけ**
**【酒】**

名 酒（的總稱），日本酒，清酒

例 酒に酔って、ばかなことをしてしまった。
／喝醉以後做了蠢事。

**0488**
□□□

**さけぶ**
**【叫ぶ】**

自五 喊叫，呼叫，大聲叫；呼喊，呼籲

類 わめく

例 試験の最中に教室に鳥が入ってきて、思わ
ず叫んでしまった。
／正在考試時有鳥飛進教室裡，忍不住尖叫了起來。

文法
最中に［正在…］
▶ 表示某一行為在進行
中。常用在突發什麼事
的場合。

**0489**
□□□

**さける**
**【避ける】**

他下一 躲避，避開，逃避；避免，忌諱

類 免れる（まぬがれる）

例 なんだかこのごろ、彼氏が私を避けてるみたい。
／最近怎麼覺得男友好像在躲我。

**0490**
□□□

**さげる**
**【下げる】**

他下一 向下；掛；收走

反 上げる

例 飲み終わったら、コップを台所に下げてください。
／喝完以後，請把杯子放到廚房。

**0491**
□□□
## ささる
【刺さる】
（自五）刺在…在，扎進，刺入

例 指にガラスの破片が刺さってしまった。
／手指被玻璃碎片給刺傷了。

**0492**
□□□
## さす
【刺す】
（他五）刺，穿，扎；螫，咬，釘；縫綴，衲；捉住，黏捕

（類）突き刺す（つきさす）
例 蜂に刺されてしまった。／我被蜜蜂給螫到了。

**0493**
□□□
**22**
## さす
【指す】
（他五）指，指示；使，叫，令，命令做…

（類）指示
例 甲と乙というのは、契約者を指しています。
／所謂甲乙指的是簽約的雙方。

**文法**
というのは [ 所謂 ]
▶ 前面接名詞，後面就針對這個名詞來進行解釋、説明。

**0494**
□□□
## さそう
【誘う】
（他五）約，邀請；勸誘，會同；誘惑，勾引；引誘，引起

（類）促す（うながす）
例 友達を誘って台湾に行った。／揪朋友一起去了台灣。

**0495**
□□□
## さっか
【作家】
（名）作家，作者，文藝工作者；藝術家，藝術工作者

（類）ライター
例 さすが作家だけあって、文章がうまい。／不愧是作家，文章寫得真好。

**0496**
□□□
## さっきょくか
【作曲家】
（名）作曲家

例 作曲家になるにはどうすればよいですか。
／請問該如何成為一個作曲家呢？

**0497**
□□□
## さまざま
【様々】
（名・形動）種種，各式各樣的，形形色色的

（類）色々
例 今回の失敗については、さまざまな原因が考えられる。
／關於這次的失敗，可以歸納出種種原因。

**0498**
□□□
**さます**
【冷ます】

(他五) 冷卻，弄涼；(使熱情、興趣)降低，減低

類 冷やす（ひやす）

例 熱いので、冷ましてから食べてください。
／很燙的！請吹涼後再享用。

**0499**
□□□
**さます**
【覚ます】

(他五)（從睡夢中）弄醒，喚醒；（從迷惑、錯誤中）清醒，醒酒；使清醒，使覺醒

類 覚める

例 赤ちゃんは、もう目を覚ましましたか。
／嬰兒已經醒了嗎？

**0500**
□□□
**さめる**
【冷める】

(自下一)（熱的東西）變冷，涼；（熱情、興趣等）降低，減退

類 冷える

例 スープが冷めてしまった。
／湯冷掉了。

**0501**
□□□
**さめる**
【覚める】

(自下一)（從睡夢中）醒，醒過來；（從迷惑、錯誤、沉醉中）醒悟，清醒

類 目覚める

例 夜中に地震が来て、びっくりして目が覚めた。
／半夜來了一場地震，把我嚇醒了。

**0502**
□□□
**さら**
【皿】

(名)盤子；盤形物；(助數詞)一碟等

例 ちょっと、そこのお皿を取ってくれる。その四角いの。
／欸，可以幫忙把那邊的盤子拿過來嗎？那個方形的。

**0503**
□□□
**サラリーマン**
【salariedman】

(名)薪水階級，職員

例 このごろは、大企業のサラリーマンでも失業する恐れがある。
／近來，即便是大企業的職員也有失業的風險。

## 0504 さわぎ 【騒ぎ】

（名）吵鬧，吵嚷；混亂，鬧事；轟動一時（的事件），激動，振奮

（類）騒動（そうどう）

（例）学校で、何か騒ぎが起こったらしい。

／看來學校裡，好像起了什麼騒動的樣子。

## 0505 さん 【山】

（接尾）山；寺院，寺院的山號

（例）富士山をはじめ、日本の主な山はだいたい登った。

／從富士山，到日本的重要山脈大部分都攀爬過了。

**文法**

をはじめ [ 從…到 ]

▶ 表示由核心的人或物擴展到很廣的範圍。

## 0506 さん 【産】

（名・漢造）生產，分娩；（某地方）出生；財產

（例）台湾産のマンゴーは、味がよいのに加えて値段も安い。

／台灣種植的芒果不但好吃，而且價格也便宜。

**文法**

に加えて [ 而且…]

▶ 表示在現有前項的事物上，再加上後項類似的別的事物。

## 0507 さんか 【参加】

（名・自サ）參加，加入

（類）加入

（例）半分仕事のパーティーだから、参加するよりほかない。

／那是一場具有工作性質的酒會，所以不能不參加。

**文法**

よりほかない [ 只有；只好 ]

▶ 後面伴隨著否定，表示這是唯一解決問題的辦法。

## 0508 さんかく 【三角】

（名）三角形

（例）おにぎりを三角に握る。／把飯糰捏成三角形。

## 0509 ざんぎょう 【残業】

（名・自サ）加班

（類）超勤（ちょうきん）

（例）彼はデートだから、残業するわけがない。

／他要約會，所以不可能會加班的。

**文法**

わけがない [ 不可能…]

▶ 表示從道理上而言，強烈地主張不可能或沒有理由成立。

## 0510 さんすう 【算数】

☐☐☐

(名) 算數，初等數學；計算數量

⊕ 計算

例 うちの子は、算数が得意な反面、国語は苦手です。
/我家小孩的算數很拿手，但另一方面卻拿國文沒輒。

文法
反面 [ 另一方面…]
▶ 表示同一種事物，同時兼具兩種不同性格的兩個方面。

## 0511 さんせい 【賛成】

☐☐☐

(名・自サ) 贊成，同意

⊗ 反対
⊕ 同意

例 みなが賛成したとしても、私は反対です。
/就算大家都贊成，我還是反對。

文法
としても [ 就算…，也…]
▶ 表示假設前項是事實或成立，後項也不會起有效的作用。

## 0512 サンプル 【sample】

☐☐☐

(名・他サ) 樣品，樣本

例 街を歩いていて、新しいシャンプーのサンプルをもらった。
/走在路上的時候，拿到了新款洗髮精的樣品。

## 0513 し 【紙】

☐☐☐
23

(漢造) 報紙的簡稱；紙；文件，刊物

新聞紙で野菜を包んで、ビニール袋に入れた。
/用報紙包蔬菜，再放進了塑膠袋裡。

## 0514 し 【詩】

☐☐☐

(名・漢造) 詩，詩歌

⊕ 漢詩（かんし）

例 私の趣味は、詩を書くことです。
/我的興趣是作詩。

## 0515 じ 【寺】

☐☐☐

(漢造) 寺

例 築地本願寺には、パイプオルガンがある。
/築地的本願寺裡有管風琴。

**0516**
☐☐☐
**しあわせ**
【幸せ】
（名・形動）運氣，機運；幸福，幸運

反 不幸せ（ふしあわせ）
類 幸福（こうふく）
例 結婚すれば幸せというものではないでしょう。
／結婚並不能說就會幸福的吧！

**0517**
☐☐☐
**シーズン**
【season】
（名）（盛行的）季節，時期

類 時期
例 ８月は旅行シーズンだから、混んでるんじゃない。
／八月是旅遊旺季，那時候去玩不是人擠人嗎？

**0518**
☐☐☐
**CD ドライブ**
【CD drive】
（名）光碟機

例 CDドライブが起動しません。／光碟機沒有辦法起動。

**0519**
☐☐☐
**ジーンズ**
【jeans】
（名）牛仔褲

例 高級レストランだからジーンズで行くわけにはいかない。
／因為那一家是高級餐廳，總不能穿牛仔褲進去。

文法
わけにはいかない [ 不能…]
▶ 表示由於一般常識、社會道德或經驗等，那樣做是不可能的、不能做的。

**0520**
☐☐☐
**じえいぎょう**
【自営業】
（名）獨立經營，獨資

例 自営業ですから、ボーナスはありません。
／因為我是獨立開業，所以沒有分紅獎金。

**0521**
☐☐☐
**ジェットき**
【jet 機】
（名）噴氣式飛機，噴射機

例 ジェット機に関しては、彼が知らないことはない。
／有關噴射機的事，他無所不知。

文法
に関しては [ 關於…]
▶ 表示就與前項有關的問題，做出「解決問題」性質的後項行為。

**0522**
☐☐☐
しかく
【四角】
⑧ 四角形，四方形，方形

⑩ 四角の面積を求める。／請算出方形的面積。

**0523**
☐☐☐
しかく
【資格】
⑧ 資格，身份；水準

⑳ 身分（みぶん）

⑩ 5年かかってやっと弁護士の資格を取得した。
／經過五年的努力不懈，終於取得律師資格。

**0524**
☐☐☐
じかんめ
【時間目】
接尾 第…小時

⑩ 今日の二時間目は、先生の都合で四時間目と交換になった。
／由於老師有事，今天的第二節課和第四節課交換了。

**0525**
☐☐☐
しげん
【資源】
⑧ 資源

⑩ 交ぜればゴミですが、分ければ資源になります。
／混在一起是垃圾，但經過分類的話就變成資源了。

**0526**
☐☐☐
じけん
【事件】
⑧ 事件，案件

⑳ 出来事
⑩ 連続して殺人事件が起きた。／殺人事件接二連三地發生了。

**0527**
☐☐☐
しご
【死後】
⑧ 死後；後事

㊀ 生前 ⑳ 没後（ぼつご）
⑩ みなさんは死後の世界があると思いますか。
／請問各位認為真的有冥界嗎？

**0528**
☐☐☐
じご
【事後】
⑧ 事後

㊀ 事前
⑩ 事後に評価報告書を提出してください。
／請在結束以後提交評估報告書。

**0529**
□□□

**し しゃごにゅう**
【四捨五入】

（名・他サ）四捨五入

例 26 を 10 の位で四捨五入すると 30 です。

／將 26 四捨五入到十位數就變成 30。

**0530**
□□□

（24）

**し しゅつ**
【支出】

（名・他サ）開支，支出

反 収入　類 支払い（しはらい）

例 支出が増えたせいで、貯金が減った。

／都是支出變多，儲蓄才變少了。

文法
せいで［由於］
▶ 發生壞事或會導致某種
不利情況或責任的原因。

**0531**
□□□

**し じん**
【詩人】

（名）詩人

類 歌人（かじん）

例 彼は詩人ですが、ときどき小説も書きます。

／他雖然是個詩人，有時候也會寫寫小說。

**0532**
□□□

**じ しん**
【自信】

（名）自信，自信心

例 自信を持つことこそ、あなたに最も必要な
ことです。

／要對自己有自信，對你來講才是最需要的。

文法
こそ［才（是）…］
▶ 特別強調某事物。

**0533**
□□□

**し ぜん**
【自然】

（名・形動・副）自然，天然；大自然，自然界；自然地

反 人工（じんこう）　類 天然

例 この国は、経済が遅れている反面、自然が
豊かだ。

／這個國家經濟雖落後，但另一方面卻擁有豐富的
自然資源。

文法
反面［另一方面…］
▶ 表示同一種事物，同
時兼具兩種不同性格的
兩個方面。

**0534**
□□□

**じ ぜん**
【事前】

（名）事前

反 事後

例 仕事を休みたいときは、なるべく事前に言っ
てください。／工作想請假時請盡量事先報告。

文法
たい［想要…］
▶ 表示說話者的內心想
做、想要的。

**0535**
□□□
## した
【舌】

名 舌頭；說話；舌狀物

類 べろ

例 熱いものを食べて、舌をやけどした。
/我吃熱食時燙到舌頭了。

**0536**
□□□
## したしい
【親しい】

形（血緣）近；親近，親密；不稀奇

反 疎い（うとい）
類 懇ろ（ねんごろ）

例 学生時代からの付き合いですから、村田さんとは親しいですよ。
/我和村田先生從學生時代就是朋友了，兩人的交情非常要好。

**0537**
□□□
## しつ
【質】

名 質量；品質，素質；質地，實質；抵押品；真誠，樸實

類 性質（せいしつ）

例 この店の商品は、あの店に比べて質がいいです。
/這家店的商品，比那家店的品質好多了。

文法
に比べて［與…相比］
▶ 表示比較、對照。

**0538**
□□□
## じつ
【日】

漢造 太陽；日，一天，白天；每天

例 一部の地域を除いて、翌日に配達いたします。
/除了部分區域以外，一概隔日送達。

**0539**
□□□
## しつぎょう
【失業】

名・自サ 失業

類 失職（しっしょく）

例 会社が倒産して失業する。
/公司倒閉而失業。

**0540** □□□
### しっけ
【湿気】
（名）濕氣

（類）湿り気（しめりけ）

（例）暑さに加えて、湿気もひどくなってきた。
／除了熱之外，濕氣也越來越嚴重。

**文法**
に加えて［而且…］
▶ 表示在現有前項的事物上，再加上後項類似的別的事物。

**0541** □□□
### じっこう
【実行】
（名・他サ）實行，落實，施行

（類）実践

（例）資金が足りなくて、計画を実行するどころじゃない。
／資金不足，哪能實行計畫呀！

**0542** □□□
### しつど
【湿度】
（名）濕度

（例）湿度が高くなるに従って、かびが生えやすくなる。
／隨著濕度增加，容易長霉。

**0543** □□□
### じっと
（副・自サ）保持穩定，一動不動；凝神，聚精會神；一聲不響地忍住；無所做為，呆住

（類）つくづく

（例）相手の顔をじっと見つめる。
／凝神注視對方的臉。

**0544** □□□
### じつは
【実は】
（副）說真的，老實說，事實是，說實在的

（類）打ち明けて言うと

（例）「国産」と書いてあったが、実は輸入品だった。
／上面雖然寫著「國產」，實際上卻是進口商品。

**0545** □□□
### じつりょく
【実力】
（名）實力，實際能力

（類）腕力（わんりょく）

（例）彼女は、実力があるだけでなく、やる気もあります。
／她不只有實力，也很有幹勁。

| 0546 □□□ | **しつれいします**<br>【失礼します】 | 感（道歉）對不起;（先行離開）先走一步;（進門）不好意思打擾了;（職場用語-掛電話時）不好意思先掛了;（入座）謝謝 |

例 用がある時は、「失礼します」って言ってから入ってね。
／有事情要進去那裡之前，必須先說聲「報告」，才能夠進去喔。

| 0547 □□□ | **じどう**<br>【自動】 | 名 自動（不單獨使用） |

例 入口は、自動ドアになっています。
／入口是自動門。

| 0548 □□□ | **しばらく** | 副 好久；暫時 |

類 しばし

例 胃に穴が空いたから、しばらく会社を休むしかない。
／由於罹患了胃穿孔，<u>不得不</u>暫時向公司請假。

> **文法**
> しかない [ 只好… ]
> ▶ 表示只有這唯一可行的，沒有別的選擇。

| 0549 □□□ | **じばん**<br>【地盤】 | 名 地基，地面；地盤，勢力範圍 |

例 家は地盤の固いところに建て<u>たい</u>。
／<u>希望</u>在地盤穩固的地方蓋房子。

> **文法**
> たい [ 想要… ]
> ▶ 表示說話者的內心想做、想要的。

| 0550 □□□ | **しぼう**<br>【死亡】 | 名·他サ 死亡 |

反 生存
類 死去（しきょ）

例 けが人はいますが、死亡者はいません。
／雖然有人受傷，但沒有人死亡。

| 0551 □□□ | **しま**<br>【縞】 | 名 條紋，格紋，條紋布 |

例 アメリカの国旗は、赤と白がしまになっている。
／美國國旗是紅白相間的條紋。

**0552** □□□
**しまがら**
【縞柄】
(名) 條紋花樣

(類) 縞模様（しまもよう）
(例) 縞柄のネクタイをつけている人が部長です。
／繫著條紋領帶的人是經理。

**0553** □□□
**しまもよう**
【縞模様】
(名) 條紋花樣

(類) 縞柄
(例) 縞模様のシャツをたくさん持っています。
／我有很多件條紋襯衫。

**0554** □□□
**じまん**
【自慢】
(名・他サ) 自滿，自誇，自大，驕傲

(類) 誇る（ほこる）
(例) あの人の話は息子の自慢ばかりだ。
／那個人每次開口總是炫耀兒子。

**0555** □□□
**じみ**
【地味】
(形動) 素氣，樸素，不華美；保守

(反) 派手
(類) 素朴（そぼく）
(例) この服、色は地味だけど、デザインが洗練されてますね。
／這件衣服的顏色雖然樸素，但是設計非常講究。

**0556** □□□
**しめい**
【氏名】
(名) 姓與名，姓名

(例) ここに、氏名、住所と、電話番号を書いてください。
／請在這裡寫上姓名、住址和電話號碼。

**0557** □□□
**しめきり**
【締め切り】
(名) (時間、期限等) 截止，屆滿；封死，封閉；截斷，斷流

(類) 期限
(例) 締め切りまでには、何とかします。
／在截止之前會想想辦法。

文法
までには [ 在…之前 ]
▶ 表示某個截止日、某個動作完成的期限。

## 0558 □□□
### しゃ
### 【車】

（名・接尾・漢造）車；（助數詞）車，輛，車廂

⑩ 毎日電車で通勤しています。
　　/每天都搭電車通勤。

## 0559 □□□
### しゃ
### 【者】

（漢造）者，人；（特定的）事物，場所

⑩ 失業者にとっては、あんなレストランはぜいたくです。
　　/對失業者而言，上那種等級的餐廳太奢侈了。

文法
にとっては［對於…來說］
▶ 表示站在前面接的那個詞的立場，來進行後面的判斷或評價。

## 0560 □□□
### しゃ
### 【社】

（名・漢造）公司，報社（的簡稱）；社會團體；組織；寺院

⑩ 父の友人のおかげで、新聞社に就職できた。
　　/承蒙父親朋友大力鼎助，得以在報社上班了。

文法
おかげで［多虧…］
▶ 由於受到某種恩惠，導致後面好的結果。常帶有感謝的語氣。

## 0561 □□□
### しやくしょ
### 【市役所】

（名）市政府，市政廳

⑩ 市役所へ婚姻届を出しに行きます。
　　/我們要去市公所辦理結婚登記。

## 0562 □□□
### ジャケット
### 【jacket】

（名）外套，短上衣；唱片封面

⑱ 上着
⑲ 下着
⑩ 暑いですから、ジャケットはいりません。
　　/外面氣溫很高，不必穿外套。

## 0563 □□□
### しゃしょう
### 【車掌】

（名）車掌，列車員

⑱ 乗務員（じょうむいん）
⑩ 車掌が来たので、切符を見せなければならない。
　　/車掌來了，得讓他看票根才行。

**0564**
ジャズ
【jazz】
名・自サ（樂）爵士音樂

例 叔父はジャズのレコードを収集している。
／家叔的嗜好是收集爵士唱片。

**0565**
しゃっくり
名・自サ 打嗝

例 しゃっくりが出て、止まらない。
／開始打嗝，停不下來。

**0566**
しゃもじ
【杓文字】
名 杓子，飯杓

例 しゃもじにご飯粒がたくさんついています。
／飯匙上沾滿了飯粒。

**0567**
しゅ
【手】
漢造 手；親手；專家；有技藝或資格的人

Track 26

例 タクシーの運転手になる。／成為計程車司機。

**0568**
しゅ
【酒】
漢造 酒

例 ぶどう酒とチーズは合う。／葡萄酒和起士的味道很合。

**0569**
しゅう
【週】
名・漢造 星期；一圏

例 週に1回は運動することにしている。
／固定每星期運動一次。

文法
ことにしている[向來…]
▶ 表示個人根據某種決心，而形成的某種習慣、方針或規矩。

**0570**
しゅう
【州】
名 大陸，州

例 アメリカでは、州によって法律が違うそうです。
／據說在美國，法律會因州而益。

文法
によって[因…；根據…]
▶ 表示根據其中的各種情況。
▶ 近 に基づいて[按照…]

**0571**
□□□

しゅう
【集】

名・漢造 （詩歌等的）集；聚集

例 作品を全集にまとめる。
／把作品編輯成全集。

**0572**
□□□

じゅう
【重】

名・漢造 （文）重大；穩重；重要

例 重要なことなので、よく聞いてください。
／這是很重要的事，請仔細聆聽。

**0573**
□□□

しゅうきょう
【宗教】

名 宗教

例 この国の人々は、どんな宗教を信仰していますか。
／這個國家的人，信仰的是什麼宗教？

**0574**
□□□

じゅうきょひ
【住居費】

名 住宅費，居住費

例 住居費はだいたい給料の3分の1ぐらいです。
／住宿費用通常佔薪資的三分之一左右。

**0575**
□□□

しゅうしょく
【就職】

名・自サ 就職，就業，找到工作

類 勤め

例 就職したからには、一生懸命働きたい。
／既然找到了工作，我就想要努力去做。

文法
からには［既然…，就…］
▶ 表示既然到了這種情況，後面就要「貫徹到底」的説法

たい［想要…］
▶ 表示説話者的內心想做，想要的。

**0576**
□□□

ジュース
【juice】

名 果汁，汁液，糖汁，肉汁

例 未成年なので、ジュースを飲みます。
／由於還未成年，因此喝果汁。

**0577**
☐☐☐
じゅうたい
【渋滞】
(名・自サ) 停滯不前，遲滯，阻塞

反 はかどる
類 遅れる
例 道が渋滞しているので、電車で行くしかありません。
／因為路上塞車，所以只好搭電車去。

**0578**
☐☐☐
じゅうたん
【絨毯】
(名) 地毯

類 カーペット
例 居間にじゅうたんを敷こうと思います。
／我打算在客廳鋪塊地毯。

**0579**
☐☐☐
しゅうまつ
【週末】
(名) 週末

例 週末には1時間ほど運動しています。
／每週末大約運動一個小時左右。

**0580**
☐☐☐
じゅうよう
【重要】
(名・形動) 重要，要緊

類 大事
例 彼は若いのに、なかなか重要な仕事を任せられている。
／儘管他年紀輕，但已經接下相當重要的工作了。

**0581**
☐☐☐
しゅうり
【修理】
(名・他サ) 修理，修繕

類 修繕
例 この家は修理が必要だ。
／這個房子需要進行修繕。

**0582**
☐☐☐
しゅうりだい
【修理代】
(名) 修理費

例 車の修理代に3万円かかりました。
／花了三萬圓修理汽車。

**0583** □□□
### じゅ**ぎょう**りょう
【授業料】

（名）學費

（類）学費

（例）家庭教師は授業料が高い。 ／家教老師的授課費用很高。

---

**0584** □□□
### しゅじゅつ
【手術】

（名・他サ）手術

（類）オペ

（例）手術といっても、入院する必要はありません。
／雖說要動手術，但不必住院。

**文法**
といっても[雖說…，但…]
▶ 表示承認前項的説法，但同時在後項做部分的修正。

---

**0585** □□□
### しゅじん
【主人】

（名）家長，一家之主；丈夫，外子；主人；東家，老闆，店主

（類）あるじ

（例）主人は出張しております。 ／外子出差了。

---

**0586** □□□
### しゅだん
【手段】

（名）手段，方法，辦法

（類）方法

（例）目的のためなら、手段を選ばない。 ／只要能達到目的，不擇手段。

---

**0587** □□□
（track **27**）
### しゅつじょう
【出場】

（名・自サ）（參加比賽）上場，入場；出站，走出場

（類）欠場（けつじょう）

（例）歌がうまくさえあれば、コンクールに出場
できる。
／只要歌唱得好，就可以參加比賽。

**文法**
さえ…ば[只要…(就)…]
▶ 強調只需要達到最低或唯一條件，後項就可成立。

---

**0588** □□□
### しゅっしん
【出身】

（名）出生（地），籍貫；出身；畢業於…

（類）国籍

（例）東京出身といっても、育ったのは大阪です。
／雖然我出生於東京，但卻是生長於大阪。

**文法**
といっても[雖說…，但…]
▶ 表示承認前項的説法，但同時在後項做部分的修正。

---

JLPT
**119**

**0589** ☐☐☐
## しゅ**る**い
【種類】
(名) 種類

(類) ジャンル

(例) 酒にはいろいろな種類がある。
/酒分成很多種類。

**0590** ☐☐☐
## じゅ**ん**さ
【巡査】
(名) 巡警

(例) 巡査が電車で痴漢して逮捕されたって。
/聽說巡警在電車上因性騷擾而被逮捕。

**文法**

って [ 聽說…]
▶ 引用自己從別人那裡聽
說了某信息。

**0591** ☐☐☐
## じゅ**ん**ばん
【順番】
(名) 輪班（的次序），輪流，依次交替

(類) 順序

(例) 順番にお呼びしますので、おかけになってお待ちください。
/會按照順序叫號，請坐著等候。

**0592** ☐☐☐
## しょ
【初】
(漢造) 初，始；首次，最初

(例) まだ４月なのに、今日は初夏の陽気だ。
/現在才四月，但今天已經和初夏一樣熱了。

**0593** ☐☐☐
## しょ
【所】
(漢造) 處所，地點；特定地

(例) 市役所に勤めています。 /在市公所工作。

**0594** ☐☐☐
## しょ
【諸】
(漢造) 諸

(例) 東南アジア諸国を旅行する。 /前往幾個東南亞國家旅行。

**0595** ☐☐☐
## じょ
【女】
(名・漢造) （文）女兒；女人，婦女

(例) 少女のころは白馬の王子様を夢見ていた。
/在少女時代夢想著能遇見白馬王子。

---

**0596**
□□□

じょ
【助】

漢造 幫助；協助

例 プロの作家になるまで、両親が生活を援助してくれた。

／在成為專業作家之前，一直由父母支援生活費。

---

**0597**
□□□

しょう
【省】

名・漢造 省掉；（日本內閣的）省，部

例 2001 年の中央省庁再編で、省庁の数は 12 になった。

／經過二〇〇一年施行中央政府組織改造之後，省廳的數目變成了十二個。

---

**0598**
□□□

しょう
【商】

名・漢造 商，商業；商人；（數）商；商量

例 美術商なのか。道理で絵に詳しいわけだ。

／原來是美術商哦？難怪對繪畫方面懂得那麼多。

文法
わけだ [ 怪不得… ]
▶ 表示按事物的發展，事實、狀況合乎邏輯地必然導致這樣的結果。

---

**0599**
□□□

しょう
【勝】

漢造 勝利；名勝

例 1 勝 1 敗、明日の試合で勝負が決まる。

／目前戰績是一勝一負，明天的比賽將會決定由誰獲勝。

---

**0600**
□□□

じょう
【状】

名・漢造 （文）書面，信件；情形，狀況

例 先生の推薦状のおかげで、就職が決まった。

／承蒙老師的推薦信，找到工作了。

文法
おかげで [ 多虧… ]
▶ 由於受到某種恩惠，導致後面好的結果。常帶有感謝的語氣。

---

**0601**
□□□

じょう
【場】

名・漢造 場，場所；場面

例 土地がないから、運動場は屋上に作るほかない。

／由於找不到土地，只好把運動場蓋在屋頂上。

文法
ほかない [ 只好… ]
▶ 表示雖然心裡不願意，但又沒有其他方法，只有這唯一的選擇，別無它法。

---

**0602**
☐☐☐

じょう
【畳】

接尾・漢造 （計算草蓆、席塾）塊，疊；重疊

例 6畳一間のアパートに住んでいます。

／目前住在公寓裡一個六鋪席大的房間。

**0603**
☐☐☐

しょうがくせい
【小学生】

名 小學生

例 下の子もこの春小学生になります。

／老么也將在今年春天上小學了。

**0604**
☐☐☐

じょうぎ
【定規】

名（木工使用）尺，規尺；標準

例 定規で点と点を結んで線を引きます。

／用直尺在兩點之間畫線。

**0605**
☐☐☐

しょうきょくてき
【消極的】

形動 消極的

例 恋愛に消極的な、いわゆる草食系男子が増えています。

／現在一些對愛情提不起興趣，也就是所謂的草食系男子，有愈來愈多的趨勢。

**0606**
☐☐☐
28

しょうきん
【賞金】

名 賞金；獎金

例 ツチノコには1億円の賞金がかかっている。

／目前提供一億圓的懸賞金給找到錘子蛇的人。

**0607**
☐☐☐

じょうけん
【条件】

名 條件；條文，條款

類 制約（せいやく）

例 相談の上で、条件を決めましょう。

／協商之後，再來決定條件吧。

**0608**
☐☐☐

しょうご
【正午】

名 正午

類 昼

例 うちの辺りは、毎日正午にサイレンが鳴る。

／我家那一帶每天中午十二點都會響起警報聲。

## 0609 □□□
**じょうし**
【上司】

名 上司，上級

反 部下
類 長官

例 新しい上司に代わってから、仕事がきつく感じる。
/自從新上司就任後，工作變得比以前更加繁重。

## 0610 □□□
**しょうじき**
【正直】

名・形動・副 正直，老實

例 彼は正直なので損をしがちだ。
/他個性正直，容易吃虧。

**文法**

**がちだ [ 往往會…]**

▶ 表示即使是無意的，容易出現某種傾向。一般多用在負面評價的動作。

## 0611 □□□
**じょうじゅん**
【上旬】

名 上旬

反 下旬
類 初旬

例 来月上旬に、日本へ行きます。
/下個月的上旬，我要去日本。

## 0612 □□□
**しょうじょ**
【少女】

名 少女，小姑娘

類 乙女（おとめ）

例 少女は走りかけて、ちょっと立ち止まりました。
/少女跑到一半，就停了一下。

## 0613 □□□
**しょうじょう**
【症状】

名 症狀

例 どんな症状か医者に説明する。
/告訴醫師有哪些症狀。

## 0614 □□□
**しょうすう**
【小数】

名（數）小數

例 円周率は無限に続く小数です。
/圓周率是無限小數。

**0615** □□□
## しょうすう
【少数】
名 少數

例 賛成者は少数だった。
／少數贊成者。

**0616** □□□
## しょうすうてん
【小数点】
名 小數點

例 小数点以下は、四捨五入します。
／小數點以下，要四捨五入。

**0617** □□□
## しょうせつ
【小説】
名 小說

類 物語（ものがたり）

例 先生がお書きになった小説を読みたいです。
／我想看老師所寫的小說。

文法
たい［想要…］
▶ 表示說話者的內心想做、想要的。

**0618** □□□
## じょうたい
【状態】
名 狀態，情況

類 状況

例 その部屋は、誰でも出入りできる状態にありました。
／那個房間誰都可以自由進出。

**0619** □□□
## じょうだん
【冗談】
名 戲言，笑話，詼諧，玩笑

類 ジョーク

例 その冗談は彼女に通じなかった。
／她沒聽懂那個玩笑。

**0620** □□□
## しょうとつ
【衝突】
名・自サ 撞，衝撞，碰上；矛盾，不一致；衝突

類 ぶつける

例 車は、走り出したとたんに壁に衝突しました。
／車子才剛發動，就撞上了牆壁。

文法
とたんに［剛…就…］
▶ 表示前項動作和變化完成的一瞬間，發生了後項的動作和變化。

**0621**
□□□

しょ|うねん
【少年】

名 少年

反 少女
類 青年
例 もう一度少年の頃に戻り<u>たい</u>。
／我想再次回到年少時期。

文法
たい [ 想要…]
▶ 表示説話者的内心想做、想要的。

**0622**
□□□

しょ|うばい
【商売】

名·自サ 經商，買賣，生意；職業，行業

類 商い（あきない）
例 商売がうまくいかないのは、景気が悪い<u>せいだ</u>。
／生意沒有起色是因為景氣不好。

文法
せいだ[因為…的緣故]
▶ 表示發生壞事或會導致某種不利的情況的原因與責任的所在。

**0623**
□□□

しょ|うひ
【消費】

名·他サ 消費，耗費

反 貯金（ちょきん）
類 消耗（しょうもう）
例 ガソリンの消費量が、増加<u>ぎみ</u>です。
／汽油的消耗量，有增加的趨勢。

文法
気味 [ 趨勢 ]
▶ 表示身心、情況等有這種傾向，用在主觀的判斷。多用於消極。

**0624**
□□□

しょ|うひん
【商品】

名 商品，貨品

例 あのお店は商品が豊富に揃っています。
／那家店商品的品項十分齊備。

**0625**
□□□

じょ|うほう
【情報】

名 情報，信息

類 インフォメーション
例 IT 業界について、何か新しい情報はありますか。
／關於 IT 產業，你有什麼新的情報？

**0626**
□□□
Track
29

しょ|うぼうしょ
【消防署】

名 消防局，消防署

例 火事を見つけて、消防署に 119 番した。
／發現火災，打了 119 通報消防局。

# しょうめい～しょくりょう

0627 □□□

**しょうめい【証明】** ㊔名・他サ 證明

類 証（あかし）

例 事件当時どこにいたか、証明のしようがない。

／根本無法提供案件發生時的不在場證明。

文法

ようがない［沒辦法］

▶ 表示不管用什麼方法都不可能，已經沒有其他方法了。

0628 □□□

**しょうめん【正面】** 名 正面；對面；直接，面對面

反 背面（はいめん）

類 前方

例 ビルの正面玄関に立っている人は誰ですか。

／站在大樓正門前的是那位是誰？

0629 □□□

**しょうりゃく【省略】** 名・副・他サ 省略，從略

類 省く（はぶく）

例 携帯電話のことは、省略して「ケイタイ」という人が多い。

／很多人都把行動電話簡稱為「手機」。

0630 □□□

**しようりょう【使用料】** 名 使用費

例 ホテルで結婚式をすると、会場使用料はいくらぐらいですか。

／請問若是在大飯店裡舉行婚宴，場地租用費大約是多少錢呢？

0631 □□□

**しょく【色】** 漢造 顏色；臉色，容貌；色情；景象

補 助数詞：一色：いっしょく（ひといろ）、二色：にしょく、三色：さんしょく（さんしき）、四色：よんしょく、五色：ごしょく（ごしき）、六色：ろくしょく、七色：なないろ、八色：はっしょく、九色：きゅうしょく、十色：じゅっしょく（といろ）

例 あの人の髪は、金髪というより明るい褐色ですね。

／那個人的髮色與其說是金色，比較像是亮褐色吧。

文法

というより［與其說…，還不如說…］

▶ 表示在相比較的情況下，後項的說法比前項更恰當。

讀書計劃：□□／□□

### 0632
**しょくご**
【食後】

名 飯後，食後

例 お飲み物は食後でよろしいですか。
/飲料可以在餐後上嗎？

### 0633
**しょくじだい**
【食事代】

名 餐費，飯錢

類 食費
例 今夜の食事代は会社の経費です。/今天晚上的餐費由公司的經費支應。

### 0634
**しょくぜん**
【食前】

名 飯前

例 粉薬は食前に飲んでください。
/請在飯前服用藥粉。

### 0635
**しょくにん**
【職人】

名 工匠

類 匠（たくみ）
例 祖父は、たたみを作る職人でした。
/爺爺曾是製作榻榻米的工匠。

### 0636
**しょくひ**
【食費】

名 伙食費，飯錢

類 食事代
例 日本は食費や家賃が高くて、生活が大変です。
/日本的飲食費用和房租開銷大，居住生活很吃力。

### 0637
**しょくりょう**
【食料】

名 食品，食物

例 地震で家を失った人たちに、水と食料を配った。
/分送了水和食物給在地震中失去了房子的人們。

### 0638
**しょくりょう**
【食糧】

名 食糧，糧食

例 食品を干すのは、食糧を蓄えるための昔の人の知恵です。
/把食物曬乾是古時候的人想出來保存糧食的好方法。

**0639 しょっきだな**
【食器棚】
名 餐具櫃，碗廚

例 引越ししたばかりで、食器棚は空っぽです。
／由於才剛剛搬來，餐具櫃裡什麼都還沒擺。

**0640 ショック**
【shock】
名 震動，刺激，打擊；（手術或注射後的）休克

類 打撃

例 彼女はショックのあまり、言葉を失った。
／她因為太過震驚而說不出話來。

**0641 しょもつ**
【書物】
名（文）書，書籍，圖書

例 夜は一人で書物を読むのが好きだ。／我喜歡在晚上獨自看書。

**0642 じょゆう**
【女優】
名 女演員

反 男優

例 その女優は、監督の指示どおりに演技した。
／那個女演員依導演的指示演戲。

文法
どおりに［按照］
▶ 表示按照前項的方式或要求，進行後項的行為。

**0643 しょるい**
【書類】
名 文書，公文，文件

類 文書

例 書類はできたが、まだ部長のサインをもらっていない。
／雖然文件都準備好了，但還沒得到部長的簽名。

**0644 しらせ**
【知らせ】
名 通知；預兆，前兆

30

例 第一志望の会社から、採用の知らせが来た。
／第一志願的公司通知錄取了。

**0645 しり**
【尻】
名 屁股，臀部；（移動物體的）後方，後面；末尾，最後；（長物的）末端

類 臀部（でんぶ）

例 ずっと座っていたら、おしりが痛くなった。
／一直坐著，屁股就痛了起來。

**0646** □□□
**し**りあい
【知り合い】
(名) 熟人，朋友

(類) 知人

(例) 鈴木さんは、佐藤さんと知り合いだということです。
　/據說鈴木先生和佐藤先生似乎是熟人。

**0647** □□□
**シ**ルク
【silk】
(名) 絲，絲綢；生絲

(類) 織物

(例) シルクのドレスを買いたいです。
　/我想要買一件絲綢的洋裝。

文法
たい [ 想要…]
▶ 表示説話者的內心願望。

**0648** □□□
**し**るし
【印】
(名) 記號，符號；象徵（物），標記；徽章；（心意的）表示；紀念（品）；商標

(類) 目印（めじるし）

(例) 間違えないように、印をつけた。
　/為了避免搞錯而貼上了標籤。

文法
ように [ 為了…而…]
▶ 表示為了實現前項，而做後項。

**0649** □□□
**し**ろ
【白】
(名) 白，皎白，白色；清白

(例) 雪が降って、辺りは白一色になりました。
　/下雪後，眼前成了一片白色的天地。

**0650** □□□
**し**ん
【新】
(名・漢造) 新；剛收穫的；新曆

(例) 夏休みが終わって、新学期が始まった。
　/暑假結束，新學期開始了。

**0651** □□□
**し**んがく
【進学】
(名・自サ) 升學；進修學問

(類) 進む

(例) 勉強が苦手で、高校進学でさえ難しかった。
　/我以前很不喜歡讀書，就連考高中都覺得困難。

文法
さえ [ 連；甚至 ]
▶ 用在理所當然的是都不能了，其他的是就更不用説了。

**0652**
□□□

**しんがくりつ**
【進学率】

(名) 升學率

例 あの高校は進学率が高い。

／那所高中升學率很高。

---

**0653**
□□□

**しんかんせん**
【新幹線】

(名) 日本鐵道新幹線

例 新幹線に乗るには、運賃のほかに特急料金がかかります。

／要搭乘新幹線列車，除了一般運費還要加付快車費用。

---

**0654**
□□□

**しんごう**
【信号】

(名・自サ) 信號，燈號；(鐵路、道路等的) 號誌；暗號

例 信号が赤から青に変わる。

／號誌從紅燈變成綠燈。

---

**0655**
□□□

**しんしつ**
【寝室】

(名) 寢室

例 この家は居間と寝室と食堂がある。／這個住家有客廳、臥房以及餐廳。

---

**0656**
□□□

**しんじる・しんずる**
【信じる・信ずる】

(他上一) 信，相信；確信，深信；信賴，可靠；信仰

(反) 不信　(類) 信用する

例 そんな話、誰が信じるもんか。

／那種鬼話誰都不信！

**文法**

もんか [決不…]

▸ 表示強烈的否定情緒。「…もんか」是「…ものか」比較隨便的説法。

---

**0657**
□□□

**しんせい**
【申請】

(名・他サ) 申請，聲請

(類) 申し出る（もうしでる）

例 証明書はこの紙を書いて申請してください。

／要申請證明文件，麻煩填寫完這張紙之後提送。

---

**0658**
□□□

**しんせん**
【新鮮】

(名・形動) (食物) 新鮮；清新乾淨；新穎，全新

(類) フレッシュ

例 今朝釣ってきたばかりの魚だから、新鮮ですよ。

／這是今天早上才剛釣到的魚，所以很新鮮喔！

**0659**
□□□

**しんちょう**
【身長】

③ 身高

⑩ あなたの身長は、バスケットボール向きですね。
／你的身高還真是適合打籃球呀！

**0660**
□□□

**しんぽ**
【進歩】

②・自サ 進步

反 退歩（たいほ）
類 向上
⑩ 科学の進歩のおかげで、生活が便利になった。
／因為科學進步的關係，生活變方便多了。

文法
おかげで［多虧…］
▶ 由於受到某種恩惠，導致後面好的結果。常帶有感謝的語氣。

**0661**
□□□

**しんや**
【深夜】

③ 深夜

類 夜更け（よふけ）
⑩ 深夜どころか、翌朝まで仕事をしました。
／豈止到深夜，我是工作到隔天早上。

す

**0662**
□□□
Track
**31**

**す**
【酢】

③ 醋

⑩ ちょっと酢を入れ過ぎたみたいだ。すっぱい。
／好像加太多醋了，好酸！

文法
みたいだ ［好像…］
▶ 表示不是很確定的推測或判斷。

**0663**
□□□

**すいてき**
【水滴】

③ 水滴；（注水研墨用的）硯水壺

⑩ エアコンから水滴が落ちてきた。
／從冷氣機滴了水下來。

**0664**
□□□

**すいとう**
【水筒】

③（旅行用）水筒，水壺

⑩ 明日は、お弁当と、おやつと、水筒を持っていかなくちゃ。
／明天一定要帶便當、零食和水壺才行。

文法
なくちゃ［不…不行］
▶ 表示受限於某個條件、規定，必須要做某件事情。

**0665**
□□□
**す**いどうだい
【水道代】
名 自來水費

類 水道料金
例 水道代は一月 2,000 円ぐらいです。／水費每個月大約兩千圓左右。

**0666**
□□□
**す**いどうりょうきん
【水道料金】
名 自來水費

類 水道代
例 水道料金を支払いたいのですが。
／不好意思，我想要付自來水費……。

文法
たい [ 想要…]
▶ 表示説話者的內心想做、想要的。

**0667**
□□□
**す**いはんき
【炊飯器】
名 電子鍋

例 この炊飯器はもう 10 年も使っています。／這個電鍋已經用了十年。

**0668**
□□□
**ず**いひつ
【随筆】
名 隨筆，小品文，散文，雜文

例 『枕草子』は、清少納言によって書かれた随筆です。
／《枕草子》是由清少納言著寫的散文。

文法
によって [ 由…；根據…]
▶ 表示動作的主體或原因、根據。

**0669**
□□□
**す**うじ
【数字】
名 數字；各個數字

例 暗証番号は、全部同じ数字にするのはやめた方がいいです。
／密碼最好不要設定成重複的同一個數字。

**0670**
□□□
**ス**ープ
【soup】
名 湯（多指西餐的湯）

例 西洋料理では、最初にスープを飲みます。／西餐的用餐順序是先喝湯。

**0671**
□□□
**ス**カーフ
【scarf】
名 圍巾，披肩；領結

類 襟巻き（えりまき）
例 寒いので、スカーフをしていきましょう。
／因為天寒，所以圍上圍巾後再出去吧！

**0672**
□□□

スキー
【ski】

⊛ 名 滑雪；滑雪橇，滑雪板

例 北海道の人も、全員スキーができるわけで
はないそうだ。
／聽說北海道人也不是每一個都會滑雪。

文法
わけではない［並不是…］
▶ 表示不能簡單地對現
在的狀況下某種結論，
也有其它情況。

**0673**
□□□

すぎる
【過ぎる】

⊛ 自上一 超過；過於；經過

類 経過する

例 5時を過ぎたので、もううちに帰ります。
／已經五點多了，我要回家了。

**0674**
□□□

すくなくとも
【少なくとも】

⊛ 副 至少，對低，最低限度

類 せめて

例 休暇を取るとしたら、少なくとも三日前に
言わなければなりません。
／如果要請假，至少要在三天前說才行。

文法
としたら［如果…的話］
▶ 在認清現況或得來的
信息的前提條件下，據
此條件進行判斷。
▶ 近 ようなら［要是…］

**0675**
□□□

すごい
【凄い】

⊛ 形 非常（好）；厲害；好的令人吃驚；可怕，嚇人

類 甚だしい（はなはだしい）
補 すっごく：非常（強調語氣，多用在口語）

例 すごい嵐になってしまいました。
／它轉變成猛烈的暴風雨了。

**0676**
□□□

すこしも
【少しも】

⊛ 副（下接否定）一點也不，絲毫也不

類 ちっとも

例 お金なんか、少しも興味ないです。
／金錢這東西，我一點都不感興趣。

文法
なんか［之類的］
▶ 用輕視的語氣，談論
主題。口語用法。

## 0677 □□□ すごす 【過ごす】

(他五・接尾) 度（日子、時間），過生活；過渡過量；放過，不管

**類** 暮らす（くらす）

**例** たとえ外国に住んでいても、お正月は日本で過ごしたいです。

／就算是住在外國，新年還是想在日本過。

**文法**

たとえ…ても
[即使…也…]
▶ 表示讓步關係，即使是在前項極端的條件下，後項結果仍然成立。

たい [想要…]
▶ 表示說話者的內心想做、想要的。

## 0678 □□□ すすむ 【進む】

(自五・接尾) 進，前進；進步，先進；進展；升級，進級；升入，進入，到達；繼續下去

**類** 前進する

**例** 行列はゆっくりと寺へ向かって進んだ。

／隊伍緩慢地往寺廟前進。

## 0679 □□□ すすめる 【進める】

(他下一) 使向前推進，使前進；推進，發展，開展；進行，舉行；提升，晉級；增進，使旺盛

**類** 前進させる

**例** 企業向けの宣伝を進めています。

／我在推廣以企業為對象的宣傳。

**文法**

向けの [以…為對象；適合於…]
▶ 表示以前項為對象，而做後項的事物。

## 0680 □□□ すすめる 【勧める】

(他下一) 勧告，勧誘；勧，進（煙茶酒等）

**類** 促す（うながす）

**例** これは医者が勧める健康法の一つです。

／這是醫師建議的保健法之一。

## 0681 □□□ すすめる 【薦める】

(他下一) 勧告，勧告，勧誘；勧，敬（煙、酒、茶、座等）

**(32)**

**類** 推薦する

**例** 彼はA大学の出身だから、A大学を薦めるわけだ。

／他是從A大學畢業的，難怪會推薦A大學。

**文法**

わけだ [怪不得…]
▶ 表示按事物的發展，事實、狀況合乎邏輯地必然導致這樣的結果。

讀書計劃：□□／□□

## 0682
□□□

**す\|そ**
**【裾】**

⑧ 下擺，下襟；山腳；（靠近頸部的）頭髮

例 ジーンズの裾（すそ）を５センチほど短（みじか）く直（なお）してください。
／請將牛仔褲的褲腳改短五公分左右。

## 0683
□□□

**ス\|ター**
**【star】**

⑧（影劇）明星，主角；星狀物，星

例 いつかきっとスーパースターになってみせる。
／總有一天會變成超級巨星給大家看！

**文法**
てみせる[ 做給…看 ]
▶ 表示說話者強烈的意志跟決心，含有顯示自己能力的語氣。

## 0684
□□□

**ず\|っと**

⑥ 更；一直

⑩ 終始

例 ずっとほしかったギターをもらった。
／收到夢寐以求的吉他。

## 0685
□□□

**す\|っぱい**
**【酸っぱい】**

⑱ 酸，酸的

例 梅干（うめぼ）しはすっぱいに決（き）まっている。
／梅乾當然是酸的。

**文法**
に決まっている[ 肯定是…]
▶ 說話者根據事物的規律，覺得一定是這樣，充滿自信的推測。

## 0686
□□□

**ス\|トーリー**
**【story】**

⑧ 故事，小說；（小說、劇本等的）劇情，結構

⑩ 物語

例 日本（にほん）のアニメはストーリーがおもしろい（おも）と思います。
／我覺得日本卡通的故事情節很有趣。

## 0687
□□□

**ス\|トッキング**
**【stocking】**

⑧ 褲襪；長筒襪

⑩ 靴下

例 ストッキングをはいて出（で）かけた。
／我穿上褲襪便出門去了。

**0688**
☐☐☐
## ストライプ
【strip】

名 條紋；條紋布

類 縞模様

例 私の学校の制服は、ストライプ模様です。
／我那所學校的制服是條紋圖案。

**0689**
☐☐☐
## ストレス
【stress】

名 （語）重音；（理）壓力；（精神）緊張狀態

類 圧力；プレッシャー

例 ストレスと疲れから倒れた。
／由於壓力和疲勞而病倒了。

**0690**
☐☐☐
## すなわち
【即ち】

接續 即，換言之；即是，正是；則，彼時；乃，於是

類 つまり

例 私の父は、1945年8月15日、すなわち終戦の日に生まれました。
／家父是在一九四五年八月十五日，也就是二戰結束的那一天出生的。

**0691**
☐☐☐
## スニーカー
【sneakers】

名 球鞋，運動鞋

類 運動靴（うんどうぐつ）

例 運動会の前に、新しいスニーカーを買ってあげましょう。
／在運動會之前，買雙新的運動鞋給你吧。

**0692**
☐☐☐
## スピード
【speed】

名 快速，迅速；速度

類 速さ

例 あまりスピードを出すと危ない。
／速度太快了很危險。

**0693**
☐☐☐
## ずひょう
【図表】

名 圖表

例 実験の結果を図表にしました。
／將實驗結果以圖表呈現了。

## 0694
□□□
**スポーツせんしゅ**
**【sports 選手】**
（名）運動選手

（類）アスリート

（例）好きなスポーツ選手はいますか。
／你有沒有喜歡的運動選手呢？

## 0695
□□□
**スポーツちゅうけい**
**【スポーツ中継】**
（名）體育（競賽）直播，轉播

（例）父と兄はスポーツ中継が大好きです。
／爸爸和哥哥最喜歡看現場直播的運動比賽了。

## 0696
□□□
**すます**
**【済ます】**
（他五・接尾）弄完，辦完；償還，還清；對付，將就，湊合；
（接在其他動詞連用形下面）表示完全成為……

（例）犬の散歩のついでに、郵便局に寄って用事を済ました。
／遛狗時順道去郵局辦了事。

【文法】
ついでに［順便…］
▶ 表示做某一主要的事情的同時，再追加順便做其他事情。

## 0697
□□□
**すませる**
**【済ませる】**
（他五・接尾）弄完，辦完；償還，還清；將就，湊合

（類）終える

（例）もう手続きを済ませたから、ほっとしているわけだ。
／因為手續都辦完了，怪不得這麼輕鬆。

【文法】
わけだ［怪不得…］
▶ 表示按事物的發展、事實、狀況合乎邏輯地必然導致這樣的結果。

## 0698
□□□
**すまない**
（連語）對不起，抱歉；（做寒暄語）對不起

（例）すまないと思うなら、手伝ってください。
／要是覺得不好意思，那就來幫忙吧。

## 0699
□□□
**すみません**
**【済みません】**
（連語）抱歉，不好意思

（例）お待たせしてすみません。
／讓您久等，真是抱歉。

**0700**
□□□

**すれちがう**
【擦れ違う】

（自五）交錯，錯過去；不一致，不吻合，互相分歧；錯車

例 街ですれ違った美女には必ず声をかける。
／每當在街上和美女擦身而過，一定會出聲搭訕。

せ

**0701**
□□□
33

**せい**
【性】

（名・漢造）性別；性慾；本性

例 性によって差別されることのない社会を目指す。
／希望能打造一個不因性別而受到歧視的社會。

<u>文法</u>
によって[因…；由於…；根據…]
▶ 表示動作的主體或原因、根據。

**0702**
□□□

**せいかく**
【性格】

（名）（人的）性格，性情；（事物的）性質，特性

（類）人柄（ひとがら）
例 兄弟といっても、弟と僕は全然性格が違う。
／雖說是兄弟，但弟弟和我的性格截然不同。

<u>文法</u>
といっても[雖說…，但…]
▶ 表示承認前項的說法，但同時在後項做部分的修正。

**0703**
□□□

**せいかく**
【正確】

（名・形動）正確，準確

（類）正しい
例 事実を正確に記録する。／事實正確記錄下來。

**0704**
□□□

**せいかつひ**
【生活費】

（名）生活費

例 毎月の生活費に 20 万円かかります。
／每個月的生活費需花二十萬圓。

**0705**
□□□

**せいき**
【世紀】

（名）世紀，百代；時代，年代；百年一現，絕世

（類）時代
例 20 世紀初頭の日本について研究しています。
／我正針對 20 世紀初的日本進行研究。

---

**0706**
☐☐☐

**せいきん**
【税金】

㊂ 税金，税款

㊞ 所得税（しょとくぜい）

㊚ 家賃や光熱費に加えて税金も払わなければ
ならない。
／不單是房租和水電費，還加上所得稅也不能不繳交。

文法
**に加えて[ 而且…]**
▶ 表示在現有前項的事物上，再加上後項類似的別的事物。

---

**0707**
☐☐☐

**せいけつ**
【清潔】

㊂・㊡ 乾淨的，清潔的；廉潔；純潔

㊠ 不潔

㊚ ホテルの部屋はとても清潔だった。 ／飯店的房間，非常的乾淨。

---

**0708**
☐☐☐

**せいこう**
【成功】

㊂・㊙ 成功，成就，勝利；功成名就，成功立業

㊠ 失敗 ㊞ 達成（たっせい）

㊚ ダイエットに成功したとたん、恋人ができた。
／減重一成功，就立刻交到女朋友／男朋友了。

文法
**とたん[ 剛一…，立刻…]**
▶ 表示前項動作和變化完成的一瞬間，發生了後項的動作和變化。

---

**0709**
☐☐☐

**せいさん**
【生産】

㊂・㊢ 生產，製造；創作（藝術品等）；生業，
生計

㊠ 消費 ㊞ 産出

㊚ 当社は、家具の生産に加えて販売も行って
います。
／本公司不單製造家具，同時也從事販售。

文法
**に加えて[ 而且…]**
▶ 表示在現有前項的事物上，再加上後項類似的別的事物。

---

**0710**
☐☐☐

**せいさん**
【清算】

㊂・㊢ 結算，清算；清理財產；結束，了結

㊚ 10年かけてようやく借金を清算した。
／花費了十年的時間，終於把債務給還清了。

---

**0711**
☐☐☐

**せいじか**
【政治家】

㊂ 政治家（多半指議員）

㊚ あなたはどの政治家を支持していますか。
／請問您支持哪位政治家呢？

---

**0712**
□□□
**せいしつ**
【性質】
名 性格，性情；（事物）性質，特性

類 たち

例 磁石は北を向く性質があります。
／指南針具有指向北方的特性。

**0713**
□□□
**せいじん**
【成人】
名・自サ 成年人；成長，（長大）成人

類 大人（おとな）

例 成人するまで、たばこを吸ってはいけません。
／到長大成人之前，不可以抽煙。

**0714**
□□□
**せいすう**
【整数】
名（數）整數

例 18割る6は割り切れて、答えは整数になる。
／十八除以六的答案是整數。

**0715**
□□□
**せいぜん**
【生前】
名 生前

反 死後
類 死ぬ前

例 祖父は生前よく釣りをしていました。
／祖父在世時經常去釣魚。

**0716**
□□□
**せいちょう**
【成長】
名・自サ （經濟、生產）成長，增長，發展；(人、動物）生長，發育

類 生い立ち（おいたち）

例 子どもの成長が、楽しみでなりません。
／孩子們的成長，真叫人期待。

**0717**
□□□
**せいねん**
【青年】
名 青年，年輕人

類 若者

例 彼は、なかなか感じのよい青年だ。
／他是個令人覺得相當年輕有為的青年。

## 0718 □□□
**せいねんがっぴ**
【生年月日】

(名) 出生年月日，生日

(類) 誕生日

(例) 書類には、生年月日を書くことになっていた。
／文件上規定要填上出生年月日。

## 0719 □□□
**せいのう**
【性能】

(名) 性能，機能，效能

(例) 高ければ高いほど性能がよいわけではない。
／並不是愈昂貴，性能就愈好。

| 文法 |
| --- |
| ば…ほど [ 越…越… ] |
| ▶ 表示隨著前項事物的變化，後項也隨之相應地發生變化。 |
| わけではない [ 並不是… ] |
| ▶ 表示不能簡單地對現在的狀況下某種結論，也有其它情況。 |

## 0720 □□□
**せいひん**
【製品】

(名) 製品，產品

(類) 商品

(例) この材料では、製品の品質は保証できません。
／如果是這種材料的話，恐難以保證產品的品質。

## 0721 □□□
**せいふく**
【制服】

(名) 制服

(類) ユニホーム

(例) うちの学校、制服がもっとかわいかったらいいのになあ。
／要是我們學校的制服更可愛一點就好了。

| 文法 |
| --- |
| たらいいのになあ [ 就好了 ] |
| ▶ 前項是難以實現或是與事實相反的情況，表現說話者遺憾、不滿、感嘆的心情。 |

## 0722 □□□
**せいぶつ**
【生物】

(名) 生物

(類) 生き物

(例) 湖の中には、どんな生物がいますか。
／湖裡有什麼生物？

---

**0723** □□□
**せいり**
【整理】

(名・他サ) 整理，收拾，整頓；清理，處理；捨棄，淘汰，裁減

(類) 整頓（せいとん）

(例) 今、整理をしかけたところなので、まだ片付いていません。

／現在才整理到一半，還沒完全整理好。

---

**0724** □□□ (34)
**せき**
【席】

(名・漢造) 席，坐墊；席位，坐位

(例) お年寄りや体の不自由な方に席を譲りましょう。

／請將座位禮讓給長者和行動不方便的人士。

---

**0725** □□□
**せきにん**
【責任】

(名) 責任，職責

(類) 責務

(例) 責任を取らないで、逃げるつもりですか。

／打算逃避問題，不負責任嗎？

---

**0726** □□□
**せけん**
【世間】

(名) 世上，社會上；世人；社會輿論；（交際活動的）範圍

(類) 世の中

(例) 何もしていないのに、世間では私が犯人だとうわさしている。

／我分明什麼壞事都沒做，但社會上卻謠傳我就是犯人。

---

**0727** □□□
**せっきょくてき**
【積極的】

(形動) 積極的

(反) 消極的
(類) 前向き（まえむき）

(例) とにかく積極的に仕事をすることですね。

／總而言之，就是要積極地工作是吧。

---

**0728** □□□
**ぜったい**
【絶対】

(名・副) 絕對，無與倫比；堅絕，斷然，一定

(反) 相対　(類) 絶対的

(例) この本、読んでごらん。絶対おもしろいよ。

／建議你看這本書，一定很有趣喔。

## 0729
□□□

**セット**
【set】

(名・他サ) 一組，一套；舞台裝置，布景；(網球等) 盤，局；組裝，裝配；梳整頭髮

類 揃い（そろい）

例 食器を5客セットで買う。／買下五套餐具。

## 0730
□□□

**せつやく**
【節約】

(名・他サ) 節約，節省

反 浪費
類 倹約（けんやく）

例 節約しているのに、お金がなくなる一方だ。
／我已經很省了，但是錢卻越來越少。

文法
一方だ [ 不斷地…；越來越…]
▶ 某狀況一直朝一個方向不斷發展。多用於消極的、不利的傾向。

## 0731
□□□

**せともの**
【瀬戸物】

(名) 陶瓷品

補 字源：愛知縣瀬戸市所產燒陶

例 あそこの店には、手ごろな値段の瀬戸物がたくさんある。
／那家店有很多物美價廉的陶瓷器。

## 0732
□□□

**ぜひ**
【是非】

(名・副) 務必；好與壞

類 どうしても

例 あなたの作品をぜひ読ませてください。
／請務必讓我拜讀您的作品。

文法
せてください [ 能否允許…]
▶ 用在想做某件事情前，先請求對方的許可。
▶ 近 せてもらえますか [ 可以讓…嗎？]

## 0733
□□□

**せわ**
【世話】

(名・他サ) 援助，幫助；介紹，推薦；照顧，照料；俗語，常言

類 面倒見（めんどうみ）

例 母に子供たちの世話をしてくれるように頼んだ。
／拜託了我媽媽來幫忙照顧孩子們。

## 0734
□□□

**せん**
【戦】

(漢造) 戰爭；決勝負，體育比賽；發抖

例 決勝戦は、あさって行われる。／決賽將在後天舉行。

**0735** □□□
**ぜん**
【全】
（漢造）全部，完全；整個；完整無缺

例 問題解決のために、全世界が協力し合うべきだ。

／為了解決問題，世界各國應該同心合作。

文法
べきだ [ 應當…]
▶ 表示那樣做是應該的、正確的。常用在勸告、禁止及命令的場合。

**0736** □□□
**ぜん**
【前】
（漢造）前方，前面；（時間）早；預先；從前

例 前首相の講演会に行く。

／去參加前首相的演講會。

**0737** □□□
**せんきょ**
【選挙】
（名・他サ）選舉，推選

例 選挙の際には、応援をよろしくお願いします。

／選舉的時候，就請拜託您的支持了。

文法
際には [ 在…時 ]
▶ 表示動作、行為進行的時候。

**0738** □□□
**せんざい**
【洗剤】
（名）洗滌劑，洗衣粉（精）

類 洗浄剤（せんじょうざい）

例 洗剤なんか使わなくても、きれいに落ちます。

／就算不用什麼洗衣精，也能將污垢去除得乾乾淨淨。

文法
なんか [ 之類的；…等等 ]
▶ 用輕視的語氣，談論主題，為口語用法。或表示從各種事物中例舉其一。

**0739** □□□
**せんじつ**
【先日】
（名）前天；前些日子

類 この間

例 先日、駅で偶然田中さんに会った。

／前些日子，偶然在車站遇到了田中小姐。

**0740** □□□
**ぜんじつ**
【前日】
（名）前一天

例 入学式の前日、緊張して眠れませんでした。

／在參加入學典禮的前一天，我緊張得睡不著覺。

**0741** □□□

**せんたくき**
【洗濯機】

（名）洗衣機

㊜ せんたっき（口語）

㋑ このセーターは洗濯機で洗えますか。
／這件毛線衣可以用洗衣機洗嗎？

**0742** □□□

**センチ**
【centimeter】

（名）厘米，公分

㋑ 1センチ右にずれる。
／往右偏離了一公分。

**0743** □□□

**せんでん**
【宣伝】

（名・自他サ）宣傳，廣告；吹噓，鼓吹，誇大其詞

㊝ 広告（こうこく）

㋑ あなたの会社を宣伝する**かわりに**、うちの
商品を買ってください。
／我幫貴公司宣傳，相對地，請購買我們的商品。

文法
かわりに［代替…］
▶ 表示由另外的人或物
來代替。

**0744** □□□

**ぜんはん**
【前半】

（名）前半，前半部

㋑ 私のチームは前半に5点も得点しました。
／我們這隊在上半場已經奪得高達五分了。

**0745** □□□

**せんぷうき**
【扇風機】

（名）風扇，電扇

㋑ 暑いですね。扇風機をつけ**たらどうでしょう**。
／好熱喔。要不要開個電風扇呀？

文法
たらどうでしょう
［如何？］
▶ 用來委婉地提出建議
、邀請，或是對他人進
行勸說。

**0746** □□□

**せんめんじょ**
【洗面所】

（名）化妝室，廁所

㊝ 手洗い

㋑ 彼女の家は洗面所にもお花が飾ってあります。
／她家的廁所也裝飾著鮮花。

**0747** □□□
**せんもんがっこう**
【専門学校】
名 專科學校

例 高校卒業後、専門学校に行く人が多くなった。
／在高中畢業後，進入專科學校就讀的人越來越多了。

**そ**

**0748** □□□
Check **35**
**そう**
【総】
漢造 總括；總覽；總，全體；全部

例 衆議院が解散し、総選挙が行われることになった。
／最後決定解散眾議院，進行了大選。

**0749** □□□
**そうじき**
【掃除機】
名 除塵機，吸塵器

例 毎日、掃除機をかけますか。／每天都用吸塵器清掃嗎？

**0750** □□□
**そうぞう**
【想像】
名・他サ 想像

類 イマジネーション
例 そんなひどい状況は、想像もできない。
／完全無法想像那種嚴重的狀況。

**0751** □□□
**そうちょう**
【早朝】
名 早晨，清晨

例 早朝に勉強するのが好きです。／我喜歡在早晨讀書。

**0752** □□□
**ぞうり**
【草履】
名 草履，草鞋

例 浴衣のときは、草履ではなく下駄を履きます。
／穿浴衣的時候，腳上的不是草履，而是木屐。

**0753** □□□
**そうりょう**
【送料】
名 郵費，運費

類 送り賃（おくりちん）
例 送料が1,000円以下になるように、工夫してください。
／請設法將運費壓到1000日圓以下。

文法
ように［請…］
▶ 表示願望、希望、勸告或輕微的命令等。

## 0754
□□□

ソース
【sauce】

名（西餐用）調味醬

例 我が家にいながら、プロが作ったソースが楽しめる。
／就算待在自己的家裡，也能享用到行家調製的醬料。

## 0755
□□□

そく
【足】

接尾・漢造（助數詞）雙；足；足夠；添

例 この棚の靴下は 3 足で 1,080 円です。
／這個貨架上的襪子是三雙一千零八十圓。

## 0756
□□□

そくたつ
【速達】

名・自他サ 快速信件

例 速達で出せば、間に合わないこともないだ
ろう。
／寄快遞的話，就不會趕不上吧！

文法
ないこともない[並不是
不…]
▶ 表示雖然不是全面肯定，
但也有那樣的可能性。

## 0757
□□□

そくど
【速度】

名 速度

類 スピード
例 速度を上げて、トラックを追い越した。
／加速超過了卡車。

## 0758
□□□

そこ
【底】

名 底，底子；最低處，限度；底層，深處；邊際，
極限

例 海の底までもぐったら、きれいな魚がいた。
／我潛到海底，看見了美麗的魚兒。

## 0759
□□□

そこで

接續 因此，所以；（轉換話題時）那麼，下面，
於是

類 それで
例 そこで、私は思い切って意見を言いました。
／於是，我就直接了當地說出了我的看法。

## 0760 そだつ 【育つ】
☐☐☐

（自五）成長，長大，發育

（類）成長する

（例）子どもたちは、元気に育っています。／孩子們健康地成長著。

## 0761 ソックス 【socks】
☐☐☐

（名）短襪

（例）外で遊んだら、ソックスまで砂だらけになった。
／外面玩瘋了，連襪上也全都沾滿泥沙。

**文法**
だらけ [ 到處是…]
▶ 表示數量過多，到處都是的樣子。常伴有「骯髒」、「不好」等貶意。

## 0762 そっくり
☐☐☐

（形動・副）一模一樣，極其相似；全部，完全，原封不動

（類）似る（にる）

（例）彼ら親子は、似ているというより、もうそっくりなんですよ。
／他們母子，與其說是像，倒不如說是長得一模一樣了。

**文法**
というより [ 與其說…，還不如說…]
▶ 表示在相比較的情況下，後項的說法比前項更恰當。

## 0763 そっと
☐☐☐

（副）悄悄地，安靜的；輕輕的；偷偷地；照原樣不動的

（類）静かに

（例）しばらくそっとしておくことにしました。／暫時讓他一個人靜一靜了。

## 0764 そで 【袖】
☐☐☐

（名）衣袖；（桌子）兩側抽屜，（大門）兩側的廳房，舞台的兩側，飛機（兩翼）

（例）半袖と長袖と、どちらがいいですか。／要長袖還是短袖？

## 0765 そのうえ 【その上】
☐☐☐

（接續）又，而且，加之，兼之

（例）質がいい。その上、値段も安い。／不只品質佳，而且價錢便宜。

## 0766 そのうち 【その内】
☐☐☐

（副・連語）最近，過幾天，不久；其中

（例）心配しなくても、そのうち帰ってくるよ。
／不必擔心，再過不久就會回來了嘛。

**0767**
□□□
**そば**
【蕎麦】
(名) 蕎麥；蕎麥麵

例 お昼ご飯はそばをゆでて食べよう。
／午餐來煮蕎麥麵吃吧。

**0768**
□□□
**ソファー**
【sofa】
(名) 沙發（亦可唸作「ソファ」）

例 ソファーに座ってテレビを見る。
／坐在沙發上看電視。

**0769**
□□□
**そぼく**
【素朴】
(名・形動) 樸素，純樸，質樸；（思想）純樸

例 素朴な疑問なんですが、どうして台湾は台湾っていうんですか。
／我只是好奇想問一下，為什麼台灣叫做台灣呢？

| 文法 |
| --- |
| って [ 叫…的…] |
| ▶ 用來表示說話人不知道的事物。 |

**0770**
□□□
**それぞれ**
(副) 每個（人），分別，各自

(類) おのおの

例 LINE と Facebook、それぞれの長所と短所は何ですか。
／ LINE 和臉書的優缺點各是什麼？

**0771**
□□□
**それで**
(接) 因此；後來

(類) それゆえ

例 それで、いつまでに終わりますか。／那麼，什麼時候結束呢？

**0772**
□□□
**それとも**
(接續) 或著，還是

(類) もしくは

例 女か、それとも男か。
／是女的還是男的。

---

**0773**
□□□

**そろう**
【揃う】

(自五)（成套的東西）備齊；成套；一致，（全部）一樣，整齊；（人）到齊，齊聚

🏷 整う（ととのう）

例 全員揃ったから、試合を始めよう。

／等所有人到齊以後就開始比賽吧。

---

**0774**
□□□

**そろえる**
【揃える】

(他下一) 使…備齊；使…一致；湊齊，弄齊，使成對

🏷 整える（ととのえる）

例 必要なものを揃えてからでなければ、出発できません。

／如果沒有準備齊必需品，就沒有辦法出發。

**文法**

てからでなければ[不…就不能…]

▶ 表示如果不先做前項，就不能做後項。

---

**0775**
□□□

**そんけい**
【尊敬】

(名・他サ) 尊敬

例 あなたが尊敬する人は誰ですか。

／你尊敬的人是誰？

**0776** □□□ 
Track **36**
**たい**
【対】
名·漢造 對比，對方；同等，對等；相對，相向；(比賽)比；面對

例 1対1で引き分けです。／一比一平手。

**0777** □□□
**だい**
【代】
名·漢造 代，輩；一生，一世；代價

例 100年続いたこの店を、私の代で終わらせるわけにはいかない。
／絕不能在我手上關了這家已經傳承百年的老店。

文法
わけにはいかない [不能…]
▶ 表示由於一般常識、社會道德或經驗等，那樣做是不可能的、不能做的。

**0778** □□□
**だい**
【第】
漢造·接頭 順序；考試及格，錄取

例 ベートーベンの交響曲第6番は、「田園」として知られている。
／貝多芬的第六號交響曲是名聞遐邇的《田園》。

**0779** □□□
**だい**
【題】
名·自サ·漢造 題目，標題；問題；題辭

例 作品に題をつけられなくて、「無題」とした。
／想不到名稱，於是把作品取名為〈無題〉。

**0780** □□□
**たいがく**
【退学】
名·自サ 退學

例 息子は、高校を退学してから毎日ぶらぶらしている。
／我兒子自從高中退學以後，每天都無所事事。

**0781** □□□
**だいがくいん**
【大学院】
名 (大學的)研究所

例 来年、大学院に行くつもりです。／我計畫明年進研究所唸書。

**0782** □□□
**だいく**
【大工】
名 木匠，木工

類 匠 (たくみ)
例 大工が家を建てている。
／木工在蓋房子。

**0783**
□□□
**た**いくつ
【退屈】
(名・自サ・形動) 無聊，鬱悶，寂，厭倦

(類) つまらない

(例) やることがなくて、どんなに退屈したことか。
／無事可做，是多麼的無聊啊！

文法
ことか [ 多麼…啊 ]
▶ 表示該事物的程度如此之大，大到沒辦法特定。

**0784**
□□□
**た**いじゅう
【体重】
(名) 體重

(例) そんなにたくさん食べていたら、体重が減るわけがありません。
／吃那麼多東西，體重怎麼可能減得下來呢！

**0785**
□□□
**た**いしょく
【退職】
(名・自サ) 退職

(例) 退職してから、ボランティア活動を始めた。
／離職以後，就開始去當義工了。

**0786**
□□□
**だ**いたい
【大体】
(副) 大部分；大致；大概

(類) おおよそ

(例) 練習して、この曲はだいたい弾けるようになった。
／練習以後，大致會彈這首曲子了。

**0787**
□□□
**た**いど
【態度】
(名) 態度，表現；舉止，神情，作風

(類) 素振り（そぶり）

(例) 君の態度には、先生でさえ怒っていたよ。
／對於你的態度，就算是老師也感到很生氣喔。

文法
でさえ [ 連、甚至 ]
▶ 用在理所當然的是都不能了，其他的是就更不用說了。

**0788**
□□□
**タ**イトル
【title】
(名)（文章的）題目，（著述的）標題；稱號，職稱

(類) 題名（だいめい）

(例) 全文を読まなくても、タイトルを見れば内容はだいたい分かる。
／不需讀完全文，只要看標題即可瞭解大致內容。

**0789**
□□□

ダイニング
【dining】

(名) 餐廳（「ダイニングルーム」之略稱）；吃飯，用餐；西式餐館

例 広いダイニングですので、10人ぐらい来ても大丈夫ですよ。
／家裡的餐廳很大，就算來了十位左右的客人也沒有問題。

**0790**
□□□

だいひょう
【代表】

(名・他サ) 代表

例 斉藤君の結婚式で、友人を代表してお祝いを述べた。
／在齊藤的婚禮上，以朋友代表的身分獻上了賀詞。

**0791**
□□□

タイプ
【type】

(名・他サ) 型，形式，類型；典型，榜樣，樣本，標本；（印）鉛字，活字；打字（機）

(類) 型式（かたしき）；タイプライター
例 私はこのタイプのパソコンにします。／我要這種款式的電腦。

**0792**
□□□

だいぶ
【大分】

(名・形動) 很，頗，相當，相當地，非常

(類) ずいぶん
例 だいぶ元気になりましたから、もう薬を飲まなくてもいいです。
／已經好很多了，所以不吃藥也沒關係的。

**0793**
□□□

だいめい
【題名】

(名)（圖書、詩文、戲劇、電影等的）標題，題名

(類) 題（だい）
例 その歌の題名を知っていますか。／你知道那首歌的歌名嗎？

**0794**
□□□

ダイヤ
【diamond・
diagram 之略】

(名) 鑽石（「ダイヤモンド」之略稱）；列車時刻表；圖表，圖解（「ダイヤグラム」之略稱）

例 ダイヤの指輪を買って、彼女に結婚を申し込んだ。
／買下鑽石戒指向女友求婚。

**0795**
□□□

ダイヤモンド
【diamond】

(名) 鑽石

例 ダイヤモンドを買う。／買鑽石。

**0796**
□□□
たいよう
【太陽】
㊂ 太陽

㊃ 太陰（たいいん）
㊣ お日さま
㋑ 太陽が高くなるにつれて、暑くなった。
／隨著太陽升起，天氣變得更熱了。

**0797**
□□□
たいりょく
【体力】
㊂ 體力

㋑ 年を取るに従って、体力が落ちてきた。
／隨著年紀增加，體力愈來愈差。

**0798**
□□□
ダウン
【down】
㊂・㉛ 下，倒下，向下，落下；下降，減退；（棒）出局；（拳擊）擊倒

㊃ アップ　㊣ 下げる
㋑ 駅が近づくと、電車はスピードダウンし始めた。
／電車在進站時開始減速了。

**0799**
□□□
たえず
【絶えず】
㊙ 不斷地，經常地，不停地，連續

㊣ いつも
㋑ 絶えず勉強しないことには、新しい技術に追いついていけない。
／如不持續學習，就沒有辦法趕上最新技術。

**0800**
□□□
たおす
【倒す】
㊥ 倒，放倒，推倒，翻倒；推翻，打倒；毀壞，拆毀；打敗，擊敗，殺死，擊斃，賴帳，不還債

㊣ 打倒する（だとうする）；転ばす（ころばす）
㋑ 山の木を倒して団地を造る。
／砍掉山上的樹木造鎮。

**0801**
□□□
タオル
【towel】
㊂ 毛巾；毛巾布

㋑ このタオル、厚みがあるけれど夜までには乾くだろう。
／這條毛巾雖然厚，但在入夜之前應該會乾吧。

## 0802 ☐☐☐

**たがい**
**【互い】**

(名・形動) 互相，彼此；雙方；彼此相同

類 双方（そうほう）

例 けんかばかりしているが、互いに嫌っているわけではない。

／雖然老是吵架，但也並不代表彼此互相討厭。

文法

わけではない[並不是…]
▶ 表示不能簡單地對現在的狀況下某種結論，也有其它情況。

## 0803 ☐☐☐

**たかまる**
**【高まる】**

(自五) 高漲，提高，增長；興奮

反 低まる（ひくまる）
類 高くなる

例 地球温暖化問題への関心が高まっている。

／人們愈來愈關心地球暖化問題。

## 0804 ☐☐☐

**たかめる**
**【高める】**

(他下一) 提高，抬高，加高

反 低める
類 高くする

例 発電所の安全性を高めるべきだ。

／有必要加強發電廠的安全性。

文法

べきだ[應當…]
▶ 表示那樣做是應該的、正確的。常用在勸告、禁止及命令的場合。

## 0805 ☐☐☐

**たく**
**【炊く】**

(他五) 點火，燒著；燃燒；煮飯，燒菜

類 炊事（すいじ）

例 ご飯は炊いてあったっけ。

／煮飯了嗎？

文法

っけ[是不是…呢]
▶ 用在想確認自己記不清，或已經忘掉的事物時。

## 0806 ☐☐☐

**だく**
**【抱く】**

(他五) 抱；孵卵；心懷，懷抱

類 抱える（かかえる）

例 赤ちゃんを抱いている人は誰ですか。

／那位抱著小嬰兒的是誰？

---

**0807** □□□
タクシーだい
【taxi 代】
⊛ 計程車費

類 タクシー料金
例 来月からタクシー代が上がります。
　　／從下個月起，計程車的車資要漲價。

---

**0808** □□□
37
タクシーりょうきん
【taxi 料金】
⊛ 計程車費

類 タクシー代
例 来月からタクシー料金が値上げになるそうです。
　　／據說從下個月開始，搭乘計程車的費用要漲價了。

---

**0809** □□□
たくはいびん
【宅配便】
⊛ 宅急便

比 宅配便（たくはいびん）：除黑貓宅急便之外的公司所能使用之詞彙。
宅急便（たっきゅうびん）：日本黑貓宅急便登錄商標用語，只有此公司能使用此詞彙。
例 明日の朝、宅配便が届くはずです。
　　／明天早上應該會收到宅配包裹。

---

**0810** □□□
たける
【炊ける】
⊜下一 燒成飯，做成飯

例 ご飯が炊けたので、夕食にしましょう。
　　／飯已經煮熟了，我們來吃晚餐吧。

---

**0811** □□□
たしか
【確か】
⊛ （過去的事不太記得）大概，也許

例 このセーターは確か 1,000 円でした。
　　／這件毛衣大概是花一千日圓吧。

---

**0812** □□□
たしかめる
【確かめる】
⊛他下一 查明，確認，弄清

類 確認する（かくにんする）
例 彼に聞いて、事実を確かめることができました。
　　／與他確認實情後，真相才大白。

**0813**
□□□
## たしざん
【足し算】
（名）加法，加算

（反）引き算（ひきざん）
（類）加法（かほう）
（例）ここは引き算ではなくて、足し算ですよ。
／這時候不能用減法，要用加法喔。

**0814**
□□□
## たすかる
【助かる】
（自五）得救，脫險；有幫助，輕鬆；節省（時間、費用、麻煩等）

（例）乗客は全員助かりました。
／乘客全都得救了。

**0815**
□□□
## たすける
【助ける】
（他下一）幫助，援助；救，救助；輔佐；救濟，資助

（類）救助する（きゅうじょする）；手伝う（てつだう）
（例）おぼれかかった人を助ける。
／救起了差點溺水的人。

**0816**
□□□
## ただ
（名・副）免費，不要錢；普通，平凡；只有，只是（促音化為「たった」）

（類）僅か（わずか）
（例）会員カードがあれば、ただで入れます。
／如果持有會員卡，就能夠免費入場。

**0817**
□□□
## ただいま
（名・副）現在；馬上；剛才；（招呼語）我回來了

（類）現在；すぐ
（例）ただいまお茶をお出しいたします。
／我馬上就端茶過來。

**0818**
□□□
## たたく
【叩く】
（他五）敲，叩；打；詢問，徵求；拍，鼓掌；攻擊，駁斥；花完，用光

（類）打つ（うつ）
（例）向こうから太鼓をドンドンたたく音が聞こえてくる。
／可以聽到那邊有人敲擊太鼓的咚咚聲響。

JLPT
157

## 0819 □□□
### たたむ
### 【畳む】
（他五）疊，折；關，闔上；關閉，結束；藏在心裡

類 折る（おる）

例 布団を畳んで、押入れに上げる。
／疊起被子收進壁櫥裡。

## 0820 □□□
### たつ
### 【経つ】
（自五）經，過；（炭火等）燒盡

類 過ぎる

例 あと 20 年たったら、一般の人でも月に行けるかもしれない。
／再過二十年，說不定一般民眾也能登上月球。

## 0821 □□□
### たつ
### 【建つ】
（自五）蓋，建

類 建設する（けんせつする）

例 駅の隣に大きなビルが建った。
／在車站旁邊蓋了一棟大樓。

## 0822 □□□
### たつ
### 【発つ】
（自五）立，站；冒，升；離開；出發；奮起；飛，飛走

類 出発する

例 夜 8 時半の夜行バスで青森を発つ。
／搭乘晚上八點半從青森發車的巴士。

## 0823 □□□
### たてなが
### 【縦長】
（名）矩形，長形

反 横長（よこなが）

例 日本や台湾では、縦長の封筒が多く使われている。
／在日本和台灣通常使用直式信封。

## 0824 □□□
### たてる
### 【立てる】
（他下一）立起；訂立

例 夏休みの計画を立てる。
／規劃暑假計畫。

## 0825 □□□
### たてる
### 【建てる】
(他下一) 建造，蓋

類 建築する（けんちくする）

例 こんな家を建てたいと思います。
　/我想蓋這樣的房子。

文法
たい[ 想要…]
▶ 表示說話者的內心想做、想要的。

## 0826 □□□
### たな
### 【棚】
(名)（放置東西的）隔板，架子，棚

例 お荷物は上の棚に置くか、前の座席の下にお入れください。
　/請將隨身行李放到上方的置物櫃內，或前方旅客座椅的下方。

## 0827 □□□
### たのしみ
### 【楽しみ】
(名) 期待，快樂

反 苦しみ
類 趣味

例 みんなに会えるのを楽しみにしています。
　/我很期待與大家見面！

## 0828 □□□
### たのみ
### 【頼み】
(名) 懇求，請求，拜託；信賴，依靠

類 願い

例 父は、とうとう私の頼みを聞いてくれなかった。
　/父親終究沒有答應我的請求。

## 0829 □□□
### たま
### 【球】
(名) 球

例 山本君の投げる球はとても速くて、僕には打てない。
　/山本投擲的球速非常快，我實在打不到。

## 0830 □□□
### だます
### 【騙す】
(他) 騙，欺騙，誆騙，矇騙；哄

類 欺く（あざむく）

例 彼の甘い言葉に騙されて、200万円も取られてしまった。
　/被他的甜言蜜語欺騙，訛詐了高達兩百萬圓。

## 0831 たまる【溜まる】

（自五）事情積壓；積存，囤積，停滯

類 集まる

例 最近、ストレスが溜まっている。
／最近累積了不少壓力。

## 0832 だまる【黙る】

（自五）沉默，不說話；不理，不聞不問

反 喋る
類 沈黙する（ちんもくする）

例 それを言われたら、私は黙るほかない。
／被你這麼一說，我只能無言以對。

## 0833 ためる【溜める】

（他下一）積，存，蓄；積壓，停滯

類 蓄える（たくわえる）

例 お金をためてからでないと、結婚なんてできない。
／不先存些錢怎麼能結婚。

## 0834 たん【短】

（名・漢造）短；不足，缺點

例 私は飽きっぽいのが短所です。
／凡事容易三分鐘熱度是我的缺點。

## 0835 だん【団】

（漢造）團，圓團；團體

例 記者団は大臣に対して説明を求めた。
／記者群要求了部長做解釋。

**0836** □□□

**だん**
【弾】

漢造 砲弾

例 彼は弾丸のような速さで部屋を飛び出していった。

／他快得像顆子彈似地衝出了房間。

文法

**ような [ 像…様的 ]**

▶ 為了説明後項的名詞，而在前項具體的舉出例子。

**0837** □□□

**たんきだいがく**
【短期大学】

名（兩年或三年制的）短期大學

補 略稱：短大（たんだい）

例 姉は短期大学で勉強しています。

／姊姊在短期大學裡就讀。

**0838** □□□

**ダンサー**
【dancer】

名 舞者；舞女；舞蹈家

類 踊り子

例 由香ちゃんはダンサーを目指しているそうです。

／小由香似乎想要成為一位舞者。

**0839** □□□

**たんじょう**
【誕生】

名・自サ 誕生，出生；成立，創立，創辦

類 出生

例 地球は 46 億年前に誕生した。

／地球誕生於四十六億年前。

**0840** □□□

**たんす**

名 衣櫥，衣櫃，五斗櫃

類 押入れ

例 服を畳んで、たんすにしまった。

／折完衣服後收入衣櫃裡。

**0841** □□□

**だんたい**
【団体】

名 團體，集體

類 集団

例 レストランに団体で予約を入れた。

／我用團體的名義預約了餐廳。

---

**0842**
□□□

**38**

チーズ
【cheese】

名 起司，乳酪

例 このチーズはきっと高いに違いない。
／這種起士一定非常貴。

文法
に違いない[一定是]
▶ 説話者根據經驗或直覺，做出非常肯定的判斷。

---

**0843**
□□□

チーム
【team】

名 組，團隊；(體育)隊

類 組（くみ）

例 私たちのチームへようこそ。まず、自己紹介をしてください。
／歡迎來到我們這支隊伍，首先請自我介紹。

---

**0844**
□□□

チェック
【check】

名・他サ 確認，檢查；核對，打勾；格子花紋；支票；號碼牌

類 見比べる

例 メールをチェックします。／檢查郵件。

---

**0845**
□□□

ちか
【地下】

名 地下；陰間；(政府或組織)地下，秘密(組織)

反 地上 類 地中

例 ワインは、地下に貯蔵してあります。／葡萄酒儲藏在地下室。

---

**0846**
□□□

ちがい
【違い】

名 不同，差別，區別；差錯，錯誤

反 同じ 類 歪み（ひずみ）

例 値段の違いは輸入した時期によるもので、同じ商品です。
／價格的差異只是由於進口的時期不同，事實上是相同的商品。

---

**0847**
□□□

ちかづく
【近づく】

自五 臨近，靠近；接近，交往；幾乎，近似

類 近寄る

例 夏休みも終わりが近づいてから、やっと宿題をやり始めた。
／直到暑假快要結束才終於開始寫作業了。

---

**0848**
□□□

**ちかづける**
【近付ける】

(他五) 使…接近，使…靠近

類 寄せる

例 この薬品は、火を近づけると燃えるので、注意してください。
／這藥只要接近火就會燃燒，所以要小心。

**0849**
□□□

**ちかみち**
【近道】

(名) 捷徑，近路

類 抜け道（ぬけみち）
反 回り道

例 近道を知っていたら教えてほしい。
／如果知道近路請告訴我。

文法
てほしい [ 希望…]
▶ 表示對他人的某種要求或希望。

**0850**
□□□

**ちきゅう**
【地球】

(名) 地球

類 世界

例 地球環境を守るために、資源はリサイクルしましょう。
／為了保護地球環境，讓我們一起做資源回收吧。

**0851**
□□□

**ちく**
【地区】

(名) 地區

例 この地区は、建物の高さが制限されています。
／這個地區的建築物有高度限制。

**0852**
□□□

**チケット**
【ticket】

(名) 票，券；車票；入場券；機票

類 切符

例 パリ行きのチケットを予約しました。
／我已經預約了前往巴黎的機票。

**0853**
□□□

**チケットだい**
【ticket 代】

(名) 票錢

類 切符代

例 事前に予約しておくと、チケット代が 10 ％ 引きになります。
／如果採用預約的方式，票券就可以打九折。

---

**0854**
☐☐☐

**ち|こく**
【遅刻】

(名・自サ) 遅到，晚到

類 遅れる

例 電話がかかってきたせいで、会社に遅刻した。
／都是因為有人打電話來，所以上班遲到了。

文法
せいで［由於］
▶ 發生壞事或會導致某種不利情況或責任的原因。

---

**0855**
☐☐☐

**ち|しき**
【知識】

(名) 知識

類 学識

例 経済については、多少の知識がある。
／我對經濟方面略有所知。

---

**0856**
☐☐☐

**ち|ぢめる**
【縮める】

(他下一) 縮小，縮短，縮減；縮回，捲縮，起皺紋

類 圧縮（あっしゅく）

例 この亀はいきなり首を縮めます。
／這隻烏龜突然縮回脖子。

---

**0857**
☐☐☐

**チップ**
【chip】

(名)（削木所留下的）片削；洋芋片

例 ポテトチップを食べる。
／吃洋芋片。

---

**0858**
☐☐☐

**ち|ほう**
【地方】

(名) 地方，地區；（相對首都與大城市而言的）地方，外地

反 都会　類 田舎

例 私は東北地方の出身です。
／我的籍貫是東北地區。

---

**0859**
☐☐☐

**ちゃ**
【茶】

(名・漢造) 茶；茶樹；茶葉；茶水

例 お茶をいれて、一休みした。
／沏個茶，休息了一下。

**0860**
□□□

チャイム
【chime】

⊛ 組鐘；門鈴

例 チャイムが鳴ったので玄関に行ったが、誰もいなかった。
／聽到門鈴響後，前往玄關察看，門口卻沒有任何人。

**0861**
□□□

ちゃいろい
【茶色い】

⊛ 茶色

例 どうして何を食べてもうんちは茶色いの。
／為什麼不管吃什麼東西，糞便都是褐色的？

**0862**
□□□

ちゃく
【着】

⊛・接尾・漢造 到達，抵達；（計算衣服的單位）套；（記數順序或到達順序）著，名；穿衣；黏貼；沉著；著手

類 着陸
例 2着で銀メダルだった。／第二名是獲得銀牌。

**0863**
□□□

ちゅうがく
【中学】

⊛ 中學，初中

類 高校
例 中学になってから塾に通い始めた。／上了國中就開始到補習班補習。

**0864**
□□□

ちゅうかなべ
【中華なべ】

⊛ 中華鍋（炒菜用的中式淺底鍋）

類 なべ
例 中華なべはフライパンより重いです。
／傳統的炒菜鍋比平底鍋還要重。

**0865**
□□□

ちゅうこうねん
【中高年】

⊛ 中年和老年，中老年

例 あの女優は中高年に人気だそうです。
／那位女演員似乎頗受中高年齡層觀眾的喜愛。

**0866**
□□□

ちゅうじゅん
【中旬】

⊛ （一個月中的）中旬

類 中頃
例 彼は、来月の中旬に帰ってくる。／他下個月中旬會回來。

**0867**
**39**
ちゅうしん
【中心】
(名) 中心，當中；中心，重點，焦點；中心地，中心人物

(反) 隅　(類) 真ん中

(例) 点Aを中心とする半径５センチの円を描きなさい。
／請以A點為圓心，畫一個半徑五公分的圓形。

文法
を中心として
[ 以…為中心 ]
▶ 表示前項為後項行為、狀態的中心。

**0868**
ちゅうねん
【中年】
(名) 中年

(類) 壮年

(例) もう中年だから、あまり無理はできない。
／已經是中年人了，不能太過勉強。

**0869**
ちゅうもく
【注目】
(名・他サ・自サ) 注目，注視

(類) 注意

(例) とても才能のある人なので、注目している。
／他是個很有才華的人，現在備受矚目。

**0870**
ちゅうもん
【注文】
(名・他サ) 點餐，訂貨，訂購；希望，要求，願望

(類) 頼む

(例) さんざん迷ったあげく、カレーライスを注文しました。
／再三地猶豫之後，最後竟點了個咖哩飯。

**0871**
ちょう
【庁】
(漢造) 官署；行政機關的外局

(例) 父は県庁に勤めています。
／家父在縣政府工作。

**0872**
ちょう
【兆】
(名・漢造) 徵兆；（數）兆

(例) １光年は約９兆4600億キロである。
／一光年大約是九兆四千六百億公里。

**0873**
□□□
**ちょう**
【町】
〈名・漢造〉（市街區劃單位）街，巷；鎮，街

例 永田町と言ったら、日本の政治の中心地だ。
／提到永田町，那裡可是日本的政治中樞。

**0874**
□□□
**ちょう**
【長】
〈名・漢造〉長，首領；長輩；長處

例 学級会の議長を務める。
／擔任班會的主席。

**0875**
□□□
**ちょう**
【帳】
〈漢造〉帳幕；帳本

例 銀行の預金通帳が盗まれた。
／銀行存摺被偷了。

**0876**
□□□
**ちょうかん**
【朝刊】
〈名〉早報

反 夕刊（ゆうかん）
例 毎朝、電車の中で、スマホで朝刊を読んでいる。
／每天早上在電車裡用智慧型手機看早報。

**0877**
□□□
**ちょうさ**
【調査】
〈名・他サ〉調査

類 調べる
例 年代別の人口を調査する。
／調查不同年齡層的人口。

**0878**
□□□
**ちょうし**
【調子】
〈名〉（音樂）調子，音調；語調，聲調，口氣；格調，
風格；情況，狀況

類 具合
例 年のせいか、体の調子が悪い。
／不知道是不是上了年紀的關係，身體健康亮起紅燈了。

文法
せいか［可能是(因為)…]
▶ 表示發生壞事或不利的原因，但這一原因也不很明確。

0879 □□□
**ちょうじょ**
【長女】

名 長女，大女兒

例 長女が生まれて以来、寝る暇もない。
／自從大女兒出生以後，忙得連睡覺的時間都沒有。

文法
て以来[自從…以來，就一直…]
▶ 表示自從過去發生某事以後，直到現在為止的整個階段。

---

0880 □□□
**ちょうせん**
【挑戦】

名・自サ 挑戰

類 挑む
例 その試験は、私にとっては大きな挑戦です。
／對我而言，參加那種考試是項艱鉅的挑戰。

文法
にとっては[對於…來說]
▶ 表示站在前面接的那個詞的立場，來進行後面的判斷或評價。

---

0881 □□□
**ちょうなん**
【長男】

名 長子，大兒子

例 来年、長男が小学校に上がる。
／明年大兒子要上小學了。

---

0882 □□□
**ちょうりし**
【調理師】

名 烹調師，廚師

例 彼は調理師の免許を持っています。
／他具有廚師執照。

---

0883 □□□
**チョーク**
【chalk】

名 粉筆

例 チョークで黒板に書く。
／用粉筆在黑板上寫字。

---

0884 □□□
**ちょきん**
【貯金】

名・自他サ 存款，儲蓄

類 蓄える
例 毎月決まった額を貯金する。
／每個月都定額存錢。

**0885**
☐☐☐
# ちょくご
【直後】

名・副（時間，距離）緊接著，剛…之後，…之後不久

反 直前

例 運動なんて無理無理。退院した直後だもの。

/現在怎麼能去運動！才剛剛出院而已。

**0886**
☐☐☐
# ちょくせつ
【直接】

名・副・自サ 直接

反 間接
類 直に

例 関係者が直接話し合って、問題はやっと解決した。

/和相關人士直接交涉後，終於解決了問題。

**0887**
☐☐☐
# ちょくぜん
【直前】

名 即將…之前，眼看就要…的時候；（時間，距離）之前，跟前，眼前

反 直後　類 寸前（すんぜん）

例 テストの直前にしても、全然休まないのは体に悪いと思います。

/就算是考試前夕，我還是認為完全不休息對身體是不好的。

**0888**
☐☐☐
# ちらす
【散らす】

他五・接尾 把…分散開，驅散；吹散，灑散，散佈，傳播；消腫

例 ご飯の上に、ごまやのりが散らしてあります。

/白米飯上，灑著芝麻和海苔。

**0889**
☐☐☐
# ちりょう
【治療】

名・他サ 治療，醫療，醫治

例 検査の結果が出てから、今後の治療方針を決めます。

/等檢查結果出來以後，再決定往後的治療方針。

**0890**
☐☐☐
# ちりょうだい
【治療代】

名 治療費，診察費

類 医療費

例 歯の治療代は非常に高いです。

/治療牙齒的費用非常昂貴。

つ

**0891** □□□
ち**る**
【散る】

(自五) 凋謝，散漫，落；離散，分散；遍佈；消腫；渙散

(反) 集まる (類) 分散

(例) 桜の花びらがひらひらと散る。／櫻花落英繽紛。

---

**0892** □□□
(track 40)
ついうっかり

(副)（表時間與距離）相隔不遠，就在眼前；不知不覺，無意中；不由得，不禁

(類) うっかり

(例) ついうっかりして傘を間違えてしまった。／不小心拿錯了傘。

---

**0893** □□□
ついに
【遂に】

(副) 終於；竟然；直到最後

(類) とうとう

(例) 橋はついに完成した。／造橋終於完成了。

---

**0894** □□□
つう
【通】

(名・形動・接尾・漢造) 精通，內行，專家；通曉人情世故，通情達理；暢通；(助數詞) 封，件，紙；穿過；往返；告知；貫徹始終

(類) 物知り

(例) 彼ばかりでなく彼の奥さんも日本通だ。／不單是他，連他太太也非常通曉日本的事物。

**文法**
ばかりでなく [ 不僅…而且…]
▶ 表示除前項的情況之外，還有後項程度更甚的情況。

---

**0895** □□□
つうきん
【通勤】

(名・自サ) 通勤，上下班

(類) 通う

(例) 会社まで、バスと電車で通勤するほかない。／上班只能搭公車和電車。

**文法**
ほかない [ 除了…之外沒有…]
▶ 表示這是唯一的辦法。

---

**0896** □□□
つうじる・つうずる
【通じる・通ずる】

(自上一・他上一) 通；通到，通往；通曉，精通；明白，理解；使…通；在整個期間內

(類) 通用する

(例) 日本では、英語が通じますか。／在日本英語能通嗎？

**文法**
▶ を通じて [ 透過…]

## 0897 □□□
**つうやく**
**【通訳】**

（名・他サ）口頭翻譯，口譯；翻譯者，譯員

例 あの人はしゃべるのが速いので、通訳しきれなかった。
／因為那個人講很快，所以沒辦法全部翻譯出來。

## 0898 □□□
**つかまる**
**【捕まる】**

（自五）抓住，被捉住，逮捕；抓緊，揪住

類 捕（とら）えられる

例 犯人、早く警察に捕まるといいのになあ。
／真希望警察可以早日把犯人緝捕歸案呀。

**文法**
**といいのになあ [就好了]**
▶ 前項為難以實現或是與事實相反的情況，表現說話者遺憾、不滿、感嘆的心情。

## 0899 □□□
**つかむ**
**【掴む】**

（他五）抓，抓住，揪住，握住；掌握到，瞭解到

類 握る（にぎる）

例 誰にも頼らないで、自分で成功をつかむほかない。
／不依賴任何人，只能靠自己去掌握成功。

**文法**
**ほかない [除了…之外沒有…]**
▶ 表示這是唯一解決問題的辦法。

## 0900 □□□
**つかれ**
**【疲れ】**

（名）疲勞，疲乏，疲倦

類 疲労（ひろう）

例 マッサージをすると、疲れが取れます。
／按摩就能解除疲勞。

## 0901 □□□
**つき**
**【付き】**

（接尾）（前接某些名詞）樣子；附屬

例 こちらの定食はデザート付きでたったの 700 円です。
／這套餐還附甜點，只要七百圓而已。

## 0902 □□□
**つきあう**
**【付き合う】**

（自五）交際，往來；陪伴，奉陪，應酬

類 交際する（こうさいする）

例 隣近所と親しく付き合う。
／敦親睦鄰。

**0903** □□□

つきあたり
【突き当たり】

（名）（道路的）盡頭

（例）うちはこの道の突き当たりです。
／我家就在這條路的盡頭。

**0904** □□□

つぎつぎ・つぎつぎに・つぎつぎと
【次々・次々に・次々と】

（副）一個接一個，接二連三地，絡繹不絕的，紛紛；按著順序，依次

（類）次から次へと

（例）そんなに次々問題が起こるわけはない。
／不可能會這麼接二連三地發生問題的。

文法
わけはない［不可能…］
▶ 表示從道理上而言，強烈地主張不可能或沒有理由成立。

**0905** □□□

つく
【付く】

（自五）附著，沾上；長，添增；跟隨；隨從，聽隨；偏坦；設有；連接著

（類）接着する（せっちゃくする）；くっつく

（例）ご飯粒が顔に付いてるよ。
／臉上黏了飯粒喔。

**0906** □□□

つける
【点ける】

（他下一）點燃；打開（家電類）

（類）スイッチを入れる；点す（ともす）

（例）クーラーをつけるより、窓を開けるほうがいいでしょう。
／與其開冷氣，不如打開窗戶來得好吧！

文法
ほうがいい［最好…］
▶ 用在向對方提出建議，或忠告。
▶ 近（の）ではないかと思う［我想…吧］

**0907** □□□

つける
【付ける・附ける・着ける】

（他下一・接尾）掛上，裝上；穿上，配戴；評定，決定；寫上，記上；定（價），出（價）；養成；分配，派；安裝；注意；抹上，塗上

（例）生まれた子供に名前をつける。
／為生下來的孩子取名字。

## 0908 □□□

### つたえる
### 【伝える】

他下一 傳達，轉告；傳導

類 知らせる

例 私が忙しいということを、彼に伝えてください。
／請轉告他我很忙。

## 0909 □□□

### つづき
### 【続き】

名 接續，繼續；接續部分，下文；接連不斷

例 読めば読むほど、続きが読みたくなります。
／越看下去，就越想繼續看下面的發展。

文法

ば…ほど [ 越…越… ]

▶ 表示隨著前項事物的變化，後項也隨之相應地發生變化。

## 0910 □□□

### つづく
### 【続く】

自五 繼續，延續，連續；接連發生，接連不斷；隨後發生，接著；連著，通到，與…接連；接得上，夠用；後繼，跟上；次於，居次位

反 絶える（たえる）

例 このところ晴天が続いている。／最近一連好幾天都是晴朗的好天氣。

## 0911 □□□

### つづける
### 【続ける】

接尾（接在動詞連用形後，複合語用法）繼續…，不斷地…

例 上手になるには、練習し続けるほかはない。
／技巧要好，就只能不斷地練習。

文法

ほかはない [ 只好… ]

▶ 表示雖然心裡不願意，但又沒有其他方法，只有這唯一的選擇，別無它法。

## 0912 □□□

### つつむ
### 【包む】

他五 包裹，打包，包上；蒙蔽，遮蔽，籠罩；藏在心中，隱瞞；包圍

類 覆う（おおう）

例 プレゼント用に包んでください。／請包裝成送禮用的。

## 0913 □□□

### つながる
### 【繋がる】

自五 相連，連接，聯繫；(人) 排隊，排列；有（血緣、親屬）關係，牽連

類 結び付く（むすびつく）

例 電話がようやく繋がった。／電話終於通了。

**0914**
☐☐☐
つなぐ
【繋ぐ】
（他五）拴結，繫；連起，接上；延續，維繫（生命等）

（類）接続（せつぞく）；結び付ける（むすびつける）
（例）テレビとビデオを繋いで録画した。／我將電視和錄影機接上來錄影。

**0915**
☐☐☐
つなげる
【繋げる】
（他五）連接，維繫

（類）繋ぐ（つなぐ）
（例）インターネットは、世界の人々を繋げる。
／網路將這世上的人接繫了起來。

**0916**
☐☐☐
つぶす
【潰す】
（他五）毀壞，弄碎；熔毀，熔化；消磨，消耗；宰殺；堵死，填滿

（類）壊す（こわす）
（例）会社を潰さないように、一生懸命がんばっている。
／為了不讓公司倒閉而拼命努力。

**文法**
ように［為了…而…］
▶ 表示為了實現前項，而做後項。

**0917**
☐☐☐
つまさき
【爪先】
（名）腳指甲尖端

（反）かかと
（類）指先（ゆびさき）
（例）つま先で立つことができますか。
／你能夠只以腳尖站立嗎？

**0918**
☐☐☐
つまり
（名・副）阻塞，困窘；到頭，盡頭；總之，說到底；也就是說，即…

（類）すなわち；要するに（ようするに）
（例）彼は私の父の兄の息子、つまりいとこに当たります。
／他是我爸爸的哥哥的兒子，也就是我的堂哥。

**0919**
☐☐☐
つまる
【詰まる】
（自五）擠滿，塞滿；堵塞，不通；窘困，窘迫；縮短，緊小；停頓，擱淺

（類）通じなくなる（つうじなくなる）；縮まる（ちぢまる）
（例）食べ物がのどに詰まって、せきが出た。
／因食物卡在喉嚨裡而咳嗽。

**0920**
☐☐☐

**つむ**
【積む】

(自五・他五) 累積，堆積；裝載；積蓄，積累

(反) 崩す（くずす）　(類) 重ねる（かさねる）；載せる（のせる）

(例) 荷物をトラックに積んだ。　／我將貨物裝到卡車上。

**0921**
☐☐☐

**つめ**
【爪】

(名) （人的）指甲，腳指甲；（動物的）爪；指尖；（用具的）鉤子

(例) 爪をきれいに見せたいなら、これを使ってください。
／想讓指甲好看，就用這個吧。

文法
**たい [ 想要…；想讓 ]**
▶ 表示説話者的內心想做、想要的。

**0922**
☐☐☐

**つめる**
【詰める】

(他下一・自下一) 守候，值勤；不停的工作，緊張；塞進，裝入；緊挨著，緊靠著

(類) 押し込む（おしこむ）

(例) スーツケースに服や本を詰めた。　／我將衣服和書塞進李箱。

**0923**
☐☐☐

**つもる**
【積もる】

(自五・他五) 積，堆積；累積；估計；計算；推測

(類) 重なる（かさなる）

(例) この辺りは、雪が積もったとしてもせいぜい3センチくらいだ。
／這一帶就算積雪，深度也頂多只有三公分左右。

文法
**としても [ 就算…，也… ]**
▶ 表示假設前項是事實或成立，後項也不會起有效的作用。

**0924**
☐☐☐

**つゆ**
【梅雨】

(名) 梅雨；梅雨季

(類) 梅雨（ばいう）

(例) 7月中旬になって、やっと梅雨が明けました。
／直到七月中旬，這才總算擺脫了梅雨季。

**0925**
☐☐☐

**つよまる**
【強まる】

(自五) 強起來，加強，增強

(類) 強くなる

(例) 台風が近づくにつれ、徐々に雨が強まってきた。
／隨著颱風的暴風範圍逼近，雨勢亦逐漸增強。

文法
**につれ [ 隨著… ]**
▶ 表示隨著前項的進展，同時後項也隨之發生相應的進展。

**0926**
□□□

つ|よ|め|る
【強める】

(他下一) 加強，增強

(類) 強くする

(例) 天ぷらを揚げるときは、最後に少し火を強めるといい。
／在炸天婦羅時，起鍋前把火力調大一點比較好。

**0927**
□□□

(41)

で

(接續) 那麼；（表示原因）所以

(例) ふーん。で、それからどうしたの。
／是哦……，那，後來怎麼樣了？

**0928**
□□□

で|あ|う
【出会う】

(自五) 遇見，碰見，偶遇；約會，幽會；（顏色等）
協調，相稱

(類) 行き会う（いきあう）；出くわす（でくわす）

(例) 二人は、最初どこで出会ったのですか。
／兩人最初是在哪裡相遇的？

**0929**
□□□

てい
【低】

(名・漢造) （位置）低；（價格等）低；變低

(例) 焼き芋は低温でじっくり焼くと甘くなります。
／用低溫慢慢烤蕃薯會很香甜。

**0930**
□□□

て|い|あ|ん
【提案】

(名・他サ) 提案，建議

(類) 発案（はつあん）

(例) この計画を、会議で提案しよう。
／就在會議中提出這企畫吧！

**0931**
□□□

ティ|ー|シャツ
【T-shirt】

(名) 圓領衫，T恤

(例) 休みの日はだいたいTシャツを着ています。
／我在假日多半穿著T恤。

あ

か

さ

た

な

は

ま

や

ら

わ

練習

| 0932 □□□ | DVD デッキ 【DVD tape deck】 | 名 DVD 播放機 |

類 ビデオデッキ

例 DVD デッキが壊れてしまいました。
／DVD 播映機已經壞了。

| 0933 □□□ | DVD ドライブ 【DVD drive】 | 名（電腦用的）DVD 機 |

例 この DVD ドライブは取り外すことができます。
／這台 DVD 磁碟機可以拆下來。

| 0934 □□□ | ていき 【定期】 | 名 定期，一定的期限 |

例 再来月、うちのオーケストラの定期演奏会がある。
／下下個月，我們管弦樂團將會舉行定期演奏會。

例 エレベーターは定期的に調べて安全を確認しています。
／電梯會定期維修以確保安全。

| 0935 □□□ | ていきけん 【定期券】 | 名 定期車票；月票 |

類 定期乗車券（ていきじょうしゃけん）
補 略稱：定期（ていき）
例 電車の定期券を買いました。
／我買了電車的月票。

| 0936 □□□ | ディスプレイ 【display】 | 名 陳列，展覽，顯示；（電腦的）顯示器 |

類 陳列（ちんれつ）
例 使わなくなったディスプレイはリサイクルに出します。
／不再使用的顯示器要送去回收。

**0937**
□□□
## ていでん
【停電】
名・自サ 停電，停止供電

例 停電のたびに、懐中電灯を買っておけばよかったと思う。
／每次停電時，我總是心想早知道就買一把手電筒就好了。

文法

たびに [ 每當…就…]
▶ 表示前項的動作、行為都伴隨後項。

ばよかった [ 就好了 ]
▶ 表示說話者對於過去事物的惋惜、感慨。

**0938**
□□□
## ていりゅうじょ
【停留所】
名 公車站；電車站

例 停留所でバスを1時間も待った。
／在站牌等了足足一個鐘頭的巴士。

**0939**
□□□
## データ
【data】
名 論據，論證的事實；材料，資料；數據

類 資料（しりょう）；情報（じょうほう）
例 データを分析すると、景気は明らかに回復してきている。
／分析數據後發現景氣有明顯的復甦。

**0940**
□□□
## デート
【date】
名・自サ 日期，年月日；約會，幽會

例 明日はデートだから、思いっきりおしゃれしないと。
／明天要約會，得好好打扮一番才行。

文法

きり [ 全心全意地…]
▶ 表示全力做這一件事。

**0941**
□□□
## テープ
【tape】
名 窄帶，線帶，布帶；卷尺；錄音帶

例 インタビューをテープに録音させてもらった。
／請對方把採訪錄製成錄音帶。

**0942**
□□□
## テーマ
【theme】
名（作品的）中心思想‧主題；（論文‧演說的）題目，課題

類 主題（しゅだい）
例 論文のテーマについて、説明してください。
／請說明一下這篇論文的主題。

---

**0943** ☐☐☐

**てき**
【的】

接尾・形動 （前接名詞）關於，對於；表示狀態或性質

例 お盆休みって、一般的には何日から何日までですか。
／中元節的連續假期，通常都是從幾號到幾號呢？

---

**0944** ☐☐☐

**できごと**
【出来事】

名 （偶發的）事件，變故

類 事故（じこ）；事件（じけん）

例 今日の出来事って、なんか特にあったっけ。
／今天有發生什麼特別的事嗎？

文法

**なんか** [ 有…什麼…]
▶ 不明確的斷定，語氣婉轉。從多數事物中特舉一例類推其它。

**っけ** [ 是不是…呢 ]
▶ 用在想確認自己記不清，或已經忘掉的事物時。

---

**0945** ☐☐☐

**てきとう**
【適当】

名・形動・自サ 適當；適度；隨便

類 相応（そうおう）；いい加減（いいかげん）

例 適当にやっておくから、大丈夫。
／我會妥當處理的，沒關係！

---

**0946** ☐☐☐

**できる**

自上一 完成；能夠

類 でき上がる（できあがる）

例 1週間でできるはずだ。
／一星期應該就可以完成的。

---

**0947** ☐☐☐

**てくび**
【手首】

名 手腕

例 手首をけがした以上、試合には出られません。
／既然我的手腕受傷，就沒辦法出場比賽。

---

| 0948 □□□ | **デザート**<br>【dessert】 | 图 餐後點心，甜點（大多泛指較西式的甜點） |

例 おなかいっぱいでも、デザートはいただきます。
／就算肚子已經很撐了，我還是要吃甜點喔！

| 0949 □□□ | **デザイナー**<br>【designer】 | 图（服裝、建築等）設計師，圖案家 |

例 デザイナーになるために専門学校に行く。
／為了成為設計師而進入專校就讀。

| 0950 □□□ **Check 42** | **デザイン**<br>【design】 | 图·自他サ 設計（圖）；（製作）圖案 |

類 設計（せっけい）

例 今週中に新製品のデザインを決めることに
なっている。
／規定將於本星期內把新產品的設計定案。

**文法**
ことになっている [ 規定 著 ]
▶ 表示安排、約定或約束人們生活行為的各種規定、法律以及一些慣例。

| 0951 □□□ | **デジカメ**<br>【digital camera 之略】 | 图 數位相機（「デジタルカメラ」之略稱） |

例 小型のデジカメを買いたいです。
／我想要買一台小型數位相機。

**文法**
たい [ 想要… ]
▶ 表示說話者的內心想做、想要的。

| 0952 □□□ | **デジタル**<br>【digital】 | 图 數位的，數字的，計量的 |

反 アナログ

例 最新のデジタル製品にはついていけません。
／我實在不會使用最新的數位電子產品。

| 0953 □□□ | **てすうりょう**<br>【手数料】 | 图 手續費；回扣 |

類 コミッション

例 外国でクレジットカードを使うと、手数料がかかります。
／在國外刷信用卡需要支付手續費。

---

**0954**
□□□

**て｜ちょう**
【手帳】

名 筆記本，雑記本

類 ノート

例 手帳で予定を確認する。
／翻看隨身記事本確認行程。

---

**0955**
□□□

**て｜っこう**
【鉄鋼】

名 鋼鐵

例 ここは近くに鉱山があるので、鉄鋼業が盛んだ。
／由於這附近有一座礦場，因此鋼鐵業十分興盛。

---

**0956**
□□□

**て｜ってい**
【徹底】

名・自サ 徹底；傳遍，普遍，落實

例 徹底した調査の結果、故障の原因はほこりでした。
／經過了徹底的調查，確定故障的原因是灰塵。

---

**0957**
□□□

**て｜つや**
【徹夜】

名・自サ 通宵，熬夜

類 夜通し（よどおし）

例 仕事を引き受けた以上、徹夜をしても完成させます。
／既然接下了工作，就算熬夜也要將它完成。

---

**0958**
□□□

**て｜のこう**
【手の甲】

名 手背

反 掌（てのひら）

例 蚊に手の甲を刺されました。
／手背被蚊子叮了。

---

**0959**
□□□

**て｜のひら**
【手の平・掌】

名 手掌

反 手の甲（てのこう）

例 赤ちゃんの手の平はもみじのように小さくてかわいい。
／小嬰兒的手掌如同楓葉般小巧可愛。

文法
**ように**［如同…一般］
▶ 說話者以其他具體的人事物為例來陳述某件事物的性質。

---

**0960**
□□□
テレビばんぐみ
【television 番組】
㊂ 電視節目

㊐ 兄はテレビ番組を制作する会社に勤めています。
／家兄在電視節目製作公司上班。

**0961**
□□□
てん
【点】
㊂ 點；方面；（得）分

㊣ ポイント
㊐ その点について、説明してあげよう。
／關於那一點，我來為你說明吧！

**0962**
□□□
でんきスタンド
【電気 stand】
㊂ 檯燈

㊐ 本を読むときは電気スタンドをつけなさい。
／你在看書時要把檯燈打開。

**0963**
□□□
でんきだい
【電気代】
㊂ 電費

㊣ 電気料金（でんきりょうきん）
㊐ 冷房をつけると、電気代が高くなります。
／開了冷氣，電費就會增加。

**0964**
□□□
でんきゅう
【電球】
㊂ 電燈泡

㊐ 電球が切れてしまった。／電燈泡壞了。

**0965**
□□□
でんきりょうきん
【電気料金】
㊂ 電費

㊣ 電気代（でんきだい）
㊐ 電気料金は年々値上がりしています。／電費年年上漲。

**0966**
□□□
でんごん
【伝言】
㊂・自他サ 傳話，口信；帶口信

㊣ お知らせ（おしらせ）
㊐ 何か部長へ伝言はありますか。
／有沒有什麼話要向經理轉達的？

## 0967
**でんしゃだい**
【電車代】

名（坐）電車費用

類 電車賃（でんしゃちん）

例 通勤にかかる電車代は会社が払ってくれます。
　／上下班的電車費是由公司支付的。

## 0968
**でんしゃちん**
【電車賃】

名（坐）電車費用

類 電車代（でんしゃだい）

例 ここから東京駅までの電車賃は 250 円です。
　／從這裡搭到東京車站的電車費是二百五十日圓。

## 0969
**てんじょう**
【天井】

名 天花板

例 天井の高いホールだなあ。／這座禮堂的頂高好高啊！

## 0970
**でんしレンジ**
【電子 range】

名 電子微波爐

例 これは電子レンジで温めて食べたほうがいいですよ。
　／這個最好先用微波爐熱過以後再吃喔。

## 0971
**てんすう**
【点数】

名（評分的）分數

例 読解の点数はまあまあだったが、聴解の点数は悪かった。
　／閱讀和理解項目的分數還算可以，但是聽力項目的分數就很差了。

## 0972
**でんたく**
【電卓】

名 電子計算機（「電子式卓上計算機（でんししきたくじょうけいさんき）」之略稱）

例 電卓で計算する。／用計算機計算。

## 0973
**でんち**
【電池】

名（理）電池

類 バッテリー

例 太陽電池時計は、電池交換は必要ですか。
　／使用太陽能電池的時鐘，需要更換電池嗎？

JLPT
183

**0974**
☐☐☐
テント
【tent】
㊜ 帳篷

㊛ 夏休み、友達とキャンプ場にテントを張って泊まった。
／暑假和朋友到露營地搭了帳棚住宿。

**0975**
☐☐☐
でんわだい
【電話代】
㊜ 電話費

㊛ 国際電話をかけたので、今月の電話代はいつもの倍でした。
／由於我打了國際電話，這個月的電話費變成了往常的兩倍。

と

**0976**
☐☐☐
43
ど
【度】
㊜・漢造 尺度；程度；溫度；次數，回數；規則，規定；氣量，氣度

㊫ 程度（ていど）；回数（かいすう）
㊛ 明日の気温は、今日より5度ぐらい高いでしょう。
／明天的天氣大概會比今天高個五度。

**0977**
☐☐☐
とう
【等】
接尾 等等；（助數詞用法，計算階級或順位的單位）等（級）

㊫ など
㊛ イギリス、フランス、ドイツ等のEU諸国はここです。
／英、法、德等歐盟各國的位置在這裡。

**0978**
☐☐☐
とう
【頭】
接尾 （牛、馬等）頭

㊛ 日本では、過去に計36頭の狂牛病の牛が発見されました。
／在日本，總共發現了三十六頭牛隻染上狂牛病。

**0979**
☐☐☐
どう
【同】
㊜ 同樣，同等；（和上面的）相同

㊛ 同社の発表によれば、既に問い合わせが来ているそうです。
／根據該公司的公告，已經有人前去洽詢了。

文法
によれば［據…說］
▶ 表示消息、信息的來源，或推測的依據。
▶ 近をもとに［以…為根據］

## 0980
□□□

### とうさん
【倒産】

(名・自サ) 破産，倒閉

類 破産（はさん）；潰れる（つぶれる）
例 台湾新幹線は倒産するかもしれないという
ことだ。
／據説台灣高鐵公司或許會破產。

文法
ということだ [ 據説… ]
▶ 表示傳聞。從某特定
的人或外界獲取的傳聞。

## 0981
□□□

### どうしても

(副)（後接否定）怎麼也，無論怎樣也；務必，
一定，無論如何也要

類 絶対に（ぜったいに）；ぜひとも
例 どうしても東京大学に入りたいです。
／無論如何都想進入東京大學就讀。

文法
たい [ 想要… ]
▶ 表示説話者的內心想
做、想要的。

## 0982
□□□

### どうじに
【同時に】

(副) 同時，一次；馬上，立刻

類 一度に（いちどに）
例 ドアを開けると同時に、電話が鳴りました。
／就在我開門的同一時刻，電話響了。

## 0983
□□□

### とうぜん
【当然】

(形動・副) 當然，理所當然

例 妹をいじめたら、お父さんとお母さんが怒るのも当然だ。
／欺負妹妹以後，受到爸爸和媽媽的責罵也是天經地義的。

## 0984
□□□

### どうちょう
【道庁】

(名) 北海道的地方政府（「北海道庁」之略稱）

類 北海道庁（ほっかいどうちょう）
例 道庁は札幌市にあります。
／北海道道廳（地方政府）位於札幌市。

## 0985
□□□

### とうよう
【東洋】

(名)（地）亞洲；東洋，東方（亞洲東部和東南部
的總稱）

反 西洋（せいよう）
例 東洋文化には、西洋文化とは違う良さがある。
／東洋文化有著和西洋文化不一樣的優點。

---

**0986**
☐☐☐
**どうろ**
【道路】
　㊅ 道路

㊝ 道（みち）
㊀ お盆や年末年始は、高速道路が混んで当たり前になっています。
／盂蘭盆節（相當於中元節）和年末年初時，高速公路壅塞是家常便飯的事。

---

**0987**
☐☐☐
**とおす**
【通す】
　他五・接尾 穿通，貫穿；滲透，透過；連續，貫徹；（把客人）讓到裡邊；一直，連續，…到底

㊝ 突き抜けさせる（つきぬけさせる）；導く（みちびく）
㊀ 彼は、自分の意見を最後まで通す人だ。
／他是個貫徹自己的主張的人。

---

**0988**
☐☐☐
**トースター**
【toaster】
　㊅ 烤麵包機

㊢ トースト：土司
㊀ トースターで焼き芋を温めました。／以烤箱加熱了烤蕃薯。

---

**0989**
☐☐☐
**とおり**
【通り】
　接尾 種類；套，組

㊀ 行き方は、JR、地下鉄、バスの3通りある。
／交通方式有搭乘國鐵、地鐵和巴士三種。

---

**0990**
☐☐☐
**とおり**
【通り】
　㊅ 大街，馬路；通行，流通

㊀ ここをまっすぐ行くと、広い通りに出ます。
／從這裡往前直走，就會走到一條大馬路。

---

**0991**
☐☐☐
**とおりこす**
【通り越す】
　自五 通過，越過

㊀ ぼんやり歩いていて、バス停を通り越してしまった。
／心不在焉地走著，都過了巴士站牌還繼續往前走。

---

**0992**
☐☐☐
**とおる**
【通る】
　自五 經過，穿過；合格

㊝ 通行（つうこう）
㊀ ときどき、あなたの家の前を通ることがあります。
／我有時會經過你家前面。

## 0993
□□□

**と[か]す**
【溶かす】

(他五) 溶解，化開，溶入

例 お湯に溶かすだけで、おいしいコーヒーができます。
／只要加熱水沖泡，就可以做出一杯美味的咖啡。

## 0994
□□□

**ど[き]どき**

(副・自サ)（心臓）撲通撲通地跳，七上八下

例 告白するなんて、考えただけでも心臓がどきどきする。
／說什麼告白，光是在腦中想像，心臟就怦怦跳個不停。

**文法**
だけで[光…就…]
▶ 表示沒有實際體驗，
就可以感受到。

## 0995
□□□

**ド[キュメ]ンタリー**
【documentary】

(名) 紀錄，紀實；紀錄片

例 この監督はドキュメンタリー映画を何本も制作しています。
／這位導演已經製作了非常多部紀錄片。

## 0996
□□□

**と[く]**
【特】

(漢造) 特，特別，與眾不同

例 「ななつ星」は、日本ではじめての特別な列車だ。
／「七星號列車」是日本首度推出的特別火車。

## 0997
□□□

**と[く]**
【得】

(名・形動) 利益；便宜

例 まとめて買うと得だ。
／一次買更划算。

## 0998
□□□

**と[く]**
【溶く】

(他五) 溶解，化開，溶入

(類) 溶かす（とかす）

例 この薬は、お湯に溶いて飲んでください。
／這服藥請用熱開水沖泡開後再服用。

**0999** □□□
### とく
### 【解く】
他五 解開；拆開（衣服）；消除，解除（禁令、條約等）；解答

反 結ぶ（むすぶ）　類 解く（ほどく）

例 もっと時間があったとしても、あんな問題は解けなかった。
／就算有更多的時間，也沒有辦法解出那麼困難的問題。

文法

としても［就算…，也…］
▶ 表示假設前項是事實或成立，後項也不會起有效的作用。

**1000** □□□
### とくい
### 【得意】
名・形動 （店家的）主顧；得意，滿意；自滿，得意洋洋；拿手

反 失意（しつい）　類 有頂天（うちょうてん）

例 人付き合いが得意です。
／我善於跟人交際。

**1001** □□□
### どくしょ
### 【読書】
名・自サ 讀書

類 閲読（えつどく）

例 読書が好きと言った割には、漢字が読めないね。
／說是喜歡閱讀，沒想到讀不出漢字呢。

**1002** □□□
### どくしん
### 【独身】
名 單身

例 当分は独身の自由な生活を楽しみたい。
／暫時想享受一下單身生活的自由自在。

文法

み［…感］
▶ 表示該種程度上感覺到這種狀態。

**1003** □□□
### とくちょう
### 【特徴】
名 特徵，特點

類 特色（とくしょく）

例 彼女は、特徴のある髪型をしている。／她留著一個很有特色的髮型。

**1004** □□□
**44**
### とくべつきゅうこう
### 【特別急行】
名 特別快車，特快車

類 特急（とっきゅう）

例 まもなく、網走行き特別急行オホーツク1号が発車します。
／開往網走的鄂霍次克一號特快車即將發車。

**1005**
□□□
とける
【溶ける】

（自下一）溶解，融化

類 溶解（ようかい）
例 この物質は、水に溶けません。／這個物質不溶於水。

**1006**
□□□
とける
【解ける】

（自下一）解開，鬆開（綁著的東西）；消，解消（怒氣等）；解除（職責、契約等）；解開（疑問等）

類 解ける（ほどける）
例 あと 10 分あったら、最後の問題解けたのに。
／如果再多給十分鐘，就可以解出最後一題了呀。

文法
たら［如果…］
▶ 前項是不可能實現，或是與事實、現況相反的事物，後面接上説話者的情感表現。

**1007**
□□□
どこか

（連語）哪裡是，豈止，非但

例 どこか暖かい国へ行きたい。
／想去暖活的國家。

文法
たい［想要…］
▶ 表示説話者的內心想做、想要的。

**1008**
□□□
ところどころ
【所々】

（名）處處，各處，到處都是

類 あちこち
例 所々に間違いがあるにしても、だいたいよく書けています。
／雖説有些地方錯了，但是整體上寫得不錯。

文法
にしても［就算…，也…］
▶ 表示退一步承認前項條件，並在後項中敘述跟前項矛盾的内容。

**1009**
□□□
とし
【都市】

（名）都市，城市

反 田舎（いなか）　類 都会（とかい）
例 今後の都市計画について説明いたします。／請容我説明往後的都市計畫。

**1010**
□□□
としうえ
【年上】

（名）年長，年歲大（的人）

反 年下（としした）　類 目上（めうえ）
例 落ち着いているので、年上かと思いました。
／由於他的個性穩重，還以為年紀比我大。

## 1011 □□□
**としょ**
【図書】

名 圖書

例 読みたい図書が貸し出し中のときは、予約ができます。
／想看的書被其他人借走時，可以預約。

## 1012 □□□
**とじょう**
【途上】

名 （文）路上；中途

例 この国は経済的発展の途上にある。
／這個國家屬於開發中國家。

## 1013 □□□
**としより**
【年寄り】

名 老人；（史）重臣，家老；（史）村長；（史）女管家；（相撲）退休的力士，顧問

反 若者（わかもの）　類 老人（ろうじん）
例 電車でお年寄りに席を譲った。
／在電車上讓座給長輩了。

## 1014 □□□
**とじる**
【閉じる】

自上一 閉，關閉；結束

類 閉める（しめる）
比 閉じる：還原回原本的狀態。例如：五官、貝殼或書。
閉める：將空間或縫隙等關閉。例如：門、蓋子、窗。
也有兩者皆可使用的情況。
例：目を閉める（×）目を閉じる（○）
例 目を閉じて、子どものころを思い出してごらん。
／請試著閉上眼睛，回想兒時的記憶。

## 1015 □□□
**とちょう**
【都庁】

名 東京都政府（「東京都庁」之略稱）

例 都庁は何階建てですか。／請問東京都政府是幾層樓建築呢？

## 1016 □□□
**とっきゅう**
【特急】

名 火速；特急列車（「特別急行」之略稱）

類 大急ぎ（おおいそぎ）
例 特急で行こうと思う。／我想搭特急列車前往。

**1017** □□□
### とつぜん
### 【突然】
副 突然

例 会議の最中に、突然誰かの電話が鳴った。
／在開會時，突然有某個人的電話響了。

文法
最中に［正在…時］
▶ 表示某一行為在進行中。常用在突發什麼事的場合。

**1018** □□□
### トップ
### 【top】
名 尖端；（接力賽）第一棒；領頭，率先；第一位，首位，首席

類 一番（いちばん）
例 成績はクラスでトップな反面、体育は苦手だ。
／成績雖是全班第一名，但體育卻很不拿手。

文法
反面［另一方面…］
▶ 表示同一種事物，同時兼具兩種不同性格的兩個方面。

**1019** □□□
### とどく
### 【届く】
自五 及，達到；（送東西）到達；周到；達到（希望）

類 着く（つく）
例 昨日、いなかの母から手紙が届きました。
／昨天，收到了住在鄉下的母親寫來的信。

**1020** □□□
### とどける
### 【届ける】
他下一 送達；送交；報告

例 あれ、財布が落ちてる。交番に届けなくちゃ。
／咦，有人掉了錢包？得送去派出所才行。

文法
なくちゃ［不…不行］
▶ 表示受限於某個條件、規定，必須要做某件事情。

**1021** □□□
### どの
### 【殿】
接尾 （前接姓名等）表示尊重（書信用，多用於公文）

補 平常較常使用「様」
例 山田太郎殿、お問い合わせの資料をお送りします。ご査収ください。
／山田太郎先生，茲檢附您所查詢的資料，敬請查收。

---

**1022** □□□
**とばす**
【飛ばす】

(他五・接尾) 使…飛，使飛起；（風等）吹起，吹跑；飛濺，濺起

(類) 飛散させる

(例) 友達に向けて紙飛行機を飛ばしたら、先生にぶつかっちゃった。
／把紙飛機射向同學，結果射中了老師。

---

**1023** □□□
**とぶ**
【跳ぶ】

(自五) 跳，跳起；跳過（順序、號碼等）

(例) お母さん、今日ね、はじめて跳び箱8段跳べたよ。
／媽媽，我今天練習跳箱，第一次成功跳過八層喔！

---

**1024** □□□
**ドライブ**
【drive】

(名・自サ) 開車遊玩；兜風

(例) 気分転換にドライブに出かけた。
／開車去兜了風以轉換心情。

---

**1025** □□□
**ドライヤー**
【dryer・drier】

(名) 乾燥機，吹風機

(例) すみません、ドライヤーを貸してください。
／不好意思，麻煩借用吹風機。

---

**1026** □□□
**トラック**
【track】

(名)（操場、運動場、賽馬場的）跑道

(例) 競技用トラック。
／比賽用的跑道。

---

**1027** □□□
**ドラマ**
【drama】

(名) 劇；連戲劇；戲劇；劇本；戲劇文學；（轉）戲劇性的事件

(類) 芝居（しばい）

(例) このドラマは、役者に加えてストーリーもいい。
／這部影集演員好，而且故事情節也精彩。

> **文法**
> に加えて [ 而且… ]
> ▶ 表示在現有前項的事物上，再加上後項類似的別的事物。

---

**1028** □□□
**トランプ**
【trump】

(名) 撲克牌

(例) トランプを切って配る。
／撲克牌洗牌後發牌。

## 1029 □□□
### どりょく
### 【努力】
名・自サ 努力

類 頑張る（がんばる）

例 努力が実って、N3に合格した。
/努力有了成果，通過了N3級的測驗。

## 1030 □□□
### トレーニング
### 【training】
名・他サ 訓練，練習

類 練習（れんしゅう）

例 もっと前からトレーニングしていればよかった。
/早知道就提早訓練了。

文法
ばよかった［就好了］
▶ 表示說話者對於過去
事物的惋惜、感慨。
▶ 近 よかった［如果…
的話就好了］

## 1031 □□□
### ドレッシング
### 【dressing】
名 調味料，醬汁；服裝，裝飾

類 ソース；調味料（ちょうみりょう）

例 さっぱりしたドレッシングを探しています。
/我正在找口感清爽的調味醬汁。

## 1032 □□□
### トン
### 【ton】
名（重量單位）噸，公噸，一千公斤

例 一万トンもある船だから、そんなに揺れないよ。
/這可是重達一萬噸的船，不會那麼晃啦。

## 1033 □□□
### どんなに
副 怎樣，多麼，如何；無論如何…也

類 どれほど

例 どんなにがんばっても、うまくいかない。
/不管怎麼努力，事情還是無法順利發展。

## 1034 □□□
### どんぶり
### 【丼】
名 大碗公；大碗蓋飯

類 茶碗（ちゃわん）

例 どんぶりにご飯を盛った。
/我盛飯到大碗公裡。

**1035**
□□□
Track **45**

## ない
### 【内】

(漢造) 內，裡頭；家裡；內部

(例) お降りの際は、車内にお忘れ物のないよう
ご注意ください。
／下車時，請別忘了您隨身攜帶的物品。

文法
際は [ 在…時 ]
▶ 表示動作、行為進行的時候。

---

**1036**
□□□

## ないよう
### 【内容】

(名) 內容

(類) 中身（なかみ）

(例) この本の内容は、子どもっぽすぎる。
／這本書的內容，感覺實在是太幼稚了。

---

**1037**
□□□

## なおす
### 【直す】

(接尾) （前接動詞連用形）重做…

(例) 私は英語をやり直したい。
／我想從頭學英語。

文法
たい [ 想要… ]
▶ 表示說話者的內心想做、想要的。

---

**1038**
□□□

## なおす
### 【直す】

(他五) 修理；改正；治療

(類) 改める（あらためる）

(例) 自転車を直してやるから、持ってきなさい。
／我幫你修理腳踏車，去把它騎過來。

---

**1039**
□□□

## なおす
### 【治す】

(他五) 醫治，治療

(類) 治療（ちりょう）

(例) 早く病気を治して働きたい。
／我真希望早日把病治好，快點去工作。

文法
たい [ 想要… ]
▶ 表示說話者的內心想做、想要的。

---

**1040**
□□□

## なか
### 【仲】

(名) 交情；（人和人之間的）聯繫

(例) あの二人、仲がいいですね。
／他們兩人感情真好啊！

**1041**
☐☐☐
**な が す**
**【流す】**

（他五）使流動，沖走；使漂走；流（出）；放逐；使流產；傳播；洗掉（汙垢）；不放在心上

類 流出（りゅうしゅつ）；流れるようにする

例 トイレットペーパー以外は流さないでください。
／請勿將廁紙以外的物品丟入馬桶內沖掉。

**1042**
☐☐☐
**な か み**
**【中身】**

（名）裝在容器裡的內容物，內容；刀身

類 內容（ないよう）

例 そのおにぎり、中身なに。
／那種飯糰裡面包的是什麼餡料？

**1043**
☐☐☐
**な か ゆ び**
**【中指】**

（名）中指

例 中指にけがをしてしまった。
／我的中指受了傷。

**1044**
☐☐☐
**な が れ る**
**【流れる】**

（自下一）流動；漂流；飄動；傳布；流逝；流浪；（壞的）傾向；流產；作罷；偏離目標；瀰漫；降落

類 流動する（りゅうどうする）

例 日本で一番長い信濃川は、長野県から新潟県へと流れている。
／日本最長的河流信濃川，是從長野縣流到新潟縣的。

**1045**
☐☐☐
**な く な る**
**【亡くなる】**

（自五）去世，死亡

類 死ぬ（しぬ）

例 おじいちゃんが亡くなって、みんな悲しんでいる。
／爺爺過世了，大家都很哀傷。

**1046**
☐☐☐
**な ぐ る**
**【殴る】**

（他五）毆打，揍；草草了事

類 打つ（うつ）

例 彼が人を殴るわけがない。
／他不可能會打人。

文法
わけがない［不可能…］
▶ 表示從道理上而言，強烈地主張不可能或沒有理由成立。

**1047**
□□□

**なぜなら（ば）**
**【何故なら（ば）】**

（接續）因為，原因是

例 どんなに危険でも私は行く。なぜなら、そこには助けを求めている人がいるからだ。

／不管有多麼危險我都非去不可，因為那裡有人正在求救。

**1048**
□□□

**なっとく**
**【納得】**

（名・他サ）理解，領會；同意，信服

（類）理解（りかい）

例 なんで怒られたんだか、全然納得がいかない。

／完全不懂自己為何挨罵了。

**1049**
□□□

**ななめ**
**【斜め】**

（名・形動）斜，傾斜；不一般，不同往常

（類）傾斜（けいしゃ）

例 絵が斜めになっていたので直した。

／因為畫歪了，所以將它調正。

**1050**
□□□

**なにか**
**【何か】**

（連語・副）什麼；總覺得

例 内容をご確認の上、何か問題があればご連絡ください。

／内容確認後，如有問題請跟我聯絡。

**1051**
□□□

**なべ**
**【鍋】**

（名）鍋子；火鍋

例 お鍋に肉じゃがを作っておいたから、あっためて食べてね。

／鍋子裡已經煮好馬鈴薯燉肉了，熱一熱再吃喔。

**1052**
□□□

**なま**
**【生】**

（名・形動）（食物沒有煮過、烤過）生的；直接的，不加修飾的；不熟練，不到火候

（類）未熟（みじゅく）

例 この肉、生っぽいから、もう一度焼いて。

／這塊肉看起來還有點生，幫我再煎一次吧。

**文法**

っぽい［看起來好像…］

▶ 表示有這種感覺或有這種傾向。語氣帶有否定的意味。

**1053**
☐☐☐

**な<ruby>み<rt></rt></ruby>だ**
**【涙】**

（名）涙，眼淚；哭泣；同情

<ruby>例<rt></rt></ruby><ruby>指<rt>ゆび</rt></ruby>をドアに<ruby>挟<rt>はさ</rt></ruby>んでしまって、あんまり<ruby>痛<rt>いた</rt></ruby>くて<ruby>涙<rt>なみだ</rt></ruby>が<ruby>出<rt>で</rt></ruby>てきた。

／手指被門夾住了，痛得眼淚都掉下來了。

---

**1054**
☐☐☐

**な<ruby>や<rt></rt></ruby>む**
**【悩む】**

（自五）煩惱，苦惱，憂愁；感到痛苦

（類）苦悩（くのう）；困る（こまる）

<ruby>例<rt></rt></ruby>あんなひどい<ruby>女<rt>おんな</rt></ruby>のことで、<ruby>悩<rt>なや</rt></ruby>むことはない
ですよ。

／用不著為了那種壞女人煩惱啊！

文法
ことはない [用不著…]
▶ 表示鼓勵或勸告別人，
沒有做某一行為的必要。

---

**1055**
☐☐☐

**な<ruby>ら<rt></rt></ruby>す**
**【鳴らす】**

（他五）鳴，啼，叫；（使）出名；嘮叨；放響屁

<ruby>例<rt></rt></ruby><ruby>日本<rt>にほん</rt></ruby>では、<ruby>大晦日<rt>おおみそか</rt></ruby>には<ruby>除夜<rt>じょや</rt></ruby>の<ruby>鐘<rt>かね</rt></ruby>を 108 <ruby>回<rt>かい</rt></ruby><ruby>鳴<rt>な</rt></ruby>らす。

／在日本，除夕夜要敲鐘一百零八回。

---

**1056**
☐☐☐

**な<ruby>る<rt></rt></ruby>**
**【鳴る】**

（自五）響，叫；聞名

（類）音が出る（おとがでる）

<ruby>例<rt></rt></ruby>ベルが<ruby>鳴<rt>な</rt></ruby>ったら、<ruby>書<rt>か</rt></ruby>くのをやめてください。

／鈴聲一響起，就請停筆。

---

**1057**
☐☐☐

**ナ<ruby>ン<rt></rt></ruby>バー**
**【number】**

（名）數字，號碼；（汽車等的）牌照

<ruby>例<rt></rt></ruby><ruby>犯人<rt>はんにん</rt></ruby>の<ruby>車<rt>くるま</rt></ruby>は、ナンバーを<ruby>隠<rt>かく</rt></ruby>していました。

／嫌犯作案的車輛把車號遮起來了。

---

に

---

**1058**
☐☐☐
**46**

**に<ruby>あ<rt></rt></ruby>う**
**【似合う】**

（自五）合適，相稱，調和

（類）相応しい（そうおうしい）；釣り合う（つりあう）

<ruby>例<rt></rt></ruby><ruby>福井<rt>ふくい</rt></ruby>さん、<ruby>黄色<rt>きいろ</rt></ruby>が<ruby>似合<rt>にあ</rt></ruby>いますね。

／福井小姐真適合穿黃色的衣服呀！

## 1059 にえる【煮える】
□□□

(自下一) 煮熟，煮爛；水燒開；固體融化（成泥狀）；發怒，非常氣憤

(類) 沸騰する（ふっとうする）

(例) もう芋は煮えましたか。
／芋頭已經煮熟了嗎？

## 1060 にがて【苦手】
□□□

(名・形動) 棘手的人或事；不擅長的事物

(類) 不得意（ふとくい）

(例) あいつはどうも苦手だ。
／我對那傢伙實在是很感冒。

## 1061 にぎる【握る】
□□□

(他五) 握，抓；握飯團或壽司；掌握，抓住；（圍棋中決定誰先下）抓棋子

(類) 掴む（つかむ）

(例) 運転中は、車のハンドルを両手でしっかり握ってください。
／開車時請雙手緊握方向盤。

## 1062 にくらしい【憎らしい】
□□□

(形) 可憎的，討厭的，令人憎恨的

(反) 可愛らしい（かわいらしい）

(例) うちの子、反抗期で、憎らしいことばっかり言う。
／我家孩子正值反抗期，老是說些惹人討厭的話。

## 1063 にせ【偽】
□□□

(名) 假，假冒；贗品

(類) 偽物（にせもの）

(例) レジから偽の1万円札が5枚見つかりました。
／收銀機裡發現了五張萬圓偽鈔。

## 1064 にせる【似せる】
□□□

(他下一) 模仿，仿效；偽造

(類) まねる

(例) 本物に似せて作ってありますが、色が少し違います。
／雖然做得與真物非常相似，但是顏色有些微不同。

**1065** □□□

にゅうこくかんりきょく
【入国管理局】

(名) 入國管理局

例 入国管理局に行って、在留カードを申請した。

／到入境管理局申請了居留證。

**1066** □□□

にゅうじょうりょう
【入場料】

(名) 入場費，進場費

例 動物園の入場料はそんなに高くないですよ。

／動物園的門票並沒有很貴呀。

**1067** □□□

にる
【煮る】

(自五) 煮，燉，熬

例 醬油を入れて、もう少し煮ましょう。

／加醬油再煮一下吧！

**1068** □□□

にんき
【人気】

(名) 人緣，人望

例 あのタレントは人気がある。／那位藝人很受歡迎。

ぬ

**1069** □□□
Track **47**

ぬう
【縫う】

(他五) 縫，縫補；刺繡；穿過，穿行；(醫) 縫合 (傷口)

類 裁縫 (さいほう)

例 母親は、子どものために思いをこめて服を
縫った。／母親滿懷愛心地為孩子縫衣服。

文法

をこめて [ 傾注… ]

▶ 表示對某事傾注思念
或愛等的感情。

**1070** □□□

ぬく
【抜く】

(自他五・接尾) 抽出，拔去；選出，摘引；消除，排除；
省去，減少；超越

例 この虫歯は、もう抜くしかありません。／這顆蛀牙已經非拔不可了。

**1071** □□□

ぬける
【抜ける】

(自下一) 脫落，掉落；遺漏；脫；離，離開，消失，
散掉；溜走，逃脫

類 落ちる (おちる)

例 自転車のタイヤの空気が抜けたので、空気入れで入れた。

／腳踏車的輪胎已經扁了，用打氣筒灌了空氣。

## ぬらす～ねんまつねんし

---

**1072** □□□

### ぬらす
### 【濡らす】

（他五）浸濕，淋濕，沾濕

反 乾かす（かわかす）
類 濡れる

例 この機械は、濡らすと壊れるおそれがある。
／這機器一碰水，就有可能故障。

---

**1073** □□□

### ぬるい
### 【温い】

（形）微溫，不冷不熱，不夠熱

類 温かい（あたたかい）

例 電話がかかってきたせいで、お茶がぬるくなってしまった。
／由於接了通電話，結果茶都涼了。

---

## ね

---

**1074** □□□ **48**

### ねあがり
### 【値上がり】

（名・自サ）價格上漲，漲價

反 値下がり（ねさがり）
類 高くなる

例 近頃、土地の値上がりが激しい。
／最近地價猛漲。

---

**1075** □□□

### ねあげ
### 【値上げ】

（名・他サ）提高價格，漲價

反 値下げ（ねさげ）

例 たばこ、来月から値上げになるんだって。
／聽說香菸於下個月起要漲價。

---

**1076** □□□

### ネックレス
### 【necklace】

（名）項鍊

例 ネックレスをすると肩がこる。
／每次戴上項鍊，肩膀就酸痛。

---

**1077**
□□□
ねっちゅう
【熱中】
〔名・自サ〕熱中，專心；酷愛，著迷於

類 夢中になる（むちゅうになる）

例 子どもは、ゲームに熱中しがちです。
／小孩子容易沈迷於電玩。

**1078**
□□□
ねむる
【眠る】
〔自五〕睡覺；埋藏

反 目覚める（めざめる）
類 睡眠（すいみん）

例 薬を使って、眠らせた。
／用藥讓他入睡。

**1079**
□□□
ねらい
【狙い】
〔名〕目標，目的；瞄準，對準

類 目当て（めあて）

例 家庭での勉強の習慣をつけるのが、宿題を出すねらいです。
／讓學童在家裡養成用功的習慣是老師出作業的目的。

**1080**
□□□
ねんし
【年始】
〔名〕年初；賀年，拜年

反 年末（ねんまつ）
類 年初（ねんしょ）

例 お世話になっている人に、年始の挨拶をする。
／向承蒙關照的人拜年。

**1081**
□□□
ねんせい
【年生】
〔接尾〕…年級生

例 出席日数が足りなくて、3年生に上がれなかった。
／由於到校日數不足，以致於無法升上三年級。

**1082**
□□□
ねんまつねんし
【年末年始】
〔名〕年底與新年

例 年末年始は、ハワイに行く予定だ。
／預定去夏威夷跨年。

## 1083 【農家】のうか
□□□
(名) 農民，農戶；農民的家

49

例 農林水産省によると、日本の農家は年々減っている。

／根據農林水產部的統計，日本的農戶正逐年遞減。

**文法**

によると [ 據…說 ]
▶ 表示消息、信息的來源，或推測的依據。

## 1084 【農業】のうぎょう
□□□
(名) 農耕；農業

例 10 年前に比べて、農業の機械化はずいぶん進んだ。

／和十年前相較，農業機械化有長足的進步。

**文法**

に比べて [ 與…相比 ]
▶ 表示比較、對照。

## 1085 【濃度】のうど
□□□
(名) 濃度

例 空気中の酸素の濃度を測定する。

／測量空氣中的氧氣濃度。

## 1086 【能力】のうりょく
□□□
(名) 能力；（法）行為能力

類 腕前（うでまえ）

例 能力とは、試験で測れるものだけではない。

／能力這東西，並不是只有透過考試才能被檢驗出來。

**文法**

だけ [ 只有 ]
▶ 表示除此之外，別無其他。

## 1087 【鋸】のこぎり
□□□
(名) 鋸子

例 のこぎりで板を切る。

／用鋸子鋸木板。

## 1088 【残す】のこす
□□□
(他五) 留下，剩下；存留；遺留；（相撲頂住對方的進攻）開腳站穩

類 余す（あます）

例 好き嫌いはいけません。残さずに全部食べなさい。

／不可以偏食，要把飯菜全部吃完。

## 1089

**のせる**
**【乗せる】**

(他下一) 放在高處，放到…；裝載；使搭乘；使參加；騙人，誘拐；記載，刊登；合著音樂的拍子或節奏

例 子どもを電車に乗せる。
/送孩子上電車。

## 1090

**のせる**
**【載せる】**

(他下一) 放在…上，放在高處；裝載，裝運；納入，使參加；欺騙；刊登，刊載

類 積む（つむ）；上に置く

例 新聞に広告を載せたところ、注文がたくさん来た。
/在報上刊登廣告以後，結果訂單就如雪片般飛來了。

> **文法**
> たところ［結果…］
> ▶ 表示因某種目的去作某一動作，在契機下得到後項的結果。

## 1091

**のぞむ**
**【望む】**

(他五) 遠望，眺望；指望，希望；仰慕，景仰

類 求める（もとめる）

例 あなたが望む結婚相手の条件は何ですか。
/你希望的結婚對象，條件為何？

## 1092

**のち**
**【後】**

(名) 後，之後；今後，未來；死後，身後

例 今日は晴れのち曇りだって。
/聽說今天的天氣是晴時多雲。

> **文法**
> って［聽說…］
> ▶ 引用自己從別人那裡聽說了某信息。

## 1093

**ノック**
**【knock】**

(名・他サ) 敲打；（來訪者）敲門；打球

例 ノックの音が聞こえたが、出てみると誰もいなかった。
/雖然聽到了敲門聲，但是開門一看，外面根本沒人。

## 1094

**のばす**
**【伸ばす】**

(他五) 伸展，擴展，放長；延緩（日期），推遲；發展，發揮；擴大，增加；稀釋；打倒

類 伸長（しんちょう）

例 手を伸ばしてみたところ、木の枝に手が届きました。
/我一伸手，結果就碰到了樹枝。

> **文法**
> たところ［結果…］
> ▶ 表示因某種目的去作某一動作，在契機下得到後項的結果。

**1095**
□□□
**のびる**
【伸びる】

（自上一）（長度等）變長，伸長；（皺摺等）伸展；擴展，到達；（勢力、才能等）擴大，增加，發展

例 中学生になって、急に背が伸びた。／上了中學以後突然長高不少。

**1096**
□□□
**のぼり**
【上り】

（名）（「のぼる」的名詞形）登上，攀登；上坡（路）；上行列車（從地方往首都方向的列車）；進京

（反）下り（くだり）

例 まもなく、上りの急行電車が通過いたします。／上行快車即將通過月台。

**1097**
□□□
**のぼる**
【上る】

（自五）進京；晉級，高昇；（數量）達到，高達

（類）上がる（あがる）（反）下る（くだる）
（比）有意圖的往上升、移動。
例 足が悪くなって階段を上るのが大変です。／腳不好爬樓梯很辛苦。

**1098**
□□□
**のぼる**
【昇る】

（自五）上升

（比）自然性的往上方移動。
例 太陽が昇るにつれて、気温も上がってきた。
／隨著日出，氣溫也跟著上升了。

文法
につれて［隨著…］
▶ 表示隨著前項的進展，同時後項也隨之發生相應的進展。

**1099**
□□□
**のりかえ**
【乗り換え】

（名）換乘，改乘，改搭

例 電車の乗り換えで意外と迷った。
／電車轉乘時居然一時不知道該搭哪一條路線。

**1100**
□□□
**のりこし**
【乗り越し】

（名・自サ）（車）坐過站

例 乗り越しの方は精算してください。／請坐過站的乘客補票。

**1101**
□□□
**のんびり**

（副・自サ）舒適，逍遙，悠然自得

（反）くよくよ
（類）ゆったり；呑気（のんき）
例 平日はともかく、週末はのんびりしたい。
／先不說平日是如何，我週末想悠哉地休息一下。

文法
たい［想要…］
▶ 表示說話者的內心想做、想要的。

**1102** ☐☐☐
**50**

バーゲンセール
【bargain sale】
🈀 廉價出售，大拍賣

🈺 安売り（やすうり）；特売（とくばい）
🈶 略稱：バーゲン
🈚 デパートでバーゲンセールが始まったよ。
／百貨公司已經開始進入大拍賣囉。

**1103** ☐☐☐

パーセント
【percent】
🈀 百分率

🈚 手数料が３パーセントかかる。／手續費要三個百分比。

**1104** ☐☐☐

パート
【part time 之略】
🈀（按時計酬）打零工

🈚 母はスーパーでレジのパートをしている。
／家母在超市兼差當結帳人員。

**1105** ☐☐☐

ハードディスク
【hard disk】
🈀（電腦）硬碟

🈚 ハードディスクはパソコンコーナーのそばに置いてあります。
／硬碟就放在電腦展示區的旁邊。

**1106** ☐☐☐

パートナー
【partner】
🈀 伙伴，合作者，合夥人；舞伴

🈺 相棒（あいぼう）
🈚 彼はいいパートナーでした。
／他是一個很好的工作伙伴。

**1107** ☐☐☐

はい
【灰】
🈀 灰

🈚 前を歩いている人のたばこの灰が飛んできた。
／走在前方那個人抽菸的菸灰飄過來了。

**1108** ☐☐☐

ばい
【倍】
🈀·漢造·接尾 倍，加倍；（數助詞的用法）倍

🈚 今年から、倍の給料をもらえるようになりました。
／今年起可以領到雙倍的薪資了。

| 1109 □□□ | はいいろ<br>【灰色】 | 名 灰色 |

例 空が灰色だ。雨になるかもしれない。
／天空是灰色的，說不定會下雨。

| 1110 □□□ | バイオリン<br>【violin】 | 名（樂）小提琴 |

例 彼は、ピアノをはじめとして、バイオリン、ギターも弾ける。
／不單是彈鋼琴，他還會拉小提琴和彈吉他。

文法

をはじめ [ 以及…]
▶ 表示由核心的人或物擴展到很廣的範圍。

| 1111 □□□ | ハイキング<br>【hiking】 | 名 健行，遠足 |

例 鎌倉へハイキングに行く。
／到鎌倉去健行。

| 1112 □□□ | バイク<br>【bike】 | 名 腳踏車；摩托車（「モーターバイク」之略稱） |

例 バイクで日本のいろいろなところを旅行したい。
／我想要騎機車到日本各地旅行。

文法

たい [ 想要…]
▶ 表示說話者的內心想做、想要的。

| 1113 □□□ | ばいてん<br>【売店】 | 名（車站等）小賣店 |

例 駅の売店で新聞を買う。
／在車站的販賣部買報紙。

| 1114 □□□ | バイバイ<br>【bye-bye】 | 寒暄 再見，拜拜 |

例 バイバイ、またね。
／掰掰，再見。

| 1115 □□□ | ハイヒール<br>【high heel】 | 名 高跟鞋 |

例 会社に入ってから、ハイヒールをはくようになりました。
／進到公司以後，才開始穿上了高跟鞋。

讀書計劃：□□／□□

## 1116 □□□
**はいゆう**
【俳優】

(名)（男）演員

例 俳優（はいゆう）といっても、まだせりふのある役（やく）をやったことがない。
／雖說是演員，但還不曾演過有台詞的角色。

文法
といっても［雖說…，但…］
▶ 表示承認前項的說法，但同時在後項做部分的修正。

## 1117 □□□
**パイロット**
【pilot】

(名) 領航員；飛行駕駛員；實驗性的
（或唸：パイロット）

類 運転手（うんてんしゅ）

例 飛行機（ひこうき）のパイロットを目指（めざ）して、訓練（くんれん）を続（つづ）けている。
／以飛機的飛行員為目標，持續地接受訓練。

## 1118 □□□
**はえる**
【生える】

(自下一)（草，木）等生長

例 雑草（ざっそう）が生（は）えてきたので、全部（ぜんぶ）抜（ぬ）いてもらえますか。
／雜草長出來了，可以幫我全部拔掉嗎？

## 1119 □□□
**ばか**
【馬鹿】

(名·接頭) 愚蠢，糊塗

例 ばかなまねはするな。 ／別做傻事。

## 1120 □□□
**はく・ぱく**
【泊】

(接尾) 宿，過夜；停泊

例 3泊（ぱく）4日（か）の旅行（りょこう）で、京都（きょうと）に1泊（ぱく）、大阪（おおさか）に2泊（はく）する。
／這趟四天三夜的旅行將在京都住一晚、大阪住兩晚。

## 1121 □□□
**はくしゅ**
【拍手】

(名·自サ) 拍手，鼓掌

類 喝采（かっさい）

例 演奏（えんそう）が終（お）わってから、しばらく拍手（はくしゅ）が鳴（な）り止（や）まなかった。
／演奏一結束，鼓掌聲持續了好一段時間。

## 1122 □□□
**はくぶつかん**
【博物館】

(名) 博物館，博物院

例 上野（うえの）には大（おお）きな博物館（はくぶつかん）がたくさんある。
／很多大型博物館都座落於上野。

**1123**
☐☐☐
# はぐるま
【歯車】
㊅ 歯輪

㊸ 機械の調子が悪いので、歯車に油を差した。
／機器的狀況不太好，因此往齒輪裡注了油。

**1124**
☐☐☐
# はげしい
【激しい】
㊒ 激烈，劇烈；（程度上）很高，厲害；熱烈

㊘ 甚だしい（はなはだしい）；ひどい
㊸ その会社は、激しい価格競争に負けて倒産した。
／那家公司在激烈的價格戰裡落敗而倒閉了。

**1125**
☐☐☐
# はさみ
【鋏】
㊅ 剪刀；剪票鉗

㊸ 体育の授業の間に、制服をはさみでずたずたに切られた。
／在上體育課的時間，制服被人用剪刀剪成了破破爛爛的。

**1126**
☐☐☐
# はし
【端】
㊅ 開端，開始；邊緣；零頭，片段；開始，盡頭

㊙ 中
㊘ 縁（ふち）
㊸ 道の端を歩いてください。
／請走路的兩旁。

**1127**
☐☐☐
# はじまり
【始まり】
㊅ 開始，開端；起源

㊸ 宇宙の始まりは約137億年前と考えられています。
／一般認為，宇宙大約起源於一百三十七億年前。

**1128**
☐☐☐
# はじめ
【始め】
㊅·接尾 開始，開頭；起因，起源；以…為首

㊙ 終わり
㊘ 起こり
㊸ こんな厚い本、始めから終わりまで全部読まなきゃなんないの。
／這麼厚的書，真的非得從頭到尾全部讀完才行嗎？

## 1129 □□□

### はしら
### 【柱】

名・接尾（建）柱子；支柱；（轉）靠山

例 この柱は、地震が来たら倒れるおそれがある。
／萬一遇到了地震，這根柱子<u>有可能會</u>倒塌。

文法
恐れがある［恐怕會…］
▶ 表示有發生某種消極事件的可能性。只限於用在不利的事件。

## 1130 □□□

### はずす
### 【外す】

他五 摘下，解開，取下；錯過，錯開；落後，失掉；避開，躲過

類 とりのける

例 マンガでは、眼鏡を外したら実は美人、ということがよくある。
／在漫畫中，經常出現女孩拿下眼鏡後其實是個美女的情節。

## 1131 □□□

### バスだい
### 【bus 代】

名 公車（乘坐）費

類 バス料金

例 鈴木さんが私のバス代を払ってくれました。
／鈴木小姐幫我代付了公車費。

## 1132 □□□

### パスポート
### 【passport】

名 護照；身分證

例 パスポートと搭乗券を出してください。
／請出示護照和登機證。

## 1133 □□□

### バスりょうきん
### 【bus 料金】

名 公車（乘坐）費

類 バス代

例 大阪までのバス料金は 10 年間同じままです。
／搭到大阪的公車費用，這十年來都沒有漲價。

## 1134 ☐☐☐

**51**

は**ずれる**
【外れる】

（自下一）脱落，掉下；（希望）落空，不合（道理）；離開（某一範圍）

（反）当たる　（類）離れる（はなれる）；逸れる（それる）

（例）機械の部品が、外れるわけがない。

／機器的零件，是不可能會脱落的。

**文法**

わけがない [ 不可能… ]

▶ 表示從道理上而言，強烈地主張不可能或沒有理由成立。

## 1135 ☐☐☐

は**た**
【旗】

（名）旗，旗幟；（佛）幡

（例）会場の入り口には、参加する各国の旗が揚がっていた。

／與會各國的國旗在會場的入口處飄揚。

## 1136 ☐☐☐

は**たけ**
【畑】

（名）田地，旱田；專業的領域

（例）畑を耕して、野菜を植える。

／耕田種菜。

## 1137 ☐☐☐

は**たらき**
【働き】

（名）勞動，工作；作用，功效；功勞，功績；功能，機能

（類）才能（さいのう）

（例）朝ご飯を食べないと、頭の働きが悪くなる。

／如果不吃早餐，腦筋就不靈活。

**文法**

ないと [ 不…不行 ]

▶ 表示受限於某個條件、規定，必須要做某件事情。

## 1138 ☐☐☐

は**っきり**

（副・自サ）清楚；直接了當

（類）明らか（あきらか）

（例）君ははっきり言いすぎる。

／你説得太露骨了。

## 1139 ☐☐☐

バ**ッグ**
【bag】

（名）手提包

（例）バッグに財布を入れる。

／把錢包放入包包裡。

## 1140
□□□

**はっけん**
【発見】

（名・他サ）發現

類 見つける；見つけ出す

例 博物館に行くと、子どもたちにとっていろいろな発見があります。

／孩子們去到博物館會有很多新發現。

文法
にとって［對於…來說］
▶ 表示站在前面接的那個詞的立場，來進行後面的判斷或評價。

## 1141
□□□

**はったつ**
【発達】

（名・自サ）（身心）成熟，發達；擴展，進步；（機能）發達，發展

例 子どもの発達に応じて、おもちゃを与えよう。

／依小孩的成熟程度給玩具。

## 1142
□□□

**はつめい**
【発明】

（名・他サ）發明

類 発案（はつあん）

例 社長は、新しい機械を発明するたびにお金をもうけています。

／每逢社長研發出新型機器，就會賺大錢。

文法
たびに［每當…就…］
▶ 表示前項的動作、行為都伴隨後項。

## 1143
□□□

**はで**
【派手】

（名・形動）（服裝等）鮮艷的，華麗的；（為引人注目而動作）誇張，做作

反 地味（じみ）　類 艶やか（あでやか）

例 いくらパーティーでも、そんな派手な服を着ることはないでしょう。

／就算是派對，也不用穿得那麼華麗吧。

文法
ことはない［用不著…］
▶ 表示鼓勵或勸告別人，沒有做某一行為的必要。

## 1144
□□□

**はながら**
【花柄】

（名）花的圖樣

類 花模様（はなもよう）

例 花柄のワンピースを着ているのが娘です。

／身穿有花紋圖樣的連身洋裝的，就是小女。

**1145**
□□□
# はなしあう
【話し合う】
**自五** 對話，談話；商量，協商，談判

例 今後の計画を話し合って決めた。
／討論決定了往後的計畫。

**1146**
□□□
# はなす
【離す】
**他五** 使…離開，使…分開；隔開，拉開距離

反 合わせる
類 分離（ぶんり）
例 混雑しているので、お子さんの手を離さないでください。
／目前人多擁擠，請牢牢牽住孩童的手。

**1147**
□□□
# はなもよう
【花模様】
**名** 花的圖樣

類 花柄（はながら）
例 彼女はいつも花模様のハンカチを持っています。
／她總是帶著綴有花樣的手帕。

**1148**
□□□
# はなれる
【離れる】
**自下一** 離開，分開；離去；距離，相隔；脫離（關係），背離

反 合う　類 別れる
例 故郷を離れる前に、みんなに挨拶をして回りました。
／在離開故郷之前，和大家逐一話別了。

**1149**
□□□
# はば
【幅】
**名** 寬度，幅面；幅度，範圍；勢力；伸縮空間

類 広狭（こうきょう）
道路の幅を広げる工事をしている。
／正在進行拓展道路的工程。

**1150**
□□□
# はみがき
【歯磨き】
**名** 刷牙；牙膏，牙膏粉；牙刷

例 毎食後に歯磨きをする。
／每餐飯後刷牙。

**1151** □□□

**ば[めん]**
**【場面】**

㊇ 場面，場所；情景，（戲劇、電影等）場景，鏡頭；市場的情況，行情（或唸：**ば[めん]**）

㊞ 光景（こうけい）；シーン

㊐ とてもよい映画で、特に最後の場面に感動した。
／這是一部非常好看的電影，尤其是最後一幕更是感人肺腑。

**1152** □□□

**は[やす]**
**【生やす】**

㊇他五 使生長；留（鬍子）

㊐ 恋人にいくら文句を言われても、彼はひげを生やしている。
／就算被女友抱怨，他依然堅持蓄鬍。

**1153** □□□

**は[やる]**
**【流行る】**

㊇自五 流行，時興；興旺，時運佳

㊞ 広まる（ひろまる）；流行する（りゅうこうする）

㊐ こんな商品がはやるとは思えません。
／我不認為這種商品會流行。

**1154** □□□

**は[ら]**
**【腹】**

㊇ 肚子；心思，內心活動；心情，情緒；心胸，度量；胎內，母體內

㊥ 背（せ）　㊞ 腹部（ふくぶ）；お腹（おなか）

㊐ あー、腹減った。飯、まだ。
／啊，肚子餓了……。飯還沒煮好哦？（較為男性口吻）

**1155** □□□

**バ[ラ]エティー**
**【variety】**

㊇ 多樣化，豐富多變；綜藝節目（「バラエティーショー」之略稱）

㊞ 多様性（たようせい）

㊐ 彼女はよくバラエティー番組に出ていますよ。
／她經常上綜藝節目唷。

**1156** □□□

**ば[ら]ばら（な）**

㊁ 分散貌；凌亂，支離破碎的

㊞ 散り散り（ちりぢり）

㊐ 風で書類が飛んで、ばらばらになってしまった。
／文件被風吹得散落一地了。

あ

か

さ

た

な

は

ま

や

ら

わ

練習

**1157** □□□
## バランス
【balance】
名 平衡，均衡，均等

類 釣り合い（つりあい）
例 この食事では、栄養のバランスが悪い。
／這種餐食的營養並不均衡。

**1158** □□□
## はる
【張る】
自五・他五 延伸，伸展；覆蓋；膨脹，負擔過重；展平，擴張；設置，布置

類 覆う（おおう）；太る（ふとる）
例 今朝は寒くて、池に氷が張るほどだった。
／今早好冷，冷到池塘都結了一層薄冰。

文法
ほど［…得］
▶ 用在比喻或舉出具體的例子，來表示動作或狀態處於某種程度。

**1159** □□□
## バレエ
【ballet】
名 芭蕾舞

類 踊り（おどり）
例 幼稚園のときからバレエを習っています。
／我從讀幼稚園起，就一直學習芭蕾舞。

**1160** □□□
## バン
【van】
名 大篷貨車

例 新型のバンがほしい。
／想要有一台新型貨車。

文法
がほしい［想要…］
▶ 表示説話者希望得到某物。

**1161** □□□
## ばん
【番】
名・接尾・漢造 輪班；看守，守衛；（表順序與號碼）第…號；（交替）順序，次序

類 順序（じゅんじょ）、順番（じゅんばん）
例 30分並んで、やっと私の番が来た。
／排隊等了三十分鐘，終於輪到我了。

**1162** □□□
## はんい
【範囲】
名 範圍，界線

類 区域（くいき）
例 次の試験の範囲は、32ページから60ページまでです。
／這次考試範圍是從第三十二頁到六十頁。

**1163 はんせい【反省】** (名・他サ) 反省，自省（思想與行為）；重新考慮

類 省みる（かえりみる）
例 彼は反省して、すっかり元気がなくなってしまった。
／他反省過了頭，以致於整個人都提不起勁。

**1164 はんたい【反対】** (名・自サ) 相反；反對

反 賛成（さんせい）
類 あべこべ；否（いな）
例 あなたが社長に反対しちゃ、困りますよ。
／你要是跟社長作對，我會很頭痛的。

**1165 パンツ【pants】** (名) 內褲；短褲；運動短褲

類 ズボン
例 子どものパンツと靴下を買いました。
／我買了小孩子的內褲和襪子。

**1166 はんにん【犯人】** (名) 犯人

類 犯罪者（はんざいしゃ）
例 犯人はあいつとしか考えられない。
／犯案人非他莫屬。

**1167 パンプス【pumps】** (名) 女用的高跟皮鞋，淑女包鞋

例 入社式にはパンプスをはいていきます。
／我穿淑女包鞋參加新進人員入社典禮。

**1168 パンフレット【pamphlet】** (名) 小冊子

補 略稱：パンフ
類 案内書（あんないしょ）
例 社に戻りましたら、詳しいパンフレットをお送りいたします。
／我一回公司，會馬上寄給您更詳細的小冊子。

## 1169 ☐☐☐ <sub>52</sub>
**ひ**
**【非】**

(名·接頭) 非，不是

例 そんなかっこうで会社に来るなんて、非常識だよ。
／居然穿這樣來公司上班，簡直沒有常識！

## 1170 ☐☐☐
**ひ**
**【費】**

(漢造) 消費，花費；費用

例 大学の学費は親が出してくれている。
／大學的學費是由父母支付的。

## 1171 ☐☐☐
**ピアニスト**
**【pianist】**

(名) 鋼琴師，鋼琴家

(類) ピアノの演奏家（ピアノのえんそうか）

例 知り合いにピアニストの方はいますか。
／請問你的朋友中有沒有人是鋼琴家呢？

## 1172 ☐☐☐
**ヒーター**
**【heater】**

(名) 電熱器，電爐；暖氣裝置

(類) 暖房（だんぼう）

例 ヒーターをつけたまま、寝てしまいました。
／我沒有關掉暖爐就睡著了。

## 1173 ☐☐☐
**ビール**
**【(荷)bier】**

(名) 啤酒

例 ビールが好きなせいか、おなかの周りに肉
がついてきた。
／可能是喜歡喝啤酒的緣故，肚子長了一圈肥油。

**文法**

せいか[可能是（因為）…]
▶ 表示發生壞事或不利的原因，但這一原因也不很明確。

## 1174 ☐☐☐
**ひがい**
**【被害】**

(名) 受害，損失

(反) 加害（かがい）
(類) 損害（そんがい）

例 悲しいことに、被害は拡大している。
／令人感到難過的是，災情還在持續擴大中。

## 1175 ☐☐☐ ひきうける 【引き受ける】

他下一 承擔，負責；照應，照料；應付，對付；繼承

類 受け入れる

例 引き受けたからには、途中でやめるわけにはいかない。

/既然已經接下了這份任務，就不能中途放棄。

文法

からには[既然…，就…]
▶ 表示既然到了這種情況，後面就要「貫徹到底」的説法

わけにはいかない[不能…]
▶ 表示由於一般常識、社會道德或經驗等，那樣做是不可能的、不能做的。

## 1176 ☐☐☐ ひきざん 【引き算】

名 減法

反 足し算（たしざん）
類 減法（げんぽう）

例 子どもに引き算の練習をさせた。

/我叫小孩演練減法。

## 1177 ☐☐☐ ピクニック 【picnic】

名 郊遊，野餐（或唸：ピクニック）

例 子供が大きくなるにつれて、ピクニックに行かなくなった。

/隨著孩子愈來愈大，也就不再去野餐了。

文法

につれて[隨著…]
▶ 表示隨著前項的進展，同時後項也隨之發生相應的進展。

## 1178 ☐☐☐ ひざ 【膝】

名 膝，膝蓋

補 一般指膝蓋，但跪坐時是指大腿上側。例：「膝枕（ひざまくら）」枕在大腿上。

例 膝を曲げたり伸ばしたりすると痛い。

/膝蓋彎曲和伸直時會痛。

## 1179 ☐☐☐ ひじ 【肘】

名 肘，手肘

例 テニスで肘を痛めた。

/打網球造成手肘疼痛。

## 1180 びじゅつ 【美術】 — 名 美術

- 類 芸術（げいじゅつ）、アート
- 例 中国を中心として、東洋の美術を研究しています。
  /目前正在研究以中國為主的東洋美術。

## 1181 ひじょう 【非常】 — 名・形動 非常，很，特別；緊急，緊迫

- 類 特別
- 例 そのニュースを聞いて、彼は非常に喜んだに違いない。
  /聽到那個消息，他一定會非常的高興。

## 1182 びじん 【美人】 — 名 美人，美女（或唸：びじん）

- 例 やっぱり美人は得だね。
  /果然美女就是佔便宜。

## 1183 ひたい 【額】 — 名 前額，額頭；物體突出部分

- 類 おでこ（口語用，並只能用在人體）
- 例 畑仕事をしたら、額が汗びっしょりになった。
  /下田做農活，忙得滿頭大汗。

## 1184 ひっこし 【引っ越し】 — 名 搬家，遷居

- 例 3月は引っ越しをする人が多い。
  /有很多人都在三月份搬家。

## 1185 ぴったり — 副・自サ 緊緊地，嚴實地；恰好，正適合；說中，猜中

- 類 ちょうど
- 例 そのドレス、あなたにぴったりですよ。
  /那件禮服，真適合你穿啊！

## 1186 □□□
### ヒット
### 【hit】
（名・自サ）大受歡迎，最暢銷；（棒球）安打

（類）大当たり（おおあたり）

（例）90年代にヒットした曲を集めました。

／這裡面彙集了九〇年代的暢銷金曲。

## 1187 □□□
### ビデオ
### 【video】
（名）影像，錄影；錄影機；錄影帶

（例）録画したけど見ていないビデオがたまる一方だ。

／雖然錄下來了但是還沒看的錄影帶愈堆愈多。

（文法）
**一方だ**[不斷地…；越來越…]

▶ 某狀況一直朝一個方向不斷發展。多用於消極的、不利的傾向。

## 1188 □□□
### ひとさしゆび
### 【人差し指】
（名）食指

（類）食指（しょくし）

（例）彼女は、人差し指に指輪をしている。

／她的食指上帶著戒指。

## 1189 □□□
### ビニール
### 【vinyl】
（名）（化）乙烯基；乙烯基樹脂；塑膠

Track 53

（例）本当はビニール袋より紙袋のほうが環境に悪い。

／其實紙袋比塑膠袋更容易造成環境污染。

## 1190 □□□
### ひふ・ひふ
### 【皮膚】
（名）皮膚

（例）冬は皮膚が乾燥しやすい。

／皮膚在冬天容易乾燥。

## 1191 □□□
### ひみつ
### 【秘密】
（名・形動）秘密，機密

（例）これは二人だけの秘密だよ。

／這是只屬於我們兩個的秘密喔。

（文法）
**だけ**[只有]

▶ 表示除此之外，別無其他。

**1192**
□□□
## ひ<u>も</u>
【紐】

（名）（布、皮革等的）細繩，帶

例 靴のひもがほどけてしまったので、結び直した。

／鞋子的綁帶鬆了，於是重新綁了一次。

**1193**
□□□
## ひ<u>やす</u>
【冷やす】

（他五）使變涼，冰鎮；（喻）使冷靜

例 冷蔵庫に麦茶が冷やしてあります。

／冰箱裡冰著麥茶。

**1194**
□□□
## び<u>ょう</u>
【秒】

（名・漢造）（時間單位）秒

例 僕は 100 m を 12 秒で走れる。

／我一百公尺能跑十二秒。

文法

れる [ 會…]

▶ 表示技術上、身體的能力上，是具有某種能力的。

**1195**
□□□
## ひ<u>ょう</u>ご
【標語】

（名）標語

例 交通安全の標語を考える。

／正在思索交通安全的標語。

**1196**
□□□
## び<u>ょ</u>うし
【美容師】

（名）美容師

例 人気の美容師さんに髪を切ってもらいました。

／我找了極受歡迎的美髮設計師幫我剪了頭髮。

**1197**
□□□
## ひ<u>ょう</u>じょ<u>う</u>
【表情】

（名）表情

例 表情が明るく見えるお化粧のしかたが知りたい。

／我想知道怎麼樣化妝能讓表情看起來比較開朗。

文法

たい [ 想要…]

▶ 表示說話者的內心想做、想要的。

**1198**
□□□
ひょうほん
【標本】
⊛名 標本；（統計）樣本；典型

例 ここには珍しい動物の標本が集められています。
／這裡蒐集了一些罕見動物的標本。

**1199**
□□□
ひょうめん
【表面】
⊛名 表面

類 表（おもて）
例 地球の表面は約７割が水で覆われている。
／地球表面約有百分之七十的覆蓋面積是水。

**1200**
□□□
ひょうろん
【評論】
⊛名・他サ 評論，批評

類 批評（ひひょう）
例 雑誌に映画の評論を書いている。
／為雜誌撰寫影評。

**1201**
□□□
びら
⊛名（宣傳、廣告用的）傳單

例 駅前で店の宣伝のびらをまいた。
／在車站前分發了商店的廣告單。

**1202**
□□□
ひらく
【開く】
⊛自五・他五 綻放；開，拉開

類 開ける
例 ばらの花が開きだした。
／玫瑰花綻放開來了。

**1203**
□□□
ひろがる
【広がる】
⊛自五 開放，展開；（面積、規模、範圍）擴大，蔓延，傳播

反 挟まる（はさまる）
類 拡大（かくだい）
例 悪い噂が広がる一方だ。
／負面的傳聞，越傳越開了。

文法
一方だ［越來越…］
▶ 狀況一直朝著一個方向不斷發展。多用於消極、不利的傾向。

JLPT
221

### 1204 □□□
**ひろげる**
【広げる】

他下一 打開，展開；（面積、規模、範圍）擴張，發展

反 狭まる（せばまる） 類 拡大

例 犯人が見つからないので、捜査の範囲を広げるほかはない。
／因為抓不到犯人，所以只好擴大捜査範圍了。

**文法**

ほかはない [ 只好…]
▶ 表示雖然心裡不願意，但又沒有其他方法，只有這唯一的選擇，別無它法。

### 1205 □□□
**ひろさ**
【広さ】

名 寬度，幅度，廣度

例 その森の広さは３万坪ある。
／那座森林有三萬坪。

### 1206 □□□
**ひろまる**
【広まる】

自五 （範圍）擴大；傳播，遍及

類 広がる

例 おしゃべりな友人のせいで、うわさが広まってしまった。
／由於一個朋友的多嘴，使得謠言散播開來了。

**文法**

せいで [ 由於 ]
▶ 發生壞事或會導致某種不利情況或責任的原因。

### 1207 □□□
**ひろめる**
【広める】

他下一 擴大，增廣；普及，推廣；披漏，宣揚

類 普及させる（ふきゅうさせる）

例 祖母は日本舞踊を広める活動をしています。
／祖母正在從事推廣日本舞踊的活動。

### 1208 □□□
**びん**
【瓶】

名 瓶，瓶子

例 缶ビールより瓶ビールの方が好きだ。
／比起罐裝啤酒，我更喜歡瓶裝啤酒。

### 1209 □□□
**ピンク**
【pink】

名 桃紅色，粉紅色；桃色

例 こんなピンク色のセーターは、若い人向きじゃない。
／這種粉紅色的毛衣，不是適合年輕人穿嗎？

## 1210 □□□

### びんせん
### 【便箋】

⊛ 信紙，便箋

類 レターペーパー

例 便箋と封筒を買ってきた。
／我買來了信紙和信封。

## 1211 □□□

Track **54**

### ふ
### 【不】

接頭・漢造 不；壞；醜；笨

例 不老不死の薬なんて、あるわけがない。
／這世上怎麼可能會有長生不老的藥。

文法
わけがない[不可能…]
▶ 表示從道理上而言，強烈地主張不可能或沒有理由成立。

## 1212 □□□

### ぶ
### 【部】

名・漢造 部分；部門；冊

例 君はいつもにこにこしているから営業部向きだよ。
／你總是笑咪咪的，所以很適合業務部的工作喔！

## 1213 □□□

### ぶ
### 【無】

接頭・漢造 無，沒有，缺乏

例 無遠慮な質問をされて、腹が立った。
／被問了一個沒有禮貌的問題，讓人生氣。

## 1214 □□□

### ファストフード
### 【fast food】

⊛ 速食

例 ファストフードの食べすぎは体によくないです。
／吃太多速食有害身體健康。

## 1215 □□□

### ファスナー
### 【fastener】

⊛（提包、皮包與衣服上的）拉鍊

類 チャック；ジッパー

例 このバッグにはファスナーがついています。
／這個皮包有附拉鍊。

**1216** □□□
ファックス
【fax】
(名・サ変) 傳真

例 地図をファックスしてください。
/請傳真地圖給我。

**1217** □□□
ふあん
【不安】
(名・形動) 不安，不放心，擔心；不穩定

類 心配
例 不安のあまり、友達に相談に行った。
/因為實在是放不下心，所以找朋友來聊聊。

**1218** □□□
ふうぞく
【風俗】
(名) 風俗；服裝，打扮；社會道德

例 日本各地には、それぞれ土地の風俗がある。
/日本各地有不同的風俗習慣。

**1219** □□□
ふうふ
【夫婦】
(名) 夫婦，夫妻

例 夫婦になったからには、一生助け合って生きていきたい。
/既然成為夫妻了，希望一輩子同心協力走下去。

文法

からには[既然…，就…]
▶ 表示既然到了這種情況，後面就要「貫徹到底」的說法。

たい[想要…]
▶ 表示說話者的內心想做、想要的。

**1220** □□□
ふかのう（な）
【不可能（な）】
(形動) 不可能的，做不到的

類 できない
反 できる
例 1週間でこれをやるのは、経験からいって不可能だ。
/要在一星期內完成這個，按照經驗來說是不可能的。

文法

からいって[從…來說]
▶ 表示站在某一立場上來進行判斷。相當於「…から考えると」。

**1221** □□□
ふ|か|まる
【深まる】

(自五) 加深，變深

例 このままでは、両国の対立は深まる一方だ。

／再這樣下去，兩國的對立會愈來愈嚴重。

**文法**
一方だ [ 越來越…]
▶ 狀況一直朝著一個方向不斷發展。多用於消極、不利的傾向。

**1222** □□□
ふ|か|める
【深める】

(他下一) 加深，加強

例 日本に留学して、知識を深めたい。

／我想去日本留學，研修更多學識。

**文法**
たい [ 想要…]
▶ 表示說話者的內心想做、想要的。

**1223** □□□
ふ|きゅう
【普及】

(名・自サ) 普及

例 当時は、テレビが普及しかけた頃でした。

／當時正是電視開始普及的時候。

**1224** □□□
ふ|く
【拭く】

(他五) 擦，抹

類 拭う（ぬぐう）

例 教室と廊下の床は雑巾で拭きます。

／用抹布擦拭教室和走廊的地板。

**1225** □□□
ふ|く
【副】

(名・漢造) 副本，抄件；副；附帶

例 町長にかわって副町長が式に出席した。

／由副鎮長代替鎮長出席了典禮。

**文法**
にかわって [ 代替…]
▶ 表示應該由某人做的事，改由其他的人來做。

**1226** □□□
ふ|く|む
【含む】

(他五・自四) 含（在嘴裡）；帶有，包含；瞭解，知道；含蓄；懷（恨）；鼓起；（花）含苞

類 包む（つつむ）

例 料金は、税・サービス料を含んでいます。

／費用含稅和服務費。

**1227** □□□
ふくめる
【含める】
(他下一) 包含，含括；囑咐，告知，指導

(類) 入れる

(例) 東京駅での乗り換えも含めて、片道約3時間かかります。
／包括在東京車站換車的時間在內，單程大約要花三個小時。

**1228** □□□
ふくろ・ぶくろ
【袋】
(名) 袋子；口袋；囊

(例) 買ったものを袋に入れる。
／把買到的東西裝進袋子裡。

**1229** □□□
ふける
【更ける】
(自下一) （秋）深；（夜）闌

(例) 夜が更けるにつれて、気温は一段と下がってきた。
／隨著夜色漸濃，氣溫也降得更低了。

(文法)
につれて [ 隨著…]
▶ 表示隨著前項的進展，同時後項也隨之發生相應的進展。

**1230** □□□
ふこう
【不幸】
(名) 不幸，倒楣；死亡，喪事

(例) 夫にも子供にも死なれて、私くらい不幸な女はいない。
／死了丈夫又死了孩子，天底下再沒有像我這樣不幸的女人了。

(文法)
くらい…はない [ 沒有…比…的了 ]
▶ 表示前項程度極高，別的事物都比不上。

**1231** □□□
ふごう
【符号】
(名) 符號，記號；（數）符號

(例) 移項すると符号が変わる。
／移項以後正負號要相反。

**1232** □□□
ふしぎ
【不思議】
(名・形動) 奇怪，難以想像，不可思議

(類) 神秘（しんぴ）

(例) ひどい事故だったので、助かったのが不思議なくらいです。
／因為是很嚴重的事故，所以能得救還真是令人覺得不可思議。

## 1233
□□□

### ふじゆう
【不自由】

（名・形動・自サ）不自由，不如意，不充裕；（手腳）不聽使喚；不方便

類 不便（ふべん）

例 学校生活が、不自由でしょうがない。
／學校的生活令人感到極不自在。

## 1234
□□□

### ふそく
【不足】

（名・形動・自サ）不足，不夠，短缺；缺乏，不充分；不滿意，不平

反 過剰（かじょう）　類 足りない（たりない）

例 ダイエット中は栄養が不足しがちだ。
／減重時容易營養不良。

文法
がちだ［容易…］
▶ 表示即使是無意的，也容易出現某種傾向。一般多用於負面。

## 1235
□□□

### ふた
【蓋】

（名）（瓶、箱、鍋等）的蓋子；（貝類的）蓋

反 身
類 覆い（おおい）

例 ふたを取ったら、いい匂いがした。
／打開蓋子後，聞到了香味。

## 1236
□□□

### ぶたい
【舞台】

（名）舞台；大顯身手的地方

類 ステージ

例 舞台に立つからには、いい演技をしたい。
／既然要站上舞台，就想要展露出好的表演。

文法
からには［既然…，就…］
▶ 表示既然到了這種情況，後面就要「貫徹到底」的説法

たい［想要…］
▶ 表示説話者的內心想做、想要的。

## 1237
□□□

### ふたたび
【再び】

（副）再一次，又，重新

類 また

例 この地を再び訪れることができるとは、夢にも思わなかった。
／作夢都沒有想過自己竟然能重返這裡。

**1238** □□□
## ふたて
【二手】
（名）兩路

例 道が二手に分かれている。
／道路分成兩條。

**1239** □□□
## ふちゅうい（な）
【不注意（な）】
（形動）不注意，疏忽，大意

（類）不用意（ふようい）

例 不注意な言葉で妻を傷つけてしまった。
／我脫口而出的話傷了妻子的心。

**1240** □□□
## ふちょう
【府庁】
（名）府辦公室

例 府庁へはどのように行けばいいですか。
／請問該怎麼去府廳（府辦公室）呢？

**1241** □□□
## ぶつ
【物】
（名・漢造）大人物；物，東西

例 飛行機への危険物の持ち込みは制限されている。
／禁止攜帶危險物品上飛機。

**1242** □□□
## ぶっか
【物価】
（名）物價

（類）値段

例 物価が上がったせいか、生活が苦しいです。
／或許是物價上漲的關係，生活很辛苦。

**文法**
せいか〔可能是（因為）…〕
▶ 表示發生壞事或不利的原因，但這一原因也不很明確。

**1243** □□□
## ぶつける
（他下一）扔，投；碰，撞，（偶然）碰上，遇上；正當，恰逢；衝突，矛盾

（類）打ち当てる（うちあてる）

例 車をぶつけて、修理代を請求された。
／撞上了車，被對方要求求償修理費。

## 1244 ☐☐☐ Track 55

**ぶつり**
【物理】

㊇（文）事物的道理；物理（學）

㋹ 物理の点が悪かったわりには、化学はまあまあだった。

／物理的成績不好，但比較起來化學是算好的了。

文法

わりには [ 但是相對之下還算…]

▶ 表示結果跟前項條件不成比例、有出入，或不相稱。

## 1245 ☐☐☐

**ふなびん**
【船便】

㊇ 船運

㋹ 船便だと一ヶ月以上かかります。

／船運需花一個月以上的時間。

## 1246 ☐☐☐

**ふまん**
【不満】

㊇·形動 不滿足，不滿，不平

㋹ 満足（まんぞく）

㊗ 不平（ふへい）

㋹ 不満そうだな。文句があるなら言えよ。

／你好像不太服氣哦？有意見就說出來啊！

## 1247 ☐☐☐

**ふみきり**
【踏切】

㊇（鐵路的）平交道，道口；（轉）決心

㋹ 車で踏切を渡るときは、手前で必ず一時停止する。

／開車穿越平交道時，一定要先在軌道前停看聽。

## 1248 ☐☐☐

**ふもと**
【麓】

㊇ 山腳

㋹ 青木ヶ原樹海は富士山の麓に広がる森林である。

／青木原樹海是位於富士山山麓的一大片森林。

## 1249 ☐☐☐

**ふやす**
【増やす】

㊇他五 繁殖；增加，添加

㋹ 減らす（へらす）

㊗ 増す（ます）

㋹ LINE の友達を増やしたい。

／我希望增加 LINE 裡面的好友。

文法

たい [ 想要…]

▶ 表示說話者的內心想做、想要的。

| 1250 □□□ | **フライがえし** 【fry 返し】 | 名（把平底鍋裡煎的東西翻面的用具）鍋鏟 |
|---|---|---|

類 ターナー
例 このフライ返しはとても使いやすい。
／這把鍋鏟用起來非常順手。

| 1251 □□□ | **フライトアテンダント** 【flight attendant】 | 名 空服員 |
|---|---|---|

例 フライトアテンダントを目指して、英語を勉強している。
／為了當上空服員而努力學習英文。

| 1252 □□□ | **プライバシー** 【privacy】 | 名 私生活，個人私密 |
|---|---|---|

類 私生活（しせいかつ）
例 自分のプライバシーは自分で守る。
／自己的隱私自己保護。

| 1253 □□□ | **フライパン** 【frypan】 | 名 平底鍋 |
|---|---|---|

例 フライパンで、目玉焼きを作った。／我用平底鍋煎了荷包蛋。

| 1254 □□□ | **ブラインド** 【blind】 | 名 百葉窗，窗簾，遮光物 |
|---|---|---|

例 姉の部屋はカーテンではなく、ブラインドを掛けています。
／姊姊的房間裡掛的不是窗簾，而是百葉窗。

| 1255 □□□ | **ブラウス** 【blouse】 | 名（多半為女性穿的）罩衫，襯衫 |
|---|---|---|

例 お姉ちゃん、ピンクのブラウス貸してよ。
／姊姊，那件粉紅色的襯衫借我穿啦！

| 1256 □□□ | **プラス** 【plus】 | 名・他サ（數）加號，正號；正數；有好處，利益；加（法）；陽性 |
|---|---|---|

反 マイナス　類 加算（かさん）
例 アルバイトの経験は、社会に出てからきっとプラスになる。
／打工時累積的經驗，在進入社會以後一定會有所助益。

**1257** □□□
プラスチック
【plastic・plastics】
⑧（化）塑膠，塑料

⑩ これはプラスチックをリサイクルして作った服です。
／這是用回收塑膠製成的衣服。

**1258** □□□
プラットホーム
【platform】
⑧ 月台

⑭ 略稱：ホーム

⑩ プラットホームでは、黄色い線の内側を歩いてください。
／在月台上行走時請勿超越黃線。

**1259** □□□
ブランド
【brand】
⑧（商品的）牌子；商標

⑲ 銘柄（めいがら）

⑩ ブランド品はネットでもたくさん販売されています。
／有很多名牌商品也在網購或郵購通路上販售。

**1260** □□□
ぶり
【振り】
（造語）樣子，狀態

⑩ 彼は、勉強ぶりの割には大した成績ではない。
／他儘管很用功，可是成績卻不怎麼樣。

**1261** □□□
ぶり
【振り】
（造語）相隔

⑩ 人気俳優のブルース・チェンが5年ぶりに来日した。
／當紅演員布魯斯・陳時隔五年再度訪日。

**1262** □□□
プリペイドカード
【prepaid card】
⑧ 預先付款的卡片（電話卡、影印卡等）

⑩ これは国際電話用のプリペイドカードです。
／這是可撥打國際電話的預付卡。

---

**1263** □□□
**プリンター**
【printer】
㊑ 印表機；印相片機

㊸ 新しいプリンターがほしいです。
／我想要一台新的印表機。

**文法**
がほしい [ 想要…]
▶ 表示說話者希望得到某物。

---

**1264** □□□
**ふる**
【古】
㊑·漢造 舊東西；舊，舊的

㊸ 古新聞をリサイクルに出す。
／把舊報紙拿去回收。

---

**1265** □□□
**ふる**
【振る】
㊢五 揮，搖；撒，丟；(俗) 放棄，犧牲（地位等）；謝絕，拒絕；派分；在漢字上註假名；(使方向) 偏於

㊪ 振るう

㊸ バスが見えなくなるまで手を振って見送った。
／不停揮手目送巴士駛離，直到車影消失了為止。

---

**1266** □□□
**フルーツ**
【fruits】
㊑ 水果

㊪ 果物（くだもの）

㊸ 10 年近く、毎朝フルーツジュースを飲んでいます。
／近十年來，每天早上都會喝果汁。

---

**1267** □□□
**ブレーキ**
【brake】
㊑ 煞車；制止，控制，潑冷水

㊪ 制動機（せいどうき）

㊸ 何かが飛び出してきたので、慌ててブレーキを踏んだ。
／突然有東西跑出來，我便緊急地踩了煞車。

---

**1268** □□□
**ふろ（ば）**
【風呂（場）】
㊑ 浴室，洗澡間，浴池

㊪ バス
㊨ 風呂 ( ふろ )：澡堂；浴池；洗澡用熱水。
㊸ 風呂に入りながら音楽を聴くのが好きです。
／我喜歡一邊泡澡一邊聽音樂。

**1269**
☐☐☐

**ふろや**
【風呂屋】

&#9332; 浴池，澡堂

&#20363; 家の風呂が壊れたので、生まれてはじめて風呂屋に行った。
／由於家裡的浴室故障了，我有生以來第一次上了大眾澡堂。

**1270**
☐☐☐

**ブログ**
【blog】

&#9332; 部落格

&#20363; このごろ、ブログの更新が遅れがちです。
／最近部落格似乎隔比較久才發新文。

**1271**
☐☐☐

**プロ**
【professional 之略】

&#9332; 職業選手，專家

&#21453; アマ
&#39006; 玄人（くろうと）
&#20363; この店の商品はプロ向けです。
／這家店的商品適合專業人士使用。

**1272**
☐☐☐

**ぶん**
【分】

&#9332;·漢造 部分；份；本分；地位

&#20363; わーん。お兄ちゃんが僕の分も食べたー。
／哇！哥哥把我的那一份也吃掉了啦！

**1273**
☐☐☐

**ぶんすう**
【分数】

&#9332;（數學的）分數

&#20363; 小学4年生のときに分数を習いました。
／我在小學四年級時已經學過「分數」了。

**1274**
☐☐☐

**ぶんたい**
【文体】

&#9332;（某時代特有的）文體；（某作家特有的）風格

&#20363; 漱石の文体をまねる。
／模仿夏目漱石的文章風格。

**1275**
☐☐☐

**ぶんぼうぐ**
【文房具】

&#9332; 文具，文房四寶

&#20363; 文房具屋さんで、消せるボールペンを買ってきた。
／去文具店買了可擦拭鋼珠筆。

**1276**
□□□

**56**

**へいき**
【平気】

名・形動 鎮定，冷靜；不在乎，不介意，無動於衷

類 平静（へいせい）

例 たとえ何を言われても、私は平気だ。
／不管別人怎麼說，我都無所謂。

文法
たとえ…ても［即使…也…］
▶ 表示讓步關係，即使是
在前項極端的條件下，後
項結果仍然成立。

**1277**
□□□

**へいきん**
【平均】

名・自サ・他サ 平均；（數）平均值；平衡，均衡

類 均等（きんとう）

例 集めたデータの平均を計算しました。／計算了彙整數據的平均值。

**1278**
□□□

**へいじつ**
【平日】

名（星期日、節假日以外）平日；平常，平素

反 休日（きゅうじつ） 類 普段（ふだん）

例 デパートは平日でさえこんなに込んでいる
のだから、日曜日はすごいだろう。
／百貨公司連平日都那麼擁擠，禮拜日肯定就更多吧。

文法
でさえ［連；甚至］
▶ 用在理所當然的是都
不能了，其他的是就更
不用說了。

**1279**
□□□

**へいたい**
【兵隊】

名 士兵，軍人；軍隊

例 祖父は兵隊に行っていたとき死にかけたそうです。
／聽說爺爺去當兵時差點死了。

**1280**
□□□

**へいわ**
【平和】

名・形動 和平，和睦

反 戦争（せんそう） 類 太平（たいへい）；ピース

例 広島で、原爆ドームを見て、心から世界の平和を願った。
／在廣島參觀了原爆圓頂館，由衷祈求世界和平。

**1281**
□□□

**へそ**
【臍】

名 肚臍；物體中心突起部分

例 おへそを出すファッションがはやっている。
／現在流行將肚臍外露的造型。

**1282** □□□
## べつ
【別】
名·形動·漢造 分別，區分；分別

例 お金が足りないなら、別の方法がないこと
もない。
／如果錢不夠的話，也不是沒有其他辦法。

**文法**
ないこともない［並不
是不…］
▶ 使用雙重否定，表示
雖然不是全面肯定，但
也有那樣的可能性。

---

**1283** □□□
## べつに
【別に】
副（後接否定）不特別

類 特に
例 別に教えてくれなくてもかまわないよ。
／不教我也沒關係。

---

**1284** □□□
## べつべつ
【別々】
形動 各自，分別

類 それぞれ
例 支払いは別々にする。／各付各的。

---

**1285** □□□
## ベテラン
【veteran】
名 老手，內行

類 達人（たつじん）
例 たとえベテランだったとしても、この機械
を修理するのは難しいだろう。
／修理這台機器，即使是內行人也感到很棘手的。

**文法**
たとえ…ても［即使…
也…］
▶ 表示讓步關係，即使是
在前項極端的條件下，
後項結果仍然成立。

としても［即使…，也…］
▶ 表示假設前項是事實
或成立，後項也不會起
有效的作用。

---

**1286** □□□
## へやだい
【部屋代】
名 房租；旅館住宿費

例 部屋代は前の月の終わりまでに払うことに
なっている。
／房租規定必須在上個月底前繳交。

**文法**
ことになっている［按規
定…］
▶ 表示約定或約束人們
生活行為的各種規定、
法律以及一些慣例。

## 1287 □□□ へらす 【減らす】

(他五) 減，減少；削減，縮減；空（腹）

(反) 増やす（ふやす）
(類) 削る（けずる）
(例) あまり急に体重を減らすと、体を壊すおそれがある。
／如果急速減重，有可能把身體弄壞了。

文法
恐れがある [恐怕會…]
▶ 表示有發生某種消極事件的可能性。只限於用在不利的事件。

## 1288 □□□ ベランダ 【veranda】

(名) 陽台；走廊

(類) バルコニー
(例) 母は朝晩必ずベランダの花に水をやります。
／媽媽早晚都一定會幫種在陽台上的花澆水。

## 1289 □□□ へる 【経る】

(自下一)（時間、空間、事物）經過，通過

(例) 終戦から 70 年を経て、当時を知る人は少なくなった。
／二戰結束過了七十年，經歷過當年那段日子的人已愈來愈少了。

## 1290 □□□ へる 【減る】

(自五) 減，減少；磨損；（肚子）餓

(反) 増える（ふえる）
(類) 減じる（げんじる）
(例) 運動しているのに、思ったほど体重が減らない。
／明明有做運動，但體重減輕的速度卻不如預期。

文法
ほど…ない [沒那麼…]
▶ 表示程度並沒有那麼高。

## 1291 □□□ ベルト 【belt】

(名) 皮帶；（機）傳送帶；（地）地帶

(類) 帯（おび）
(例) ベルトの締め方によって、感じが変わりますね。
／繫皮帶的方式一改變，整個感覺就不一樣了。

## 1292 □□□ ヘルメット 【helmet】

(名) 安全帽；頭盔，鋼盔

(例) 自転車に乗るときもヘルメットをかぶった方がいい。
／騎自行車時最好也戴上安全帽。

**1293** □□□
へん
【偏】

名・漢造　漢字的（左）偏旁；偏，偏頗

例 衣偏は、「衣」という字と形がだいぶ違います。

／衣字邊和「衣」的字形差異很大。

**1294** □□□
へん
【編】

名・漢造　編，編輯；（詩的）巻

例 駅には県観光協会編の無料のパンフレットが置いてある。

／車站擺放著由縣立觀光協會編寫的免費宣傳手冊。

**1295** □□□
へんか
【変化】

名・自サ　變化，改變；（語法）變形，活用

類 変動（へんどう）

例 街の変化はとても激しく、別の場所に来た
のかと思うぐらいです。

／城裡的變化，大到幾乎讓人以為來到別處似的。

文法
ぐらい［幾乎…］
▶ 進一步說明前句的動作或狀態的程度，舉出具體事例來。相當於「…ほど」。

**1296** □□□
ペンキ
【(荷)pek】

名　油漆

例 ペンキが乾いてからでなければ、座れない。

／不等油漆乾就不能坐。

文法
てからでなければ［不…就不能…］
▶ 表示如果不先做前項，就不能做後項。

**1297** □□□
へんこう
【変更】

名・他サ　變更，更改，改變

類 変える

例 予定を変更することなく、すべての作業を終えた。

／一路上沒有更動原定計畫，就做完了所有的工作。

**1298** □□□
べんごし
【弁護士】

名　律師

例 将来は弁護士になりたいと考えています。

／我以後想要當律師。

文法
たい［想要…］
▶ 表示說話者的內心想做、想要的。

---

**1299**
☐☐☐

ベンチ
【bench】

（名）長凳，長椅；（棒球）教練、選手席

（類）椅子

（例）公園には小さなベンチがありますよ。
／公園裡有小型的長條椅喔。

---

**1300**
☐☐☐

べんとう
【弁当】

（名）便當，飯盒

（例）外食は高いので、毎日お弁当を作っている。
／由於外食太貴了，因此每天都自己做便當。

---

**ほ**

---

**1301**
☐☐☐
**57**

ほ・ぽ
【歩】

（名・漢造）步，步行；（距離單位）步

（例）友達以上恋人未満の関係から一歩進みたい。
／希望能由目前「是摯友但還不是情侶」的關係再更進一步。

> **文法**
> たい［想要…］
> ▶ 表示説話者的內心想做、想要的。

---

**1302**
☐☐☐

ほいくえん
【保育園】

（名）幼稚園，保育園

（類）保育所（ほいくしょ）
（比）保育園：通稱。多指面積較大、私立。
　　保育所：正式名稱。多指面積較小、公立。
（例）妹は2歳から保育園に行っています。
／妹妹從兩歲起就讀育幼園。

---

**1303**
☐☐☐

ほいくし
【保育士】

（名）保育士

（例）あの保育士は、いつも笑顔で元気がいいです。
／那位幼教老師的臉上總是帶著笑容、精神奕奕的。

---

**1304**
☐☐☐

ぼう
【防】

（漢造）防備，防止；堤防

（例）病気はできるだけ予防することが大切だ。
／盡可能事前預防疾病非常重要。

**1305**
☐☐☐
ほうこく
【報告】
（名・他サ）報告，匯報，告知

類 報知（ほうち）；レポート
例 忙しさのあまり、報告を忘れました。
／因為太忙了，而忘了告知您。

**1306**
☐☐☐
ほうたい
【包帯】
（名・他サ）（醫）繃帶

例 傷口を消毒してガーゼを当て、包帯を巻いた。
／將傷口消毒後敷上紗布，再纏了繃帶。

**1307**
☐☐☐
ほうちょう
【包丁】
（名）菜刀；廚師；烹調手藝

類 ナイフ
例 刺身を包丁でていねいに切った。
／我用刀子謹慎地切生魚片。

**1308**
☐☐☐
ほうほう
【方法】
（名）方法，辦法

類 手段（しゅだん）
例 こうなったら、もうこの方法しかありません。
／事已至此，只能用這個辦法了。

**1309**
☐☐☐
ほうもん
【訪問】
（名・他サ）訪問，拜訪

類 訪れる（おとずれる）
例 彼の家を訪問したところ、たいそう立派な家だった。
／拜訪了他家，這才看到是一棟相當氣派的宅邸。

**1310**
☐☐☐
ぼうりょく
【暴力】
（名）暴力，武力

例 親に暴力をふるわれて育った子供は、自分も暴力をふるいがちだ。
／在成長過程中受到家暴的孩童，自己也容易有暴力傾向。

文法
がちだ［容易…］
▶ 表示即使是無意的，也容易出現某種傾向。一般多用於負面。

**1311** □□□
ほお
【頬】
名 頬，臉蛋（或唸：ほほ）

類 ほほ
例 この子はいつもほおが赤い。
／這孩子的臉蛋總是紅通通的。

**1312** □□□
ボーナス
【bonus】
名 特別紅利，花紅；獎金，額外津貼，紅利

例 ボーナスが出ても、使わないで貯金します。
／就算領到獎金也沒有花掉，而是存起來。

**1313** □□□
ホーム
【platform 之略】
名 月台

類 プラットホーム
例 ホームに入ってくる快速列車に飛び込みました。
／趁快速列車即將進站時，一躍而下（跳軌自殺）。

**1314** □□□
ホームページ
【homepage】
名 網站，網站首頁

例 詳しくは、ホームページをご覧ください。
／詳細內容請至網頁瀏覽。

**1315** □□□
ホール
【hall】
名 大廳；舞廳；（有舞台與觀眾席的）會場

例 新しい県民会館には、大ホールと小ホールがある。
／新落成的縣民會館裡有大禮堂和小禮堂。

**1316** □□□
ボール
【ball】
名 球；（棒球）壞球

例 東日本大震災で流されたサッカーボールが、アラスカに着いた。
／在日本三一一大地震中被沖到海裡的足球漂到了阿拉斯加。

**1317** □□□
ほけんじょ
【保健所】
名 保健所，衛生所

例 保健所で健康診断を受けてきた。
／在衛生所做了健康檢查。

**1318**
☐☐☐
**ほけんたいいく**
【保健体育】
名（國高中學科之一）保健體育

例 保健体育の授業が一番好きです。
／我最喜歡上健康體育課。

**1319**
☐☐☐
**ほっと**
副・自サ 嘆氣貌；放心貌

類 安心する（あんしんする）
例 父が今日を限りにたばこをやめたので、ほっとした。
／聽到父親決定從明天起要戒菸，著實鬆了一口氣。

**1320**
☐☐☐
**ポップス**
【pops】
名 流行歌，通俗歌曲（「ポピュラーミュージック」之略稱）

例 80年代のポップスが最近またはやり始めた。
／最近又開始流行起八〇年代的流行歌了。

**1321**
☐☐☐
**ほね**
【骨】
名 骨頭；費力氣的事

例 風呂場で滑って骨が折れた。
／在浴室滑倒而骨折了。

**1322**
☐☐☐
**ホラー**
【horror】
名 恐怖，戰慄

例 ホラー映画は好きじゃありません。
／不大喜歡恐怖電影。

**1323**
☐☐☐
**ボランティア**
【volunteer】
名 志願者，志工

例 ボランティアで、近所の道路のごみ拾いをしている。
／義務撿拾附近馬路上的垃圾。

**1324**
☐☐☐
**ポリエステル**
【polyethylene】
名（化學）聚乙稀，人工纖維

例 ポリエステルの服は汗をほとんど吸いません。
／人造纖維的衣服幾乎都不吸汗。

## ぼろぼろ（な）〜まかせる

---

**1325**
□□□
**ぼろぼろ（な）** 　（名・副・形動）（衣服等）破爛不堪；（粒狀物）散落貌

例 ぼろぼろな財布ですが、お気に入りのものなので捨てられません。

／我的錢包雖然已經變得破破爛爛的了，可是因為很喜歡，所以捨不得丟掉。

---

**1326**
□□□
**ほんじつ**
**【本日】** 　（名）本日，今日

類 今日

例 こちらが本日のお薦めのメニューでございます。

／這是今日的推薦菜單。

---

**1327**
□□□
**ほんだい**
**【本代】** 　（名）買書錢

例 一ヶ月の本代は3,000円ぐらいです。

／我每個月大約花三千日圓買書。

---

**1328**
□□□
**ほんにん**
**【本人】** 　（名）本人

類 当人（とうにん）

例 本人であることを確認してからでないと、
書類を発行できません。

／如尚未確認他是本人，就沒辦法發放這份文件。

文法
てからでないと［不…就
不能…］
▶ 表示如果不先做前項，
就不能做後項。

---

**1329**
□□□
**ほんねん**
**【本年】** 　（名）本年，今年

類 今年

例 昨年はお世話になりました。本年もよろしくお願いいたします。

／去年承蒙惠予照顧，今年還望您繼續關照。

---

**1330**
□□□
**ほんの** 　（連體）不過，僅僅，一點點

類 少し

例 お米があとほんの少ししかないから、買ってきて。

／米只剩下一點點而已，去買回來。

**1331**
□□□

**58**

## まい
【毎】

接頭 毎

例 子どものころ毎朝牛乳を飲んだ割には、背が伸びなかった。
/儘管小時候每天早上都喝牛奶，可是還是沒長高。

---

**1332**
□□□

## マイク
【mike】

名 麥克風

例 彼は、カラオケでマイクを握ると離さない。
/一旦他握起麥克風，就會忘我地開唱。

---

**1333**
□□□

## マイナス
【minus】

名・他サ （數）減，減法；減號，負數；負極；（溫度）零下

反 プラス　類 差し引く（さしひく）

例 この問題は、わが社にとってマイナスになるに決まっている。
/這個問題，對我們公司而言肯定是個負面影響。

文法
に決まっている[肯定是…]
▶ 說話者根據事物的規律，覺得一定是這樣，充滿自信的推測。

---

**1334**
□□□

## マウス
【mouse】

名 滑鼠；老鼠

類 ねずみ

例 マウスを持ってくるのを忘れました。
/我忘記把滑鼠帶來了。

---

**1335**
□□□

## まえもって
【前もって】

副 預先，事先

例 いつ着くかは、前もって知らせます。
/會事先通知什麼時候抵達。

---

**1336**
□□□

## まかせる
【任せる】

他下一 委託，託付；聽任，隨意；盡力，盡量

類 委託（いたく）

例 この件については、あなたに任せます。
/關於這一件事，就交給你了。

**1337**
□□□ ま|く
【巻く】

(自五・他五) 形成漩渦；喘不上氣來；捲；纏繞；上發條；捲起；包圍；（登山）迂迴繞過險處；（連歌，俳諧）連吟

(類) 丸める

(例) 今日は寒いからマフラーを巻いていこう。
／今天很冷，裏上圍巾再出門吧。

**1338**
□□□ ま|くら
【枕】

(名) 枕頭

(例) ホテルで、枕が合わなくて、よく眠れなかった。
／旅館裡的枕頭睡不慣，沒能睡好。

**1339**
□□□ ま|け
【負け】

(名) 輸，失敗；減價；（商店送給客戶的）贈品

(反) 勝ち (類) 敗 (はい)

(例) 今回は、私の負けです。
／這次是我輸了。

**1340**
□□□ ま|げる
【曲げる】

(他下一) 彎，曲；歪，傾斜；扭曲，歪曲；改變，放棄；（當舖裡的）典當；偷，竊

(類) 折る

(例) 膝を曲げると痛いので、病院に行った。
／膝蓋一彎就痛，因此去了醫院。

**1341**
□□□ ま|ご
【孫】

(名・造語) 孫子；隔代，間接

(例) 孫がかわいくてしょうがない。
／孫子真是可愛極了。

**1342**
□□□ ま|さか

(副)（後接否定語氣）絕不…，總不會…，難道；萬一，一旦

(類) いくら何でも

(例) まさか彼が来るとは思わなかった。
／萬萬也沒料到他會來。

**1343**
□□□
**まざる**
【混ざる】
〔自五〕混雜，夾雜

類 混入（こんにゅう）
比 混合後沒辦法區分出原來的東西。例：混色、混音。
例 いろいろな絵の具が混ざって、不思議な色になった。
／裡面夾帶著多種水彩，呈現出很奇特的色彩。

**1344**
□□□
**まざる**
【交ざる】
〔自五〕混雜，交雜，夾雜

類 交じる（まじる）
比 混合後仍能區分出各自不同的東西。例：長白髮、卡片。
例 ハマグリのなかにアサリが一つ交ざっていました。
／在這鍋蚌的裡面摻進了一顆蛤蜊。

**1345**
□□□
**まし（な）**
〔形動〕（比）好些，勝過：像樣

例 もうちょっとましな番組を見たらどうですか。
／你難道不能看比較像樣一些的電視節目嗎？

**1346**
□□□
**まじる**
【混じる・交じる】
〔自五〕夾雜，混雜；加入，交往，交際

類 混ざる（まざる）
例 ご飯の中に石が交じっていた。
／米飯裡面摻雜著小的石子。

**1347**
□□□
**マスコミ**
【mass communication 之略】
〔名〕（透過報紙、廣告、電視或電影等向群眾進行的）大規模宣傳；媒體（「マスコミュニケーション」之略稱）

例 マスコミに追われているところを、うまく逃げ出せた。
／順利擺脫了蜂擁而上的採訪媒體。

**1348**
□□□
**マスター**
【master】
〔名・他サ〕老闆；精通

例 日本語をマスターしたい。
／我想精通日語。

文法
たい［想要…］
▶ 表示説話者的內心想做、想要的。

**1349**
□□□
**ますます**
【益々】
　副 越發，益發，更加

類 どんどん

例 若者向けの商品が、ますます増えている。
／迎合年輕人的商品是越來越多。

文法
向けの[適合於…的]
▶ 表示以前項為對象，
而做後項的事物。

**1350**
□□□
**まぜる**
【混ぜる】
　他下一 混入；加上，加進；攪，攪拌

類 混ぜ合わせる

例 ビールとジュースを混ぜるとおいしいです。
／將啤酒和果汁加在一起很好喝。

**1351**
□□□
**まちがい**
【間違い】
　名 錯誤，過錯；不確實

例 試験で時間が余ったので、間違いがないか見直した。
／考試時還有多餘的時間，所以檢查了有沒有答錯的地方。

**1352**
□□□
**まちがう**
【間違う】
　他五・自五 做錯，搞錯；錯誤

類 誤る（あやまる）

例 緊張のあまり、字を間違ってしまいました。
／太過緊張，而寫錯了字。

**1353**
□□□
**まちがえる**
【間違える】
　他下一 錯；弄錯

例 先生は、間違えたところを直してくださいました。
／老師幫我訂正了錯誤的地方。

**1354**
□□□
**まっくら**
【真っ暗】
　名・形動 漆黑；（前途）黯淡

例 日が暮れるのが早くなったねえ。もう真っ暗だよ。
／太陽愈來愈快下山了呢。已經一片漆黑了呀。

**1355**
□□□
**まっくろ**
【真っ黒】
　名・形動 漆黑，烏黑

例 日差しで真っ黒になった。／被太陽晒得黑黑的。

**1356**
□□□

**59**

まつげ
【まつ毛】

(名) 睫毛

例 まつ毛がよく抜けます。
／我常常掉睫毛。

---

**1357**
□□□

まっさお
【真っ青】

(名・形動) 蔚藍，深藍；(臉色) 蒼白

例 医者の話を聞いて、母の顔は真っ青になった。
／聽了醫師的診斷後，媽媽的臉色變得慘白。

---

**1358**
□□□

まっしろ
【真っ白】

(名・形動) 雪白，淨白，皓白

(反) 真っ黒（まっくろ）

例 雪で辺り一面真っ白になりました。
／雪把這裡變成了一片純白的天地。

| 文法 |
| --- |
| ▸ 近 ようになる［(變得) …了］ |

---

**1359**
□□□

まっしろい
【真っ白い】

(形) 雪白的，淨白的，皓白的

(反) 真っ黒い（まっくろい）

例 真っ白い雪が降ってきた。
／下起雪白的雪來了。

---

**1360**
□□□

まったく
【全く】

(副) 完全，全然；實在，簡直；(後接否定) 絕對，
完全

(類) 少しも

例 facebook で全く知らない人から友達申請が来た。
／有陌生人向我的臉書傳送了交友邀請。

---

**1361**
□□□

まつり
【祭り】

(名) 祭祀；祭日，廟會祭典

例 祭りは今度の金・土・日です。
／祭典將在下週五六日舉行。

---

**1362**
☐☐☐

**まとまる**
【纏まる】

(自五) 解決，商訂，完成，談妥；湊齊，湊在一起；集中起來，概括起來，有條理

類 調う（ととのう）

例 みんなの意見がなかなかまとまらない。
／大家的意見遲遲無法整合。

---

**1363**
☐☐☐

**まとめる**
【纏める】

(他下一) 解決，結束；總結，概括；匯集，收集；整理，收拾

類 整える（ととのえる）

例 クラス委員を中心に、意見をまとめてください。
／請以班級委員為中心，整理一下意見。

**文法**

を中心に [ 以…為中心 ]
▶ 表示前項是後項行為、狀態的中心。

---

**1364**
☐☐☐

**まどり**
【間取り】

名 (房子的) 房間佈局，採間，平面佈局

例 このマンションは、間取りはいいが、日当たりがよくない。
／雖然這棟大廈的隔間還不錯，但是採光不太好。

---

**1365**
☐☐☐

**マナー**
【manner】

名 禮貌，規矩；態度舉止，風格

類 礼儀（れいぎ）

例 食事のマナーは国ごとに違います。
／各個國家的用餐禮儀都不同。

---

**1366**
☐☐☐

**まないた**
【まな板】

名 切菜板

例 プラスチックより木のまな板のほうが好きです。
／比起塑膠砧板，我比較喜歡木材砧板。

---

**1367**
☐☐☐

**まにあう**
【間に合う】

(自五) 來得及，趕得上；夠用

類 役立つ（やくだつ）

例 タクシーに乗らなくちゃ、間に合わないですよ。
／要是不搭計程車，就來不及了唷！

**文法**

なくちゃ [ 不…不行 ]
▶ 表示受限於某個條件而必須要做，如果不做，會有不好的結果發生。

**1368** □□□
**まにあわせる**
【間に合わせる】
連語 臨時湊合，就將；使來得及，趕出來
例 心配いりません。提出締切日には間に合わせます。
／不必擔心，我一定會在截止期限之前繳交的。

**1369** □□□
**まねく**
【招く】
他五（搖手、點頭）招呼；招待，宴請；招聘，聘請；招惹，招致
類 迎える（むかえる）
例 大使館のパーティーに招かれた。
／我受邀到大使館的派對。

**1370** □□□
**まねる**
【真似る】
他下一 模效，仿效
類 似せる
例 オウムは人の言葉をまねることができる。
／鸚鵡會學人說話。

**1371** □□□
**まぶしい**
【眩しい】
形 耀眼，刺眼的；華麗奪目的，鮮艷的，刺目
類 輝く（かがやく）
例 雲の間から、まぶしい太陽が出てきた。
／耀眼的太陽從雲隙間探了出來。

**1372** □□□
**まぶた**
【瞼】
名 眼瞼，眼皮
例 まぶたを閉じると、思い出が浮かんできた。
／闔上眼瞼，回憶則一一浮現。

**1373** □□□
**マフラー**
【muffler】
名 圍巾；（汽車等的）滅音器
例 暖かいマフラーをもらった。
／我收到了暖和的圍巾。

## 1374 まもる【守る】

□□□

(他五) 保衛，守護；遵守，保守；保持（忠貞）；（文）凝視

類 保護（ほご）

例 心配いらない。君は僕が守る。

／不必擔心，我會保護你。

## 1375 まゆげ【眉毛】

□□□

(名) 眉毛

例 息子の眉毛は主人にそっくりです。

／兒子的眉毛和他爸爸長得一模一樣。

## 1376 まよう【迷う】

□□□

(自五) 迷，迷失；困惑；迷戀；（佛）執迷；（古）（毛線、線繩等）絮亂，錯亂

反 悟る（さとる） 類 惑う（まどう）

例 山の中で道に迷う。

／在山上迷路。

## 1377 まよなか【真夜中】

□□□

(名) 三更半夜，深夜

類 夜
反 真昼

例 大きな声が聞こえて、真夜中に目が覚めました。

／我在深夜被提高嗓門說話的聲音吵醒了。

## 1378 マヨネーズ【mayonnaise】

□□□

(名) 美乃滋，蛋黃醬

例 マヨネーズはカロリーが高いです。

／美奶滋的熱量很高。

## 1379 まる【丸】

□□□

(名・造語・接頭・接尾) 圓形，球狀；句點；完全

例 テスト、丸は三つだけで、あとは全部ばつだった。

／考試只寫對了三題，其他全都是錯的。

**文法**

だけ [ 只；僅僅 ]

▶ 表示只限於某範圍，除此以外沒有別的了。

## 1380
□□□
**まるで**

圖（後接否定）簡直，全部，完全；好像，宛如，恰如

類 さながら

例 そこはまるで夢のように美しかった。
／那裡簡直和夢境一樣美麗。

文法
ように［如同…］
▶ 説話者以其他具體的人事物為例來陳述某件事物性質。

## 1381
□□□
**まわり**
【回り】

名・接尾 轉動；走訪，巡迴；周圍；周，圈

類 身の回り

例 日本の回りは全部海です。
／日本四面環海。

## 1382
□□□
**まわり**
【周り】

名 周圍，周邊

類 周囲（しゅうい）

例 周りの人のことは気にしなくてもかまわない。
／不必在乎周圍的人也沒有關係！

## 1383
□□□
**マンション**
【mansion】

名 公寓大廈；（高級）公寓

例 高級マンションに住む。 ／住高級大廈。

## 1384
□□□
**まんぞく**
【満足】

名・自他サ・形動 滿足，令人滿意的，心滿意足；滿足，符合要求；完全，圓滿

反 不満 類 満悦（まんえつ）

例 社長がこれで満足するわけがない。
／總經理不可能這樣就會滿意。

文法
わけがない［不可能…］
▶ 表示從道理上而言，強烈地主張不可能或沒有理由成立。

## み

## 1385
□□□
60
**みおくり**
【見送り】

名 送行；靜觀，觀望；（棒球）放著好球不打

反 迎え 類 送る

例 彼の見送り人は 50 人以上いた。 ／給他送行的人有 50 人以上。

**1386 みおくる【見送る】** 他五 目送；送行，送別；送終；觀望，等待（機會）

例 私は彼女を見送るために、羽田空港へ行った。
／我去羽田機場給她送行。

**1387 みかける【見掛ける】** 他下一 看到，看出，看見；開始看

例 あの赤い頭の人はよく駅で見かける。
／常在車站裡看到那個頂著一頭紅髮的人。

**1388 みかた【味方】** 名・自サ 我方，自己的這一方；夥伴

例 何があっても、僕は君の味方だ。
／無論發生什麼事，我都站在你這邊。

**1389 ミシン【sewingmachine 之略】** 名 縫紉機

例 ミシンでワンピースを縫った。
／用縫紉機車縫洋裝。

**1390 ミス【Miss】** 名 小姐，姑娘

類 嬢（じょう）

例 ミス・ワールド日本代表に挑戦したいと思います。
／我想挑戰看看世界小姐選美的日本代表。

文法
たい[ 想要…]
▶ 表示說話者的內心想做、想要的。

**1391 ミス【miss】** 名・自サ 失敗，錯誤，差錯

類 誤り（あやまり）

例 どんなに言い訳しようとも、ミスはミスだ。
／不管如何狡辯，失誤就是失誤！

**1392 みずたまもよう【水玉模様】** 名 小圓點圖案

例 娘は水玉模様が好きです。／女兒喜歡點點的圖案。

| 1393 □□□ | みそしる【味噌汁】 | 名 味噌湯 |
|---|---|---|

例 みそ汁は豆腐とねぎのが好きです。
／我喜歡裡面有豆腐和蔥的味噌湯。

| 1394 □□□ | ミュージカル【musical】 | 名 音樂劇；音樂的，配樂的 |
|---|---|---|

類 芝居

例 オペラよりミュージカルの方が好きです。
／比起歌劇表演，我比較喜歡看歌舞劇。

| 1395 □□□ | ミュージシャン【musician】 | 名 音樂家 |
|---|---|---|

類 音楽家

例 小学校の同級生がミュージシャンになりました。
／我有位小學同學成為音樂家了。

| 1396 □□□ | みょう【明】 | 接頭 （相對於「今」而言的）明 |
|---|---|---|

例 明日はどういうご予定ですか。／請問明天有什麼預定行程嗎？

| 1397 □□□ | みょうごにち【明後日】 | 名 後天 |
|---|---|---|

類 明後日（あさって）

例 明後日は文化の日につき、休業いたします。
／基於後天是文化日（11月3日），歇業一天。

文法
につき[因…]
▶ 接在名詞後面，表示其原因、理由。

| 1398 □□□ | みょうじ【名字・苗字】 | 名 姓，姓氏 |
|---|---|---|

例 日本人の名字は漢字の2字のものが多い。
／很多日本人的名字是兩個漢字。

| 1399 □□□ | みらい【未来】 | 名 將來，未來；（佛）來世 |
|---|---|---|

例 未来は若い君たちのものだ。／未來是屬於你們年輕人的。

**1400**
☐☐☐
ミリ
【(法)millimetre 之略】
造語・名 毫，千分之一；毫米，公厘

例 1時間100ミリの雨は、怖く感じるほどだ。
/一小時下一百公釐的雨量，簡直讓人覺得可怕。

文法

ほど[得令人]
▶ 表示動作或狀態處於某種程度。

**1401**
☐☐☐
みる
【診る】
他上一 診察

例 風邪気味なので、医者に診てもらった。
/覺得好像感冒了，所以去給醫師診察。

文法

気味[有點…；趨勢]
▶ 表示身心、情況等有這種傾向，用在主觀的判斷。多用於消極。

**1402**
☐☐☐
ミルク
【milk】
名 牛奶；煉乳

例 紅茶にはミルクをお入れしますか。
/要為您在紅茶裡加牛奶嗎？

**1403**
☐☐☐
みんかん
【民間】
名 民間；民營，私營

例 民間でできることは民間にまかせよう。
/人民可以完成的事就交給人民去做。

**1404**
☐☐☐
みんしゅ
【民主】
名 民主，民主主義

例 あの国の民主主義はまだ育ちかけだ。
/那個國家的民主主義才剛開始萌芽。

文法

かけた[剛…；開始…]
▶ 表示動作，行為已經開始，正在進行途中，但還沒有結束。

**む**

**1405**
☐☐☐
**61**
むかい
【向かい】
名 正對面

類 正面（しょうめん）
例 向かいの家には、誰が住んでいますか。 /誰住在對面的房子？

| 1406 □□□ | むかえ【迎え】 | 名 迎接；去迎接的人；接，請 |

反 見送り（みおくり）
類 歓迎（かんげい）
例 迎えの車が、なかなか来ません。／接送的車遲遲不來。

| 1407 □□□ | むき【向き】 | 名 方向；適合，合乎；認真，慎重其事；傾向，趨向；（該方面的）人，人們 |

類 方向（ほうこう）
例 この雑誌は若い女性向きです。
　／這本雜誌是以年輕女性為取向。

| 1408 □□□ | むく【向く】 | 自五・他五 朝，向，面；傾向，趨向；適合；面向，著 |

類 対する（たいする）
例 下を向いてスマホを触りながら歩くのは事故のもとだ。
　／走路時低頭滑手機是導致意外發生的原因。

| 1409 □□□ | むく【剥く】 | 他五 剝，削 |

類 薄く切る（うすくきる）
例 りんごをむいてあげましょう。
　／我替你削蘋果皮吧。

| 1410 □□□ | むける【向ける】 | 自他下一 向，朝，對；差遣，派遣；撥用，用在 |

類 差し向ける（さしむける）
例 銀行強盗は、銃を行員に向けた。
　／銀行搶匪拿槍對準了行員。

| 1411 □□□ | むける【剥ける】 | 自下一 剝落，脫落 |

例 ジャガイモの皮が簡単にむける方法を知っていますか。
　／你知道可以輕鬆剝除馬鈴薯皮的妙招嗎？

**1412**
□□□
## むじ
### 【無地】
(名) 素色

(類) 地味（じみ）
(例) 色を問わず、無地の服が好きだ。
／不分顏色，我喜歡素面的衣服。

---

**1413**
□□□
## むしあつい
### 【蒸し暑い】
(形) 悶熱的

(類) 暑苦しい（あつくるしい）
(例) 昼間は蒸し暑いから、朝のうちに散歩に行った。
／因白天很悶熱，所以趁早晨去散步。

文法

うちに [ 趁…之內 ]
▶ 表示在前面的環境、狀態持續的期間，做後面的動作。

---

**1414**
□□□
## むす
### 【蒸す】
(他五・自五) 蒸，熱（涼的食品）；（天氣）悶熱

(類) 蒸かす（ふかす）
(例) 肉まんを蒸して食べました。
／我蒸了肉包來吃。

---

**1415**
□□□
## むすう
### 【無数】
(名・形動) 無數

(例) 砂漠では、無数の星が空に輝いていた。
／在沙漠裡看天上，有無數的星星在閃爍。

---

**1416**
□□□
## むすこさん
### 【息子さん】
(名)（尊稱他人的）令郎

(反) お嬢さん
(類) 令息（れいそく）
(例) 息子さんのお名前を教えてください。
／請教令郎的大名。

---

**1417**
□□□
## むすぶ
### 【結ぶ】
(他五・自五) 連結，繫結；締結關係，結合，結盟；（嘴）閉緊，（手）握緊

(反) 解く (類) 締結する（ていけつする）
(例) 髪にリボンを結ぶとき、後ろだからうまくできない。
／在頭髮上綁蝴蝶結時因為是在後腦杓，所以很難綁得好看。

**1418**
□□□

むだ
【無駄】

（名・形動）徒勞，無益；浪費，白費

（類）無益（むえき）

（例）彼を説得しようとしても無駄だよ。
　　／你說服他是白費口舌的。

**1419**
□□□

むちゅう
【夢中】

（名・形動）夢中，在睡夢裡；不顧一切，熱中，沉醉，著迷

（類）熱中（ねっちゅう）

（例）ゲームに夢中になって、気がついたらもう朝だった。
　　／沉迷於電玩之中，等察覺時已是早上了。

**1420**
□□□

むね
【胸】

（名）胸部；內心

（例）あの人のことを思うと、胸が苦しくなる。
　　／一想到那個人，心口就難受。

**1421**
□□□

むらさき
【紫】

（名）紫，紫色；醬油；紫丁香

（例）腕のぶつけたところが、青っぽい紫色になった。
　　／手臂撞到以後變成泛青的紫色了。

> **文法**
> っぽい［看起來好像…］
> ▶ 接在名詞後面作形容詞，表示有這種感覺或有這種傾向。

**1422**
□□□
**62**

めい
【名】

（名・接頭）知名…

（例）東京の名物を教えてください。
　　／請告訴我東京的名產是什麼。

**1423**
□□□

めい
【名】

（接尾）（計算人數）名，人

（例）三名一組になって作業をしてください。
　　／請三個人一組做作業。

---

**1424** □□□

**めい**
【姪】

名 姪女，外甥女

例 今日は姪の誕生日です。
／今天是姪子的生日。

---

**1425** □□□

**めいし**
【名刺】

名 名片

類 刺

例 名刺交換会に出席した。
／我出席了名片交換會。

---

**1426** □□□

**めいれい**
【命令】

名・他サ 命令，規定；（電腦）指令

類 指令（しれい）

例 プロメテウスは、ゼウスの命令に反して人間に火を与えた。
／普羅米修斯違抗了宙斯的命令，將火送給了人類。

---

**1427** □□□

**めいわく**
【迷惑】

名・自サ 麻煩，煩擾；為難，困窘；討厭，妨礙，打擾

類 困惑（こんわく）

例 人に迷惑をかけるな。
／不要給人添麻煩。

---

**1428** □□□

**めうえ**
【目上】

名 上司；長輩

反 目下（めした）
類 年上

例 目上の人には敬語を使うのが普通です。
／一般來說對上司（長輩）講話時要用敬語。

---

**1429** □□□

**めくる**
【捲る】

他五 翻，翻開；揭開，掀開

例 彼女はさっきから、見るともなしに雑誌をぱらぱらめくっている。
／她打從剛剛根本就沒在看雜誌，只是有一搭沒一搭地隨手翻閱。

---

**1430**
□□□

## メッセージ
【message】

㊂ 電報，消息，口信；致詞，祝詞；（美國總統）咨文

㊒ 伝言（でんごん）

㊐ 続きまして、卒業生からのメッセージです。
／接著是畢業生致詞。

**1431**
□□□

## メニュー
【menu】

㊂ 菜單

㊐ レストランのメニューの写真は、どれもおいしそうに見える。
／餐廳菜單上的照片，每一張看起來都好吃。

**1432**
□□□

## メモリー・メモリ
【memory】

㊂ 記憶，記憶力；懷念；紀念品；（電腦）記憶體

㊒ 思い出

㊐ メモリが不足しているので、写真が保存できません。
／由於記憶體空間不足，所以沒有辦法儲存照片。

**1433**
□□□

## めん
【綿】

㊂·漢造 棉，棉線；棉織品；綿長；詳盡；棉，棉花

㊒ 木綿（もめん）

㊐ 綿 100 パーセントの靴下を探しています。
／我正在找百分之百棉質的襪子。

**1434**
□□□

## めんきょ
【免許】

㊂·他サ （政府機關）批准，許可；許可證，執照；傳授秘訣

㊒ ライセンス

㊐ 学生で時間があるうちに、車の免許を取っておこう。
／趁還是學生有空閒，先考個汽車駕照。

文法

うちに [ 趁…之內 ]

▶ 表示在前面的環境、狀態持續的期間，做後面的動作。

**1435**
□□□

## めんせつ
【面接】

㊂·自サ （為考察人品、能力而舉行的）面試，接見，會面

㊒ 面会

㊐ 優秀な人がたくさん面接に来た。
／有很多優秀的人材來接受了面試。

**1436**
□□□

## めんどう
【面倒】

（名・形動）麻煩，費事；繁瑣，棘手；照顧，照料

（類）厄介（やっかい）

（例）手伝おうとすると、彼は面倒くさげに手を振って断った。
／本來要過去幫忙，他卻一副嫌礙事般地揮手說不用了。

**1437**
□□□
Track **63**

## もうしこむ
【申し込む】

（他五）提議，提出；申請；報名；訂購；預約
（或唸：もうしこむ）

（類）申し入れる（もうしいれる）

（例）結婚を申し込んだが、断られた。
／我向他求婚，卻遭到了拒絕。

**1438**
□□□

## もうしわけない
【申し訳ない】

（寒暄）實在抱歉，非常對不起，十分對不起

（例）上司の期待を裏切ってしまい、申し訳ない気持ちでいっぱいだ。
／沒能達到上司的期待，心中滿是過意不去。

**1439**
□□□

## もうふ
【毛布】

（名）毛毯，毯子

（例）うちの子は、毛布をかけても寝ている間に蹴ってしまう。
／我家孩子就算蓋上毛毯，睡覺時也會踢掉。

**1440**
□□□

## もえる
【燃える】

（自下一）燃燒，起火；（轉）熱情洋溢，滿懷希望；
（轉）顏色鮮明

（類）燃焼する（ねんしょうする）

（例）ガスが燃えるとき、酸素が足りないと、一酸化炭素が出る。
／瓦斯燃燒時如果氧氣不足，就會釋放出一氧化碳。

**1441**
□□□

## もくてき
【目的】

（名）目的，目標

（類）目当て（めあて）

（例）情報を集めるのが彼の目的に決まっているよ。
／他的目的一定是蒐集情報啊。

---

**文法**

**に決まっている**
[ 肯定是… ]

▶ 説話者根據事物的規律，覺得一定是這樣，充滿自信的推測。

**1442** ☐☐☐
**もくてきち**
【目的地】
（名）目的地

例 タクシーで、目的地に着いたとたん料金が
上がった。
／乘坐計程車抵達目的地的那一刻又跳錶了。

文法
とたん [剛一…，立刻…]
▶ 表示前項動作和變化
完成的一瞬間，發生了
後項的動作和變化。

**1443** ☐☐☐
**もしかしたら**
（連語・副）或許，萬一，可能，說不定

類 ひょっとしたら

例 もしかしたら、貧血ぎみなのかもしれません。
／可能有一點貧血的傾向。

文法
気味 [ 趨勢 ]
▶ 表示身心、情況等有
這種傾向，用在主觀的
判斷。多用於消極。

**1444** ☐☐☐
**もしかして**
（連語・副）或許，可能

類 たぶん；ひょっとして

例 さっきの電話、もしかして伊藤さんからじゃないですか。
／剛剛那通電話，該不會是伊藤先生打來的吧？

**1445** ☐☐☐
**もしかすると**
（副）也許，或，可能

類 もしかしたら；そうだとすると；ひょっとすると
比 もしかすると：可實現性低的假定。
　 ひょっとすると：同上，但含事情突發性引起的驚訝感。

例 もしかすると、手術をすることなく病気を治せるかもしれない。
／或許不用手術就能治好病情也說不定。

**1446** ☐☐☐
**もち**
【持ち】
（接尾）負擔，持有，持久性

例 「気は優しくて力持ち」は男性の理想像です。
／我心目中理想的男性是「個性體貼又身強體壯」。

**1447** ☐☐☐
**もったいない**
（形）可惜的，浪費的；過份的，惶恐的，不敢當

類 残念（ざんねん）

例 これ全部捨てるの。もったいない。／這個全部都要丟掉嗎？好可惜喔。

## 1448 もどり【戻り】
□□□

名 恢復原狀；回家；歸途

例 お戻りは何時ぐらいになりますか。
／請問您大約什麼時候回來呢？

## 1449 もむ【揉む】
□□□

他五 搓，揉；捏，按摩；（很多人）互相推擠；爭辯；（被動式型態）錘鍊，受磨練

類 按摩する（あんまする）

例 おばあちゃん、肩もんであげようか。
／奶奶，我幫您捏一捏肩膀吧？

## 1450 もも【股・腿】
□□□

名 股，大腿

例 膝が悪い人は、ももの筋肉を鍛えるとよいですよ。
／膝蓋不好的人，鍛鍊腿部肌肉有助於復健喔！

## 1451 もやす【燃やす】
□□□

他五 燃燒；（把某種情感）燃燒起來，激起

類 焼く（やく）

例 それを燃やすと、悪いガスが出るおそれがある。
／燒那個的話，有可能會產生有毒氣體。

文法
恐れがある［恐怕會…］
▶ 表示有發生某種消極事件的可能性。只限於用在不利的事件。

## 1452 もん【問】
□□□

接尾 （計算問題數量）題

例 5問のうち4問は正解だ。
／五題中對四題。

## 1453 もんく【文句】
□□□

名 詞句，語句；不平或不滿的意見，異議

類 愚痴（ぐち）

例 私は文句を言いかけたが、彼の目を見て言葉を失った。
／我本來想抱怨，但在看到他的眼神以後，就不知道該說什麼了。

| 1454 □□□ **64** | や**かん**【夜間】 | ㊂ 夜間，夜晚 |

㊘ 夜

㊋ 夜間は危険なので外出しないでください。／晚上很危險不要外出。

| 1455 □□□ | や**く**す【訳す】 | ㊟他五 翻譯；解釋 |

㊘ 翻訳する

㊋ 今、宿題で、英語を日本語に訳している最中だ。

／現在正忙著做把英文翻譯成日文的作業。

**文法**
最中だ[ 正在…]
▶ 表示某一行為、動作正在進行中。

| 1456 □□□ | や**くだつ**【役立つ】 | ㊟自五 有用，有益 |

㊘ 有益（ゆうえき）

㊋ パソコンの知識が就職に非常に役立った。

／電腦知識對就業很有幫助。

| 1457 □□□ | や**くだてる**【役立てる】 | ㊟他下一（供）使用，使…有用 |

㊘ 利用

㊋ これまでに学んだことを実生活で役立ててください。

／請將過去所學到的知識技能，在實際的生活上充分展現發揮。

| 1458 □□□ | や**くにたてる**【役に立てる】 | ㊟慣（供）使用，使…有用 |

㊘ 有用（ゆうよう）

㊋ 少しですが、困っている人の役に立ててください。

／雖然不多，希望可以幫得上需要的人。

| 1459 □□□ | や**ちん**【家賃】 | ㊟ 房租 |

㊋ 家賃があまり高くなくて学生向きのアパートを探しています。

／正在找房租不太貴、適合學生居住的公寓。

**文法**
向きの[ 適合…]
▶ 表示為適合前面所接的名詞，而做的事物。

**1460** □□□
## やぬし
【家主】
㊟ 房東，房主；戶主（或唸：やぬし）

類 大家

例 うちの家主はとてもいい人です。
　　／我們房東人很親切。

**1461** □□□
## やはり・やっぱり
㊐ 果然；還是，仍然

類 果たして（はたして）

例 やっぱり、あなたなんかと結婚しなければよかった。
　　／早知道，我當初就不該和你這種人結婚。

**1462** □□□
## やね
【屋根】
㊟ 屋頂

例 屋根から落ちて骨を折った。／從屋頂上掉下來摔斷了骨頭。

**1463** □□□
## やぶる
【破る】
㊟ 弄破；破壞；違反；打敗；打破（記錄）

類 突破する（とっぱする）

例 警官はドアを破って入った。／警察破門而入。

**1464** □□□
## やぶれる
【破れる】
㊟ 破損，損傷；破壞，破裂，被打破；失敗

類 切れる（きれる）

例 上着がくぎに引っ掛かって破れた。／上衣被釘子鉤破了。

**1465** □□□
## やめる
【辞める】
㊟ 辭職；休學

例 仕事を辞めて以来、毎日やることがない。
　　／自從辭職以後，每天都無事可做。

| 1466 □□□ | やや | 副 稍微，略；片刻，一會兒 |

類 少し

例 スカートがやや短すぎると思います。
みじか　おも
／我覺得這件裙子有點太短。

| 1467 □□□ | やりとり【やり取り】 | 名・他サ 交換，互換，授受 |

例 高校のときの友達と今でも手紙のやり取りをしている。
こうこう　ともだち　いま　てがみ
／到現在仍然和高中時代的同學維持通信。

| 1468 □□□ | やるき【やる気】 | 名 幹勁，想做的念頭 |

例 彼はやる気はありますが、実力がありません。
かれ　き　じつりょく
／他雖然幹勁十足，但是缺乏實力。

| 1469 □□□ 65 | ゆうかん【夕刊】 | 名 晚報 |

例 うちでは夕刊も取っています。
ゆうかん　と
／我家連晚報都訂。

| 1470 □□□ | ゆうき【勇気】 | 形動 勇敢 |

類 度胸（どきょう）

例 彼女に話しかけるなんて、彼にそんな勇気
かのじょ　はな　かれ　ゆうき
があるわけがない。
／說什麼和她攀談，他根本不可能有那麼大的勇氣。

文法
わけがない［不可能…］
▶ 表示從道理上而言，
強烈地主張不可能或沒
有理由成立。

| 1471 □□□ | ゆうしゅう【優秀】 | 名・形動 優秀 |

例 国内はもとより、国外からも優秀な人材を
こくない　こくがい　ゆうしゅう　じんざい
集める。
あつ
／別說國內了，國外也延攬優秀的人才。

文法
はもとより［當然；不
用說］
▶ 表示一般程度的前項
自然不用說，就連程度
較高的後項也不例外。

**1472**
□□□
**ゆうじん**
【友人】
(名) 友人，朋友

(類) 友達

(例) 多くの友人に助けてもらいました。
／我受到許多朋友的幫助。

**1473**
□□□
**ゆうそう**
【郵送】
(名・他サ) 郵寄

(類) 送る

(例) プレゼントを郵送したところ、住所が違っていて戻ってきてしまった。
／將禮物用郵寄寄出，結果地址錯了就被退了回來。

**1474**
□□□
**ゆうそうりょう**
【郵送料】
(名) 郵費

(例) 速達で送ると、郵送料は高くなります。
／如果以限時急件寄送，郵資會比較貴。

**1475**
□□□
**ゆうびん**
【郵便】
(名) 郵政；郵件

(例) 注文していない商品が郵便で届き、代金を請求された。
／郵寄來了根本沒訂購的商品，而且還被要求支付費用。

**1476**
□□□
**ゆうびんきょくいん**
【郵便局員】
(名) 郵局局員

(例) 電話をすれば、郵便局員が小包を取りに来てくれますよ。
／只要打個電話，郵差就會來取件喔。

**1477**
□□□
**ゆうり**
【有利】
(形動) 有利

(例) 英語に加えて中国語もできれば就職に有利だ。
／除了英文，如果還會中文，對於求職將非常有利。

文法
に加えて [ 而且…]
▶ 表示在現有前項的事物上，再加上後項類似的別的事物。

**1478** ☐☐☐
**ゆか**
**【床】**
(名) 地板

例 日本では、床に布団を敷いて寝るのは普通のことです。
／在日本，在地板鋪上墊被睡覺很常見。

**1479** ☐☐☐
**ゆかい**
**【愉快】**
(名・形動) 愉快，暢快；令人愉快，討人喜歡；令人意想不到

(類) 楽しい
例 お酒なしでは、みんなと愉快に楽しめない。
／如果沒有酒，就沒辦法和大家一起愉快的享受。

**1480** ☐☐☐
**ゆずる**
**【譲る】**
(他五) 讓給，轉讓；謙讓，讓步；出讓，賣給；改日，延期

(類) 与える（あたえる）
例 彼は老人じゃないから、席を譲ることはない。
／他又不是老人，沒必要讓位給他。

文法
ことはない [ 用不著…]
▶ 表示鼓勵或勸告別人，沒有做某一行為的必要。

**1481** ☐☐☐
**ゆたか**
**【豊か】**
(形動) 豐富，寬裕；豐盈；十足，足夠

(反) 乏しい（とぼしい）
(類) 十分
例 小論文のテーマは「豊かな生活について」でした。
／短文寫作的題目是「關於豐裕的生活」。

**1482** ☐☐☐
**ゆでる**
**【茹でる】**
(他下一)（用開水）煮，燙

例 この麺は３分ゆでてください。
／這種麺請煮三分鐘。

**1483** ☐☐☐
**ゆのみ**
**【湯飲み】**
(名) 茶杯，茶碗

(類) 湯呑み茶碗
例 お茶を飲みたいので、湯飲みを取ってください。
／我想喝茶，請幫我拿茶杯。

文法
たい [ 想要…]
▶ 表示說話者的內心想做、想要的。

**1484** ☐☐☐
## ゆめ
### 【夢】
名 夢；夢想

反 現実
類 ドリーム
例 彼は、まだ甘い夢を見続けている。／他還在做天真浪漫的美夢！

---

**1485** ☐☐☐
## ゆらす
### 【揺らす】
他五 搖擺，搖動

類 動揺（どうよう）
例 揺りかごを揺らすと、赤ちゃんが喜びます。
／只要推晃搖籃，小嬰兒就會很開心。

---

**1486** ☐☐☐
## ゆるす
### 【許す】
他五 允許，批准；寬恕；免除；容許；承認；委託；信賴；疏忽，放鬆；釋放

反 禁じる 類 許可する
例 私を捨てて若い女と出て行った夫を絶対に許すものか。
／丈夫抛下我，和年輕女人一起離開了，絕不會原諒他這種人！

**文法**

ものか [決不…]
▶ 絕不做某事的決心、強烈否定對方的意見。

---

**1487** ☐☐☐
## ゆれる
### 【揺れる】
自下一 搖晃，搖動；躊躇

類 揺らぐ（ゆらぐ）
例 大きい船は、小さい船ほど揺れない。
／大船不像小船那麼會搖晃。

**文法**

ほど…ない [不像…那麼…]
▶ 表示兩者比較之下，前者沒有達到後者那種程度。

---

よ

**1488** ☐☐☐
**66**
## よ
### 【夜】
名 夜、夜晚

例 夜が明けて、東の空が明るくなってきた。
／天剛破曉，東方的天空泛起魚肚白了。

---

**1489** ☐☐☐
## よい
### 【良い】
形 好的，出色的；漂亮的；（同意）可以

例 良い子の皆さんは、まねしないでください。
／各位乖寶寶不可以做這種事喔！

**1490**
□□□

よいしょ

㊙（搬重物等吆喝聲）嘿咻

例「よいしょ」と立ち上がる。／一聲「嘿咻」就站了起來。

**1491**
□□□

よう
【様】

造語・漢造 樣子，方式；風格；形狀

例 Ｎ１に合格して、彼の喜び様はたいへんなものだった。
／得知通過了Ｎ１級測驗，他簡直喜不自勝。

**1492**
□□□

ようじ
【幼児】

㊅ 學齡前兒童，幼兒

類 赤ん坊

例 幼児は無料で利用できます。／幼兒可免費使用。

**1493**
□□□

ようび
【曜日】

㊅ 星期

例 ごみは種類によって出す曜日が決まっている。
／垃圾必須按照分類規定，於每週固定的日子丟棄。

文法
によって [ 按照…]
▶ 表示所依據的方法、方式、手段。

**1494**
□□□

ようふくだい
【洋服代】

㊅ 服裝費

類 衣料費

例 子どもたちの洋服代に月２万円もかかります。
／我們每個月會花高達兩萬日圓添購小孩們的衣物。

**1495**
□□□

よく
【翌】

漢造 次，翌，第二

例 酒を飲みすぎて、翌朝頭が痛かった。／喝了太多酒，隔天早上頭痛了。

**1496**
□□□

よくじつ
【翌日】

㊅ 隔天，第二天

類 明日　反 昨日

例 必ず翌日の準備をしてから寝ます。
／一定會先做好隔天出門前的準備才會睡覺。

## 1497 □□□

**よ|せる**
**【寄せる】**

(自下一・他下一) 靠近，移近；聚集，匯集，集中；加；投靠，寄身

類 近づく

例 皆様のご意見をお寄せください。

／請先彙整大家的意見。

## 1498 □□□

**よ|そう**
**【予想】**

(名・自サ) 預料，預測，預計

類 予測

例 こうした問題が起こることは、十分予想できた。

／完全可以想像得到會發生這種問題。

## 1499 □□□

**よ|の|なか**
**【世の中】**

(名) 人世間，社會；時代，時期；男女之情

類 世間（せけん）

例 世の中の動きに伴って、考え方を変えなければならない。

／隨著社會的變化，想法也得要改變才行。

**文法**

に伴って[隨著…]

▶ 表示隨著前項事物的變化而進展。

## 1500 □□□

**よ|ぼう**
**【予防】**

(名・他サ) 預防

類 予め（あらかじめ）

例 病気の予防に関しては、保健所に聞いてください。

／關於生病的預防對策，請你去問保健所。

**文法**

に関しては[關於…]

▶ 表示就前項有關的問題，做出「解決問題」性質的後項行為。

## 1501 □□□

**よ|み**
**【読み】**

(名) 唸，讀；訓讀；判斷，盤算

例 この字の読みは、「キョウ」「ケイ」の二つです。

／這個字的讀法有「キョウ」和「ケイ」兩種。

## 1502 □□□

**よ|る**
**【寄る】**

(自五) 順道去…；接近

類 近寄る

例 彼は、会社の帰りに飲みに寄りたがります。

／他下班回家時總喜歡順道去喝兩杯。

| 1503 □□□ | **よろこび** 【喜び】 | ㊂ 高興，歡喜，喜悅；喜事，喜慶事；道喜，賀喜 |
|---|---|---|

㋫ 悲しみ　㊓ 祝い事（いわいごと）

㋑ 子育ては、大変だけれど喜びも大きい。

／養育孩子雖然辛苦，但也相對得到很多喜悅。

| 1504 □□□ | **よわまる** 【弱まる】 | ㊣五 變弱，衰弱 |
|---|---|---|

㋑ 雪は、夕方から次第に弱まるでしょう。

／到了傍晚，雪勢應該會愈來愈小吧。

| 1505 □□□ | **よわめる** 【弱める】 | ㊔下一 減弱，削弱 |
|---|---|---|

㋑ 水の量が多すぎると、洗剤の効果を弱めることになる。

／如果水量太多，將會減弱洗潔劑的效果。

## 1506 □□□ track 67
### ら
### 【等】
接尾（表示複數）們；（同類型的人或物）等

例 君ら、まだ中学生だろ。たばこなんか吸っていいと思ってるの。
/你們還是中學生吧？以為自己有資格抽香菸什麼的嗎？

文法
なんか [ 什麼的 ]
▶ 表示從各種事物中例舉其一。

## 1507 □□□
### らい
### 【来】
接尾 以來

例 彼とは 10 年来の付き合いだ。/我和他已經認識十年了。

## 1508 □□□
### ライター
### 【lighter】
名 打火機

例 ライターで火をつける。/用打火機點火。

## 1509 □□□
### ライト
### 【light】
名 燈，光

例 このライトは暗くなると自動でつく。
/這盞燈只要周圍暗下來就會自動點亮。

## 1510 □□□
### らく
### 【楽】
名・形動・漢造 快樂，安樂，快活；輕鬆，簡單；富足，充裕

類 気楽（きらく）
例 生活が、以前に比べて楽になりました。
/生活比過去快活了許多。

文法
に比べて [ 與…相比 ]
▶ 表示比較、對照。

## 1511 □□□
### らくだい
### 【落第】
名・自サ 不及格，落榜，沒考中；留級

反 合格
類 不合格
例 彼は落第したので、悲しげなようすだった。
/他因為落榜了，所以很難過的樣子。

## 1512 □□□
### ラケット
### 【racket】
名（網球、乒乓球等的）球拍

例 ラケットを張りかえた。
/重換網球拍。

**1513**
□□□
ラッシュ
【rush】

名（眾人往同一處）湧現；蜂擁，熱潮

類 混雑（こんざつ）

例 28日ごろから帰省ラッシュが始まります。
　／從二十八號左右就開始湧現返鄉人潮。

**1514**
□□□
ラッシュアワー
【rushhour】

名 尖峰時刻，擁擠時段

例 ラッシュアワーに遇う。／遇上交通尖峰。

**1515**
□□□
ラベル
【label】

名 標籤，籤條

例 警告用のラベルを貼ったところで、事故は防げない。
　／就算張貼警告標籤，也無法防堵意外發生。

文法
たところで［結果…］
▶ 表示因某種目的去作某一動作，在契機下得到後項的結果。

**1516**
□□□
ランチ
【lunch】

名 午餐

例 ランチタイムにはお得なセットがある。／午餐時段提供優惠套餐。

**1517**
□□□
らんぼう
【乱暴】

名・形動・自サ 粗暴，粗魯；蠻橫，不講理；胡來，胡亂，亂打人

類 暴行（ぼうこう）

例 彼の言い方は乱暴で、びっくりするほどだった。
　／他的講話很粗魯，嚴重到令人吃驚的程度。

文法
ほど［得令人］
▶ 表示動作或狀態處於某種程度。

り

**1518**
□□□
**68**
リーダー
【leader】

名 領袖，指導者，隊長

例 山田さんは登山隊のリーダーになった。／山田先生成為登山隊的隊長。

**1519**
□□□
りか
【理科】

名 理科（自然科學的學科總稱）

例 理科系に進むつもりだ。／準備考理科。

## 1520 りかい 【理解】
□□□ （名・他サ）理解，領會，明白；體諒，諒解

（反）誤解（ごかい） （類）了解（りょうかい）

（例）彼がなんであんなことをしたのか、全然理解できない。
／完全無法理解他為什麼會做出那種事。

## 1521 りこん 【離婚】
□□□ （名・自サ）（法）離婚

（例）あんな人とは、もう離婚するよりほかない。
／和那種人除了離婚以外，再也沒有第二條路了。

**文法**

よりほかない［除了…之外沒有…］

▶ 後面伴隨著否定，表示這是唯一解決問題的辦法。

## 1522 リサイクル 【recycle】
□□□ （名・サ変）回收，（廢物）再利用

（例）このトイレットペーパーは牛乳パックをリサイクルして作ったものです。／這種衛生紙是以牛奶盒回收再製而成的。

## 1523 リビング 【living】
□□□ （名）起居間，生活間

（例）伊藤さんのお宅のリビングには大きな絵が飾ってあります。
／伊藤先生的住家客廳掛著巨幅畫作。

## 1524 リボン 【ribbon】
□□□ （名）緞帶，絲帶；髮帶；蝴蝶結

（例）こんなリボンがついた服、子供っぽくない。
／這種綴著蝴蝶結的衣服，不覺得孩子氣嗎？

## 1525 りゅうがく 【留学】
□□□ （名・自サ）留學

（例）アメリカに留学する。／去美國留學。

## 1526 りゅうこう 【流行】
□□□ （名・自サ）流行，時髦，時興；蔓延

（類）はやり

（例）去年はグレーが流行したかと思ったら、今年はピンクですか。
／還在想去年流行灰色，今年是粉紅色啊？

**1527**
☐☐☐

りょう
【両】

漢造 雙，兩

例 パイプオルガンは、両手ばかりでなく両足も
使って演奏する。

/管風琴不單需要雙手，還需要雙腳一起彈奏。

文法
ばかりでなく[ 不僅…
而且…]
▶ 表示除前項的情況之
外，還有後項程度更甚
的情況。

**1528**
☐☐☐

りょう
【料】

接尾 費用，代價

例 入場料が高かった割には、大したことのない展覧会だった。

/這場展覽的門票儘管很貴，但是展出內容卻不怎麼樣。

**1529**
☐☐☐

りょう
【領】

名・接尾・漢造 領土；脖領；首領

例 プエルトリコは、1898 年、スペイン領から米国領になった。

/波多黎各從一八九八年起，由西班牙領土成了美國領土。

**1530**
☐☐☐

りょうがえ
【両替】

名・他サ 兌換，換錢，兌幣

例 円をドルに両替する。

/日圓兌換美金。

**1531**
☐☐☐

りょうがわ
【両側】

名 兩邊，兩側，兩方面

類 両サイド

例 川の両側は崖だった。

/河川的兩側是懸崖。

**1532**
☐☐☐

りょうし
【漁師】

名 漁夫，漁民

類 漁夫（ぎょふ）

例 漁師の仕事をしていると、家を留守にしがちだ。

/如果從事漁夫工作，往往無法待在家裡。

文法
がちだ[ 往往會…]
▶ 表示即使是無意的，
也容易出現某種傾向。
一般多用於負面。

**1533**
□□□

りょく
【力】

漢造 力量

例 集中力がある反面、共同作業は苦手だ。
/雖然具有專注力，但是很不擅長通力合作。

文法
はんめん
反面［另一方面…］
▶ 表示同一種事物，同時兼具兩種不同性格的兩個方面。

る

**1534**
Track **69**

ルール
【rule】

名 規章，章程；尺，界尺

類 規則（きそく）

例 自転車も交通ルールを守って乗りましょう。
/騎乘自行車時也請遵守交通規則。

**1535**
□□□

るすばん
【留守番】

名 看家，看家人

例 子供が留守番の最中にマッチで遊んで火事になった。
/孩子單獨看家的時候玩火柴而引發了火災。

文法
さいちゅう
最中に［正在…］
▶ 表示某一行為在進行中。常用在突發什麼事的場合。

れ

**1536**
Track **70**

れい
【礼】

名・漢造 禮儀，禮節，禮貌；鞠躬；道謝，致謝；敬禮；禮品

類 礼儀（れいぎ）

例 いろいろしてあげたのに、礼も言わない。
/我幫他那麼多忙，他卻連句道謝的話也不說。

**1537**
□□□

れい
【例】

名・漢造 慣例；先例；例子

例 前例がないなら、作ればいい。
/如果從來沒有人做過，就由我們來當開路先鋒。

**1538**
□□□

れいがい
【例外】

名 例外

類 特別

例 これは例外中の例外です。/這屬於例外中的例外。

讀書計劃：□□／□□

**1539**
□□□

れいぎ
【礼儀】

名 禮儀，禮節，禮法，禮貌

類 礼節（れいせつ）

例 部長のお子さんは、まだ小学生なのに礼儀正しい。
／總理的孩子儘管還是小學生，但是非常有禮貌。

**1540**
□□□

レインコート
【raincoat】

名 雨衣

例 レインコートを忘れた。／忘了帶雨衣。

**1541**
□□□

レシート
【receipt】

名 收據；發票

類 領収書（りょうしゅうしょ）

例 レシートがあれば返品できますよ。／有收據的話就可以退貨喔。

**1542**
□□□

れつ
【列】

名・漢造 列，隊列，隊；排列；行，列，級，排

類 行列（ぎょうれつ）

例 ずいぶん長い列だったけれど、食べたいんだ
から並ぶしかない。／雖然排了長長一條人龍，但
是因為很想吃，所以只能跟著排隊了。

文法

たい［想要…］
▶ 表示説話者的內心想
做、想要的。

しかない［只好…］
▶ 表示只有這唯一可行
的，沒有別的選擇。

**1543**
□□□

れっしゃ
【列車】

名 列車，火車

類 汽車

例 列車に乗ったとたんに、忘れ物に気がついた。
／一踏上火車，就赫然發現忘記帶東西了。

文法

とたんに［剛…就…］
▶ 表示前項動作和變化
完成的一瞬間，發生了
後項的動作和變化。

**1544**
□□□

レベル
【level】

名 水平，水準；水平線；水平儀

類 平均，水準（すいじゅん）

例 失業して、生活のレベルを維持できない。
／由於失業而無法維持以往的生活水準。

**1545** □□□
**れんあい**
【恋愛】
（名・自サ）戀愛

（類）恋

（例）同僚に隠れて社内恋愛中です。／目前在公司裡偷偷摸摸地和同事談戀愛。

**1546** □□□
**れんぞく**
【連続】
（名・他サ・自サ）連續，接連

（類）引き続く（ひきつづく）

（例）うちのテニス部は、3年連続して全国大会に出場している。
／我們的網球隊連續三年都參加全國大賽。

**1547** □□□
**レンタル**
【rental】
（名・サ変）出租，出賃；租金

（例）車をレンタルして、旅行に行くつもりです。／我打算租輛車去旅行。

**1548** □□□
**レンタルりょう**
【rental 料】
（名）租金

（類）借り賃（かりちん）

（例）こちらのドレスのレンタル料は、5万円です。
／擺在這邊的禮服，租用費是五萬圓。

**ろ**

**1549** □□□
**71**
**ろうじん**
【老人】
（名）老人，老年人

（類）年寄り（としより）

（例）老人は楽しそうに、「はっはっは」と笑った。
／老人快樂地「哈哈哈」笑了出來。

**1550** □□□
**ローマじ**
【Roma 字】
（名）羅馬字（或唸：ローマじ）

（例）ローマ字入力では、「を」は「wo」と打つ。
／在羅馬拼音輸入法中，「を」是鍵入「wo」。

**1551** □□□
**ろくおん**
【録音】
（名・他サ）錄音

（例）彼は録音のエンジニアだ。／他是錄音工程師。

---

**1552**
☐☐☐

## ろ|く|が
【録画】

（名・他サ）錄影

<small>⒙</small> 大河ドラマを録画しました。／我已經把大河劇錄下來了。

---

**1553**
☐☐☐

## ロ|ケット
【rocket】

（名）火箭發動機；（軍）火箭彈；狼煙火箭
（或唸：ロ|ケ|ット）

<small>⒙</small> 火星にロケットを飛ばす。／發射火箭到火星。

---

**1554**
☐☐☐

## ロ|ッカー
【locker】

（名）（公司、機關用可上鎖的）文件櫃；（公共場所
用可上鎖的）置物櫃，置物箱，櫃子

<small>⒙</small> 会社のロッカーには傘が入れてあります。／有擺傘在公司的置物櫃裡。

---

**1555**
☐☐☐

## ロ|ック
【lock】

（名・他サ）鎖，鎖上，閉鎖

<small>類</small> 鍵

<small>⒙</small> ロックが壊れて、事務所に入れません。
　　／事務所的門鎖壞掉了，我們沒法進去。

---

**1556**
☐☐☐

## ロ|ボ|ット
【robot】

（名）機器人；自動裝置；傀儡

<small>⒙</small> 家事をしてくれるロボットがほしいです。
　　／我想要一個會幫忙做家事的機器人。

| 文法 |
| --- |
| がほしい［想要…］<br>▶表示說話者希望得到某物。 |

---

**1557**
☐☐☐

## ろ|ん
【論】

（名・漢造・接尾）論，議論

<small>⒙</small> 一般論として、表現の自由は認められるべきだ。
　　／一般而言，應該要保障言論自由。

<u>文法</u> として［作為…］
　　　▶表示身份、地位、資格、立場、種類、作用等。有格助詞作用。

　　　べきだ［應當…］
　　　▶表示那樣做是應該的、正確的。常用在勸告、禁止及命令的場合。

---

**1558**
☐☐☐

## ろ|ん|じる・ろ|ん|ずる
【論じる・論ずる】

（他上一）論，論述，闡述

<small>類</small> 論争する（ろんそうする）　<small>補</small> サ行変格活用
<small>⒙</small> 国のあり方を論じる。／談論國家的理想樣貌。

---

JLPT
**279**

**1559**
□□□

**72**

わ
【羽】

接尾（數鳥或兔子）隻

例 {早口言葉} 裏庭には２羽、庭には２羽、鶏がいる。
／{繞口令} 後院裡有兩隻雞、院子裡有兩隻雞。

**1560**
□□□

わ
【和】

名 日本

例 伝統的な和菓子には、動物性の材料が全く入っていません。
／傳統的日式糕餅裡完全沒有摻入任何動物性的食材。

**1561**
□□□

ワイン
【wine】

名 葡萄酒；水果酒；洋酒

例 ワインをグラスにつぐ。
／將紅酒倒入杯子裡。

**1562**
□□□

わが
【我が】

連體 我的，自己的，我們的

例 何の罪もない我が子を殺すなんて、許せない。
／竟然殺死我那無辜的孩子，絕饒不了他！

**1563**
□□□

わがまま

名・形動 任性，放肆，肆意

類 自分勝手（じぶんかって）
例 わがままなんか言ってないもん。
／人家才沒有要什麼任性呢！

文法
なんか [ 什麼的 ]
▶ 表示從各種事物中例舉其一。

もん [ 因為…嘛 ]
▶ 多用在會話。語氣帶有不滿、反抗的情緒。多用於年輕女性或小孩。

**1564**
□□□

わかもの
【若者】

名 年輕人，青年

類 青年
反 年寄り
例 最近、若者たちの間で農業の人気が高まっている。
／最近農業在年輕人間很受歡迎。

| 1565 □□□ | わ\|かれ\| 【別れ】 | (名) 別，離別，分離；分支，旁系 |

(類) 分離（ぶんり）
(例) 別れが悲しくて、涙が出てきた。
／由於離別太感傷，不禁流下了眼淚。

| 1566 □□□ | わ\|かれ\|る 【分かれる】 | (自下一) 分裂；分離，分開；區分，劃分；區別 |

(例) 意見が分かれてしまい、とうとう結論が出なかった。
／由於意見分歧，終究沒能做出結論。

| 1567 □□□ | わく 【沸く】 | (自五) 煮沸，煮開；興奮 |

(類) 沸騰（ふっとう）
(例) お湯が沸いたから、ガスをとめてください。
／水煮開了，請把瓦斯關掉。

| 1568 □□□ | わ\|ける\| 【分ける】 | (他下一) 分，分開；區分，劃分；分配，分給；分開，排開，擠開（或唸：わ\|け\|る） |

(類) 分割する（ぶんかつする）
(例) 5回に分けて支払う。
／分五次支付。

| 1569 □□□ | わずか 【僅か】 | (副・形動)（數量、程度、價值、時間等）很少，僅僅；一點也（後加否定） |

(類) 微か（かすか）
(例) 貯金があるといっても、わずかなものです。
／雖說有儲蓄，但只有一點點。

| 1570 □□□ | わび 【詫び】 | (名) 賠不是，道歉，表示歉意 |

(類) 謝罪（しゃざい）
(例) 丁寧なお詫びの言葉をいただいて、かえって恐縮いたしました。
／對方畢恭畢敬的賠不是，反倒讓我不好意思了。

**1571** □□□
## わらい
【笑い】
（名）笑；笑聲；嘲笑，譏笑，冷笑

（類）微笑み（ほほえみ）

（例）おかしくて、笑いが止まらないほどだった。

／實在是太好笑了，好笑到停不下來。

文法

ほど [ 得令人 ]

▶ 表示動作或狀態處於某種程度。

**1572** □□□
## わり
【割り・割】
（造語）分配；（助數詞用）十分之一，一成；比例；得失

（類）パーセント

（例）いくら4割引きとはいえ、やはりブランド品は高い。

／即使已經打了六折，名牌商品依然非常昂貴。

**1573** □□□
## わりあい
【割合】
（名）比例；比較起來

（類）比率（ひりつ）

（例）一生結婚しない人の割合が増えている。

／終生未婚人口的比例愈來愈高。

**1574** □□□
## わりあて
【割り当て】
（名）分配，分擔

（例）仕事の割り当てをする。

／分派工作。

**1575** □□□
## わりこむ
【割り込む】
（自五）擠進，插隊；闖進；插嘴

（例）列に割り込まないでください。

／請不要插隊。

**1576** □□□
## わりざん
【割り算】
（名）（算）除法

（類）掛け算

（例）小さな子どもに、割り算は難しいよ。

／對年幼的小朋友而言，除法很難。

**1577**
□□□
わ|る
【割る】

他五 打，劈開；用除法計算

例 卵を割って、よくかき混ぜてください。
　／請打入蛋後攪拌均勻。

**1578**
□□□
わ|ん
【湾】

名 灣，海灣

例 東京湾にも意外とたくさんの魚がいる。
　／沒想到東京灣竟然也有很多魚。

**1579**
□□□
わ|ん
【椀・碗】

名 碗，木碗；（計算數量）碗

例 和食では、汁物はお椀を持ち上げて口をつけて飲む。
　／享用日本料理時，湯菜類是端碗就口啜飲的。

# MEMO

# N3
TEST

# JLPT

*以「國際交流基金日本國際教育支援協會」的「新しい『日本語能力試験』ガイドブック」為基準的三回「文字・語彙 模擬考題」。

## 問題1　漢字讀音問題 應試訣竅

　　這道題型要考的是漢字讀音問題，新制日檢出題形式改變了一些，但考點與舊制是一樣的。問題預估為8題。

　　漢字讀音分音讀跟訓讀，預估音讀跟訓讀將各佔一半的分數。音讀中要注意的有濁音、長短音、促音、撥音⋯等問題。而日語固有讀法的訓讀中，也要注意特殊的讀音單字。當然，發音上有特殊變化的單字，出現比率也不低。我們歸納分析一下：

1. 音讀：接近國語發音的音讀方法。如：「花」唸成「か」、「犬」唸成「けん」。

2. 訓讀：日本原來就有的發音。如：「花」唸成「はな」、「犬」唸成「いぬ」。

3. 熟語：由兩個以上的漢字組成的單字。如：練習、切手、毎朝、見本等。
   其中還包括日本特殊的固定讀法，就是所謂的「熟字訓読み」。如：「小豆」（あずき）、「土産」（みやげ）、「海苔」（のり）等。

4. 發音上的變化：字跟字結合時，產生發音上變化的單字。如：春雨（はるさめ）、反応（はんのう）、酒屋（さかや）等。

問題1 ＿＿＿のことばの読み方として最もよいものを１・２・３・４から
一つ選びなさい。

1 ここの<u>景色</u>は、いつ見ても最高です。
1 けいいろ 　　　　2 けいしょく 　　3 けしき 　　　　4 けいしき

2 伊藤さんは<u>非常</u>に熱心に発音のれんしゅうをしています。
1 ひじょう 　　　　2 ひじょお 　　　3 ひじょ 　　　　4 ひしょう

3 私が<u>納得</u>し得る説明をしてくださいませんか。
1 なつとく 　　　　2 のうとく 　　　3 なとく 　　　　4 なっとく

4 医学に<u>興味</u>がありますが、医学部に入るのはとてもむずかしいです。
1 きょおみ 　　　　2 きょふみ 　　　3 きょうみ 　　　4 きょみ

5 会社の<u>周り</u>はちかてつもあり、交通がとても便利です。
1 まはり 　　　　　2 まわり 　　　　3 まはあり 　　　4 まわあり

6 優勝を<u>祝って</u>、チームのみんなと乾杯しました。
1 さわって 　　　　2 うたって 　　　3 あたって 　　　4 いわって

7 警察にもきかれましたが、あの<u>お嬢さん</u>とわたしは何の関係もありません。
1 おしょうさん 　　2 おぼうさん 　　3 おひめさん 　　4 おじょうさん

8 タクシーの運転手さんに住所をいい<u>間違えた</u>。
1 まちかえた 　　　2 まてがえた 　　3 まちがえた 　　4 までがえた

JLPT
287

## 問題 2 　漢字書寫問題 應試訣竅

　　這道題型要考的是漢字書寫問題，新制日檢出題形式改變了一些，但考點與舊制是一樣的。問題預估為6題。

　　這道題要考的是音讀漢字跟訓讀漢字，預估將各佔一半的分數。音讀漢字考點在識別詞的同音異字上，訓讀漢字考點在掌握詞的意義，及該詞的表記漢字上。

　　解答方式，首先要仔細閱讀全句，從句意上判斷出是哪個詞，浮想出這個詞的表記漢字，確定該詞的漢字寫法。也就是根據句意確定詞，根據詞意來確定字。如果只看畫線部分，很容易張冠李戴，要小心喔。

問題2 _____のことばを漢字で書くとき、最もよいものを1・2・3・4から一つ選びなさい。

**9** われわれは<u>しぜん</u>の恩恵を受けて生きているのだから、感謝しなければなりません。
1 天然　　　　　　2 自然　　　　　　3 天燃　　　　　　4 自燃

**10** 今日からタイプを<u>とくべつ</u>練習することにしました。
1 得別　　　　　　2 特別　　　　　　3 侍別　　　　　　4 特另

**11** 夏休みの<u>けいかく</u>については、あとでお父さんと相談します。
1 計画　　　　　　2 什画　　　　　　3 辻画　　　　　　4 汁画

**12** 陽気で誰とでもすぐに仲良くなれる子だから、ここを<u>はなれて</u>も笑顔でやっていくでしょう。
1 遠れて　　　　　2 別れて　　　　　3 離れて　　　　　4 隔れて

**13** 発想の<u>ゆたかな</u>人が周りにいると、良い刺激をうけることができる。
1 豊　　　　　　　2 豊な　　　　　　3 豊かな　　　　　4 豊たかな

**14** 3年生の学生は2時になったら講堂に<u>あつまって</u>ください。
1 集まって　　　　2 寄まって　　　　3 合まって　　　　4 群って

## 問題3　選擇符合文脈的詞彙問題 應試訣竅

　　這道題型要考的是選擇符合文脈的詞彙問題。這是延續舊制的出題方式，問題預估為11題。

　　這道題主要測試考生是否能正確把握詞義，如類義詞的區別運用能力，及能否掌握日語的獨特用法或固定搭配等等。預測名詞、動詞、形容詞、副詞的出題數都有一定的配分。另外，外來語也估計會出一題，要多注意。

　　由於我們的國字跟日本的漢字之間，同形同義字占有相當的比率，這是我們得天獨厚的地方。但相對的也存在不少的同形不同義的字，這時候就要注意，不要太拘泥於國字的含義，而混淆詞義。應該多從像「自覚が足りない」（覺悟不夠）、「絶対安静」（得多靜養）、「口が堅い」（口風很緊）等日語固定的搭配，或獨特的用法來做練習才是。這樣才能加深對詞義的理解、並達到豐富詞彙量的目的。

**問題3**　（　　　　　）に入れるのに最もよいものを、1・2・3・4から一つ選びなさい。

**15** 退職したら、田舎に帰って（　　　）した生活を送りたい。

1　のんびり　　　　2　のろのろ　　　3　まごまご　　　4　うっかり

**16** おとうさんは50歳をすぎてからだんだん（　　　）だしました。

1　増え　　　　　2　太り　　　　　3　壊れ　　　　　4　足り

**17** 教会に（　　　）つづけて、もう15年になります。

1　むかえ　　　　2　かよい　　　　3　けいけんし　　4　とおり

**18** ストレスが（　　　）と、体に色々な症状が出てきます。

1　ためる　　　　2　とどまる　　　3　たまる　　　　4　たくわえる

**19** きょうは寒いので（　　　）にします。

1　スリッパ　　　　2　セーター　　　　3　サンダル　　　4　ガソリン

**20** 母への（　　　）を選び終わったら、食事にしましょうか。

1　コンサート　　　2　プレゼント　　　3　グラム　　　　4　エレベーター

**21** うちの猫は暗くてせまいところに入りたがりますが、（　　　）ですか。

1　りゆう　　　　　2　げんいん　　　　3　なぜ　　　　　4　わけ

**22** 夫婦として（　　　）やっていくにはどうすればいいのでしょうか。

1　うまく　　　　　2　あまく　　　　　3　ほしく　　　　4　すごく

**23** 家族で（　　　）が見えるホテルに泊まろうと思う。

1　おみやげ　　　　2　もめん　　　　　3　みずうみ　　　4　いっぱん

**24** （　　　）を送ったのに、届いていなかったようです。

1　いいわけ　　　　2　でんごん　　　　3　でんわ　　　　4　でんぽう

**25** 半分も使わずに捨ててしまうなんて、（　　　）といったらないですよ。

1　でたらめ　　　　2　のろい　　　　　3　やかましい　　4　もったいない

## 問題 4　替換同義詞 應試訣竅

　　這道題型要考的是替換同義詞的問題，這是延續舊制的出題方式，問題預估為 5題。

　　這道題的題目會給一個較難的詞彙，請考生從四個選項中，選出意思相近的詞彙來。選項中的詞彙一般比較簡單。也就是把難度較高的詞彙，改成較簡單的詞彙。

　　預測名詞、動詞、形容詞、副詞的出題數都有一定的配分。另外，外來語估計也會出一題，要多注意。

　　針對這道題，準備的方式是，將詞義相近的字一起記起來。這樣，透過聯想記憶來豐富詞彙量，並提高答題速度。

**問題 4　　＿＿＿＿のことばに最も近いものを、1・2・3・4から一つ選びなさい。**

26 時々寒い日があるので、まだストーブは<u>しまって</u>いません。
　　1　つかって　　　　2　もちいて　　　3　かたづけて　　4　すませて

27 伊藤さんのコミュニケーションの技術は<u>大したもの</u>だ。
　　1　おおきい　　　　2　すごい　　　　3　じゅうぶん　　4　いだい

28 先輩として<u>アドバイス</u>するとしたら、みなさんにはぜひ柔軟性を身につけてほしいですね。
　　1　責任　　　　　　2　忠告　　　　　3　指導　　　　　4　説明

29 この広告の主な<u>狙い</u>は、若者の関心を引くことにあります。
　　1　役割　　　　　　2　目標　　　　　3　役目　　　　　4　目的

30 どういう状況でけがをしたのか、<u>おおよその</u>様子を話してください。
　　1　はっきりとした　2　だいたいの　　3　ほぼの　　　　4　本当の

## 問題5　判斷詞彙正確的用法 應試訣竅

　　這道題型要考的是判斷詞彙正確用法的問題，這是延續舊制的出題方式，問題預估為5題。

　　詞彙在句子中怎樣使用才是正確的，是這道題主要的考點。預測名詞、動詞、形容詞、副詞的出題數都有一定的配分。名詞以2個漢字組成的詞彙為主，動詞有漢字跟純粹假名的，副詞就舊制的出題形式來看，也有一定的比重。

　　針對這一題型，該怎麼準備呢？方法是，平常背詞彙的時候，多看例句，多唸幾遍例句，最好把單字跟例句一起背起來。這樣，透過仔細觀察單字在句中的用法與搭配的形容詞、動詞、副詞…等，可以有效增加自己的「日語語感」。而該詞彙是否適合在該句子出現，很容易就能感覺出來了。

問題5　つぎのことばの使い方として最もよいものを、1・2・3・4から一つ選びなさい。

**31** かみ

1　かみがずいぶん長くなったので、切ろうと思います。

2　ご飯を食べた後はかみをきれいに磨きます。

3　小さいごみがかみに入って、痛いです。

4　風邪を引かないように家に着いたら、かみを洗いましょう。

**32** ひろう

1　鈴木さんがかわいいギターを私にひろいました。

2　学校へ行く途中500円ひろいました。

3　いらなくなった本は友達にひろいます。

4　燃えないごみは火曜日の朝にひろいます。

**33** たおれる

1 今日は道がたおれやすいので、気をつけてね。

2 高校の横の大きな木がたおれました。

3 コンピューターが水に濡れてたおれてしまいました。

4 消しゴムが机からたおれました。


**34** もっとも

1 意見を言っても、もっとも聞いてもらえないなら、言うだけ無駄でしょう。

2 もっともだから、普段あまり食べられないものをいただきましょうよ。

3 冷静に考えれば、彼女が反発を覚えるのももっともです。

4 日帰り旅行でも、家族と一緒に行ければ、それだけでもっとも嬉しいです。


**35** 少なくとも

1 この対策で少なくとも効果が出るとは限らない。

2 事件の影響を受けて、少なくとも5000万円の損失が見込まれている。

3 人気の俳優が出演していると言っても、少なくとも面白い作品だろう。

4 彼は製品の特徴どころか、少なくとも商品名さえ覚えていない。

問題1 ＿＿＿＿のことばの読み方として最もよいものを１・２・３・４から
一つ選びなさい。

1 あには政治や法律を勉強しています。
1 せいじ 　　　2 せえじ 　　　3 せっじ 　　　4 せじ

2 信用していたからこそ、裏切られた悲しみが、次第に恨みにかわっていった。
1 しんよう 　　　2 しよう 　　　3 しいよう 　　　4 しうよう

3 どういうわけか夜間のほうが日中より集中して、暗記することができます。
1 やま 　　　2 よるま 　　　3 やかん 　　　4 よるかん

4 警官に事故のことをいろいろ話しました。
1 じこう 　　　2 じっこ 　　　3 じこ 　　　4 じこお

5 火事の原因は煙草だと分かりました。
1 げえいん 　　　2 げんいん 　　　3 げへいん 　　　4 げえい

6 朝から首の具合がわるいので、病院に行きたいです。
1 くび 　　　2 ぐび 　　　3 くひ 　　　4 ぐひ

7 引っ越し会社の工員から上手な運搬の方法を教わったところです。
1 おさわった 　　　2 おしわった 　　　3 おせわった 　　　4 おそわった

8 社長からの贈り物は今夜届くことになっています
1 ととく 　　　2 どどく 　　　3 どとく 　　　4 とどく

問題2 ＿＿＿＿のことばを漢字で書くとき、最もよいものを１・２・３・４から一つ選びなさい。

**9** 台風のせいで水道も<u>でんき</u>もとまってしまいました。

1 電池 　　　　　 2 電気 　　　　　 3 電機 　　　　　 4 電器

**10** 送別会が始まると同時に、卒業生が立ち上がって、先生に向かって<u>おじぎ</u>をした。

1 お辞儀 　　　　 2 お自儀 　　　　 3 お辞義 　　　　 4 お辞議

**11** 作品ごとに<u>くべつ</u>して、書道はこちら、彫刻はあちらに展示しています。

1 区別 　　　　　 2 区分 　　　　　 3 工別 　　　　　 4 工分

**12** <u>まぶた</u>を閉じると、悲劇がまるで昨日のことのように浮かんできます。

1 瞳 　　　　　　 2 目 　　　　　　 3 眼 　　　　　　 4 瞼

**13** 私の家では夕食の時間は８時と<u>きまっています</u>。

1 決っています 　　　　　　　　 2 決ています

3 決まっています 　　　　　　　 4 決めています

**14** 太鼓のリズムに合わせて、幕が少しずつ<u>おろされ</u>ます。

1 垂ろされ 　　　 2 下ろされ 　　　 3 落ろされ 　　　 4 卸ろされ

問題3 （　　　　）に入れるのに最もよいものを、1・2・3・4から一つ選びなさい。

15 台風のせいで、水は止まるし、（　　　）し、散々な一日でした。
　1　ていしゃする　　2　ていしする　　3　ていでんする　4　きゅうがくする

16 勉強しているところ、（　　　）してすみません。
　1　不便　　　　　　2　適当　　　　　　3　邪魔　　　　　4　複雑

17 珍しいものがたくさん展示してあると聞いたので、ちょっと（　　　）させてくださいませんか。
　1　紹介　　　　　　2　拝見　　　　　　3　案内　　　　　4　用意

18 どこからかパンを（　　　）匂いがします。
　1　やける　　　　　2　かわく　　　　　3　わかす　　　　4　やく

19 部品に問題があることが分かったので、発売日が（　　　）ことになりました。
　1　変化する　　　　2　変化される　　　3　変更する　　　4　変更される

20 どの（　　　）を使うか今日中に決めなくちゃいけない。
　1　アルバイト　　　2　テキスト　　　　3　サンドイッチ　　　4　テスト

21 今から明日提出する（　　　）の資料をさがして、まとめないといけません。
　1　レポート　　　　2　リード　　　　　3　クリーニング　　　4　サイン

**22** 学ぶことの（　　　）がやっと分かってきました。

  1　おかしさ　　　　　2　たのしさ　　　3　さびしさ　　　4　うまさ

**23** こんな平和な時代に、（　　　）戦争が起きるなんて、夢にも思わなかった。

  1　まさか　　　　　　2　もしかすると　3　まさに　　　　4　さすが

**24** 出かけようと思っていたところ、私の（　　　）がお腹が痛いといいだした。

  1　むすめ　　　　　　2　じんこう　　　3　ぼく　　　　　4　ひと

**25** 彼女ができてからというもの、山田君はずいぶん（　　　）が悪くなった。

  1　交際　　　　　　　2　付き合い　　　3　往復　　　　　4　交流

問題4　＿＿＿＿のことばに最も近いものを、１・２・３・４から一つ選びな
　　　　さい。

26　幼稚園児にはこのスカートはやや大きい。
　　1　ずいぶん　　　　2　かなり　　　　3　少し　　　　4　相当

27　冷ましてから食べた方が、味が良く染みておいしいですよ。
　　1　こごえて　　　　2　ふるえて　　　　3　こおらせて　　4　つめたくして

28　野球の場内アナウンスをやらせてもらいました。
　　1　案内　　　　　　2　放送　　　　　　3　警備　　　　4　裁判

29　プールに入る人は、壁に貼ってある決まりを守らなければいけません。
　　1　義務　　　　　　2　決定　　　　　　3　注文　　　　4　規則

30　小犬がしきりに足を動かしている。
　　1　たちまち　　　　2　ごういんに　　　3　そっと　　　4　絶えず

## 問題5 つぎのことばの使い方として最もよいものを、1・2・3・4から 一つ選びなさい。

**31** おれい

1 すみません。私の間違いでした。ここに<u>おれい</u>させていただきます。
2 合格できたのはあなたのおかげです。ぜひ<u>おれい</u>させてください。
3 駅まで鈴木さんを<u>おれい</u>にいってきます。
4 事故にあった友人の<u>おれい</u>に病院へ行きます。

**32** つつむ

1 そこにある野菜を全部なべに<u>つつんでください</u>。
2 旅行の荷物は全部かばんに<u>つつみましょうね</u>。
3 プレゼントをきれいな紙で<u>つつみました</u>。
4 お店の品物は棚に<u>つつんで</u>あります。

**33** あく

1 水曜日なら時間が<u>あいて</u>います。
2 お腹がとても<u>あいたので</u>、なにか食べたいです。
3 テストの点数が<u>あいたので</u>お母さんに怒られました。
4 風邪を引いてすこし<u>あいて</u>しまったようです。

**34** 果たして

1 吹雪は今夜から<u>果たして</u>ひどくなるでしょう。
2 教授の指示通りにすれば、実験が<u>果たして</u>成功するはずです。
3 摂取するカロリーを制限して、夏までに体重を<u>果たして</u>45キロにします。
4 この成績で<u>果たして</u>希望する大学に合格できるのだろうか。

**35** ますます

1 映画館の入り口で<u>ますます</u>大学時代の友人に会って、びっくりしました。

2 機器を最新のものに取り換えたおかげで、<u>ますます</u>仕事の効率が上がりました。

3 10時間に及んだ手術が<u>ますます</u>終了するそうです。

4 種を植えて、大切に育てたトマトを昨日<u>ますます</u>収穫しました。

問題1 ＿＿＿＿のことばの読み方として最もよいものを1・2・3・4から一つ選びなさい。

**1** 30歳という年齢の割に、彼は驚くほど幼稚です。
1 ようぢ 　　　　2 ようち 　　　　3 よおち 　　　　4 よっち

**2** さきほどの手品は誰にも真似できない高度なものだそうです。
1 まに 　　　　2 しんに 　　　　3 もことに 　　　　4 まね

**3** どうやら希望したとおり、薬局に就職することができそうです。
1 しゅしょく 　　2 しゅうじょく 　3 しゅうしょく 　4 しゅっしょく

**4** 経済のことなら伊藤さんに伺ってください。彼の専門ですから。
1 せんも 　　　　2 せえもん 　　　3 せいもん 　　　4 せんもん

**5** 世界のいろんなところで戦争があります。
1 せんそお 　　　2 せんぞう 　　　3 せんそう 　　　4 せんそ

**6** 母が郵送してくれた箱の中身は、産地直送の果実でした。
1 なかしん 　　　2 ちゅうしん 　　3 なかみ 　　　　4 ちゅうみ

**7** 母は隣の寺の木を大切に育てています。
1 おてら 　　　　2 てら 　　　　3 おでら 　　　　4 おってら

**8** 大きな鏡が応接間のよこにかけてあります。
1 がかみ 　　　　2 かかみ 　　　3 かがみ 　　　　4 かっかみ

問題2　_____のことばを漢字で書くとき、最もよいものを1・2・3・4から一つ選びなさい。

9　芝居があまりに下手だったので、盛り上がるはずの<u>ばめん</u>も静かなものでした。

1　場面　　　　2　馬面　　　　3　場緬　　　　4　場所

10　<u>おしょうがつ</u>には食卓にお餅が上ります。

1　お明月　　　2　お正月　　　3　お疋月　　　4　お互月

11　この1ヶ月の間に<u>たいじゅう</u>が5キロも増加してしまいました。

1　体積　　　　2　体重　　　　3　休重　　　　4　体薫

12　大きな地震がおきて、たくさんの家が<u>こわれました</u>。

1　損れました　　2　壊れました　　3　破れました　　4　障れました

13　このままだと、弟に<u>おいこされて</u>しまうんじゃないかしら。

1　抜越されて　　2　追い越されて　　3　通り越されて　　4　追い超されて

14　<u>いなか</u>のほうが都会より安全といえますか。

1　田舎　　　　2　村里　　　　3　田園　　　　4　港町

**15** ざんねんですが、入学説明会へのしゅっせきは（　　　）させていただきます。

1　遠慮　　　　　　2　考慮　　　　　3　利用　　　　　4　心配

**16** 忘れたいことを（　　　）しまった。

1　起こして　　　　2　捕まえて　　　3　思って　　　　4　思い出して

**17** 古いカメラですが、（　　　）するまで使いつづけるつもりです。

1　しっぱい　　　　2　ゆしゅつ　　　3　りよう　　　　4　こしょう

**18** もしあと１時間遅く病院についていたら、（　　　）でしょうと言われました。

1　助からなかった　2　助けなかった　3　望めなかった　4　望まなかった

**19** おにぎりを作るご飯はもう（　　　）ある。

1　ゆでて　　　　　2　炊いて　　　　3　煮て　　　　　4　焦げて

**20** 高校生になったら（　　　）をしたいとかんがえています。

1　オートバイ　　　2　アルバイト　　3　テキスト　　　4　テニスコート

**21** 明日の待ち合わせ場所は駅の改札にしますか。それとも（　　　）にしますか。

1　プラスチック　　　　　　　　　2　プラットホーム

3　パターン　　　　　　　　　　　4　セメント

**22** こちらが今日の（　　　）メニューでございます。

1　しんせつ　　　2　だいじ　　　3　とくべつ　　　4　じゅうぶん

**23** 注意しても（　　　）親のいうことを聞きません。

1　きっと　　　2　ちっとも　　　3　だいたい　　　4　とうとう

**24** 娘は反抗期に入ったのか、あれがいい、これが嫌だと（　　　）を言うようになりました。

1　皮肉　　　　2　問い　　　　3　わがまま　　　4　独り言

**25** 私が手を振って（　　　）したら、撮影を開始してください。

1　看板　　　　2　合図　　　　3　目印　　　　4　標識

問題4 ＿＿＿＿のことばに最も近いものを、1・2・3・4から一つ選びな
さい。

**26** もし遠足が延期になったら、それはそれでやっかいだ。
1 からっぽ　　　　　2 いたずら　　　　3 いじわる　　　　4 めんどう

**27** 春から転勤されることは、鈴木より承っております。
1 係って　　　　　　2 話して　　　　　3 聞いて　　　　　4 拝んで

**28** スポーツでプロ選手とアマチュア選手の違いってどこだと思いますか。
1 専門家　　　　　　2 達人　　　　　　3 玄人　　　　　　4 愛好家

**29** こういう柄のシャツは珍しいから、少しぐらい高くても買いたいです。
1 色　　　　　　　　2 模様　　　　　　3 スタイル　　　　4 様子

**30** 何度も話し合いを重ねて、ようやく計画の方向が見えてきました。
1 たちまち　　　　　2 おそらく　　　　3 やっと　　　　　4 きっと

問題 5　つぎのことばの使い方として最もよいものを、 1・2・3・4から
　　　　一つ選びなさい。

31　したぎ

1　したぎの下にセーターを着るとあたたかいです。

2　太陽が強い日はしたぎをかぶりなさい。

3　したぎを右と左、はき間違えました。

4　したぎは毎日かえなさい。

32　たな

1　すみません、たなからお茶碗をとってくれませんか。

2　スーパーで買ってきたお肉やお魚はたなに入れてあります。

3　どうぞたなに座ってゆっくりしてください。

4　ご飯ができましたから、たなに運んでいただきましょう。

33　ふえる

1　よく食べるので、だんだん体がふえてきました。

2　成績がふえたのでお父さんが褒めてくれました。

3　政治に興味がない人がふえています。

4　最近ガソリンの値段がふえました。

34　所々

1　長い間休んでいないので、今月は休暇を所々とることにします。

2　彼は家族や友人など所々の人にとても愛されています。

3　孫が遊びに来ると、所々遊園地に行ったり動物園に行ったりします。

4　所々空席が見られますが、初日としては観客も多く、好調な出だしといえる
　　でしょう。

**35** まるで

1 解決してしまうと、あんなに悩んでいたのが<u>まるで</u>嘘のように感じられます。

2 フランス語が話せると言っても、<u>まるで</u>簡単な挨拶ができるだけです。

3 さっきテレビに映っていたのは、<u>まるで</u>おじいちゃんに違いない。

4 私の記憶が正しければ、ゆきちゃんは<u>まるで</u>上司の遠い親戚ですよ。

## 第一回

### 問題1

| 1 | 3 | | 2 | 1 | | 3 | 4 | | 4 | 3 | | 5 | 2 |
| 6 | 4 | | 7 | 4 | | 8 | 3 |

### 問題2

| 9 | 2 | | 10 | 2 | | 11 | 1 | | 12 | 3 | | 13 | 3 |
| 14 | 1 |

### 問題3

| 15 | 1 | | 16 | 2 | | 17 | 2 | | 18 | 3 | | 19 | 2 |
| 20 | 2 | | 21 | 3 | | 22 | 1 | | 23 | 3 | | 24 | 4 |
| 25 | 4 |

### 問題4

| 26 | 3 | | 27 | 2 | | 28 | 2 | | 29 | 4 | | 30 | 2 |

### 問題5

| 31 | 1 | | 32 | 2 | | 33 | 2 | | 34 | 3 | | 35 | 2 |

## 第二回

### 問題1

| 1 | 1 | | 2 | 1 | | 3 | 3 | | 4 | 3 | | 5 | 2 |
| 6 | 1 | | 7 | 4 | | 8 | 4 |

## 問題 2

| 9 | 2 | 10 | 1 | 11 | 1 | 12 | 4 | 13 | 3 |
|---|---|----|---|----|---|----|---|----|---|
| 14 | 2 | | | | | | | | |

## 問題3

| 15 | 3 | 16 | 3 | 17 | 2 | 18 | 4 | 19 | 4 |
|----|---|----|---|----|---|----|---|----|---|
| 20 | 2 | 21 | 1 | 22 | 2 | 23 | 1 | 24 | 1 |
| 25 | 2 | | | | | | | | |

## 問題4

| 26 | 3 | 27 | 4 | 28 | 2 | 29 | 4 | 30 | 4 |
|----|---|----|---|----|---|----|---|----|---|

## 問題5

| 31 | 2 | 32 | 3 | 33 | 1 | 34 | 4 | 35 | 2 |
|----|---|----|---|----|---|----|---|----|---|

# 第三回

## 問題1

| 1 | 2 | 2 | 4 | 3 | 3 | 4 | 4 | 5 | 3 |
|---|---|---|---|---|---|---|---|---|---|
| 6 | 3 | 7 | 2 | 8 | 3 | | | | |

## 問題 2

| 9 | 1 | 10 | 2 | 11 | 2 | 12 | 2 | 13 | 2 |
|---|---|----|---|----|---|----|---|----|---|
| 14 | 1 | | | | | | | | |

## 問題3

| 15 | 1 | 16 | 4 | 17 | 4 | 18 | 1 | 19 | 2 |
|----|---|----|---|----|---|----|---|----|---|
| 20 | 2 | 21 | 2 | 22 | 3 | 23 | 2 | 24 | 3 |
| 25 | 2 | | | | | | | | |

**問題4**

| 26 | 4 | 27 | 3 | 28 | 4 | 29 | 2 | 30 | 3 |

**問題5**

| 31 | 4 | 32 | 1 | 33 | 3 | 34 | 4 | 35 | 1 |

あ

か

さ

た

な

は

ま

や

ら

わ

練習

精修 **重音版**

# 新制對應 絕對合格！
## 日檢必背單字 [25K＋MP3]

**N3**

【日檢智庫 23】

- ■ 發行人／**林德勝**

- ■ 著者／**吉松由美、田中陽子、西村惠子、山田社日檢題庫小組**

- ■ 出版發行／**山田社文化事業有限公司**
  臺北市大安區安和路一段112巷17號7樓
  電話　02-2755-7622
  傳真　02-2700-1887

- ■ 郵政劃撥／**19867160號　大原文化事業有限公司**

- ■ 總經銷／**聯合發行股份有限公司**
  新北市新店區寶橋路235巷6弄6號2樓
  電話　02-2917-8022
  傳真　02-2915-6275

- ■ 印刷／**上鎰數位科技印刷有限公司**

- ■ 法律顧問／**林長振法律事務所　林長振律師**

- ■ 書＋MP3／**定價　新台幣399元**

- ■ 初版／**2019年 05 月**

© ISBN：978-986-246-541-7
2019, Shan Tian She Culture Co., Ltd.

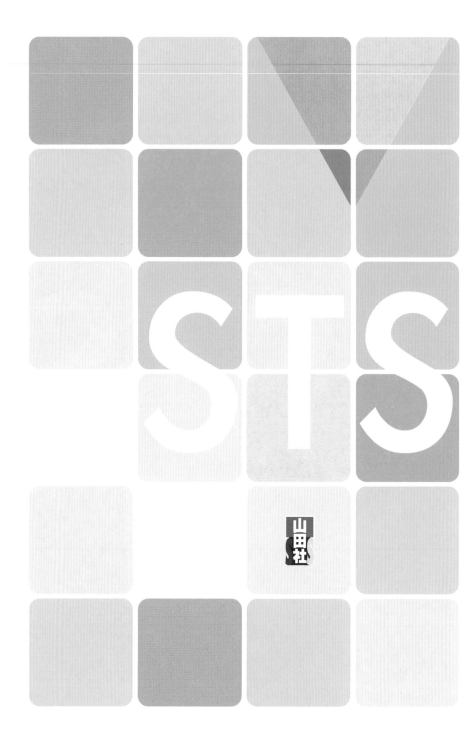

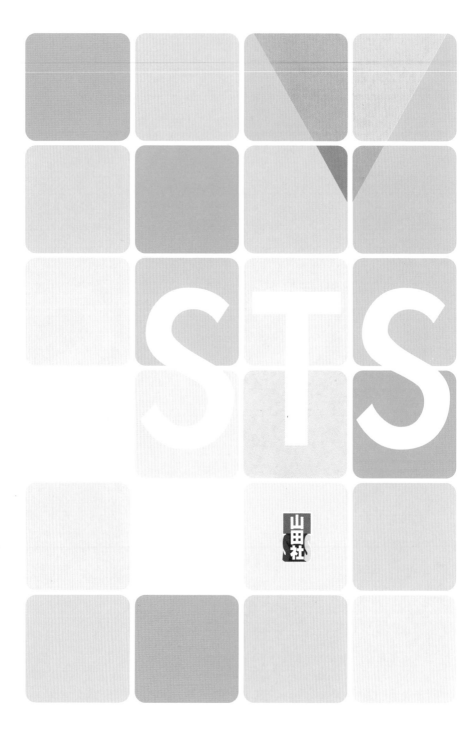